KB160004

한 권으로 독파하는

버지니아 울프

대표 단편 걸작선

옮긴이 | **박선경**

성심여자대학교 국어국문학과 졸업 후, 잡지사 기자를 거쳐서 지금은 교직에 몸담고 있다. 아이들 교육에 힘쓰는 한편, 평소 관심을 가져왔던 문학에 대한 열정으로 양서 번역에 힘쓰고 있다. 번역서로는 『톨스토이의 위대한 인생』, 『간디 자서전』, 『하숙인』, 『유령서점』, 『세계 서스펜스 추리여행 1. 2』, 등이 있다.

한 권으로 독파하는
버지니아 울프 대표 단편 걸작선

2016년 6월 05일 1판 1쇄 인쇄
2016년 6월 10일 1판 1쇄 펴냄

지은이 | 버지니아 울프
옮긴이 | 박선경
기 획 | 김민호
발행인 | 김정재

펴낸곳 | 뜻이있는사람들
등록 | 제410-304호
주소 | 경기도 고양시 일산서구 대산로 215 연세프라자 303호
전화 | (031) 914-6417
팩스 | (031) 914-6148
이메일 | naraeyearim@naver.com

ISBN 978-89-90629-34-0 03840

한 권으로 독파하는

버지니아 울프

대표 단편 걸작선

버지니아 울프 지음 | 박선경 옮김

세계인이
사랑하는
감성소설!

뜻이있는사람들

버지니아 울프는 9편의 장편과 여러 단편들, 5권으로 편집된 일기와 6권의 서간집, 그리고 현재까지 편집 작업 중인 6권 분량의 에세이 등 여러 저작을 남긴, 경이로운 작품 활동을 한 작가다.

익명의 서평작가로 출발해 오랜 시간의 무명을 거친 뒤, 말년에 많은 독자를 거느리며 최고의 명성을 누린 작가로 살았던 그녀에 대한 사후 평가는 상대적으로 인색했다. 남성 비평가들로 포진된 1960년대와 1970년대의 영문학계는 버지니아 울프를 단지 실험소설 몇 편과 단편, 약간의 에세이와 작가의 일기를 쓴 여류작가 정도로만 평가했다. 그러나 페미니즘 비평과 함께 울프의 작품을 재조명해보는 움직임에 따라 1990년대 이후 울프는 그 진가를 드러내게 된다.

그러나 그녀의 작품을 페미니즘 문학의 전형이라고만 보기엔 설명이 부족하다. 울프는 소설의 형식과 내용에서 세상을 이해하고 바라보는 새로운 방식, 리얼리티에 대한 새로운 버전을 제시했다. 스스로를 '모던'으로 정의한 울프는 19세기 빅토리아 시대의 주류 양식인 사실주의를 거부하며 자신만의 독특한 기법을 여러 작품을 통해 선보였다. 특히 그녀의 새로운 문학기법이 모습을 드러내기 시작한 것은 1917년부터 출판한 「벽의 얼룩」을 필두로 한 단편 소설을 발표하면서부터다.

울프 작품의 특징은 플롯, 줄거리, 인물 설명 같은 외적인 세계의 재현을 추구하지 않고 모든 중심을 '내부에서 본 삶'에 둔다는 점에 있다. 즉, 등장인물의 바깥에 서서 설명하지 않고 인물의 '안으로' 들어가, 밖에서는 보이지 않고 들리지도 않는 그 사람 마음속의 느낌과 생각을 포착해 그리는 의식의 흐름 기법을 쓴 것이다. 의식의 흐름 기법은 내면에서 두서없이 일어나는 생각이나 감각과 감정을 편집하거나 거르지 않은 채, 그대로 물 흐르듯 기록하는 것이다. 줄거리 중심의 소설에 익숙한 독자는 얼핏 읽기 어렵다 느낄 수 있지만 이러한 기법은 인간 내면의 정신세계가 얼마나 광활하고, 복잡하고, 다층적인지를 보여준다.

호주머니에 돌을 잔뜩 욱여넣은 채 우스 강으로 서서히 발을 담그던 그 순간까지, 울프는 작품을 통해서 자신의 삶을 기록했고, 살아가는 의미를 찾았으며, 인간 내면을 탐구하며 그 안에서 진실의 조각들을 발견하려 애썼다. 얼핏 추상화처럼 보이는 그녀의 작품은 자신의 영혼을 물감 삼아 인간 내면에 대해 섬세하게 묘사한 세밀화인 셈이다.

이 책에는 초기작인 「V 양의 미스터리」부터 기념비적인 단편 「벽의 얼룩」, 『댈러웨이 부인』의 전신인 「본드 가의 댈러웨이 부인」을 포함한 23편의 대표적 단편을 수록했다. 『자기만의 방』,

『등대로』 등 그녀의 장편을 먼저 만나본 독자라면 장편에선 느낄 수 없는 짧은 반전의 묘미를 느낄 것이고, 버지니아 울프를 처음 접하는 독자라면 장편 읽기에 앞서 만나보아야 할 그녀의 내면 탐구 방식을 습득하고 익숙지 않은, 그러나 진실에 근접한 세계에 젖어드는 통로를 접하게 것이다.

_옮긴이

생각에 잠겼을 때 몇 번이고 시선을 멈출 수 있는 대상이 될 수 있는 것은 그것이 무엇이든 간에 사색의 연결고리와 깊은 관계를 맺게 되어 본래의 형태를 잃고 조금은 다른 식으로 상상적인 형태로 스스로 변모하여 전혀 생각지도 못한 상황에서 의식의 표면으로 떠오르곤 한다. —울프

■| 차례

래핀과 래피노바

Lapin and Lapinova

"사랑하는 당신, 당신께 말하고 싶어요. 당신이 내게 완전한 행복을 주었다는 것을. 그 누구도 당신보다 더 잘해줄 수는 없었을 거예요. 믿어주시겠죠. 하지만 나는 이걸 결코 이길 수 없다는 걸 알아요. 나는 당신의 삶을 소모시키고 있어요. 이 광기가 말이죠."

버지니아 울프가 강물에 걸어 들어가 자살하기 직전 남긴 편지다. 버지니아 울프의 이 마지막 편지에서처럼 남편 레너드는 정신질환을 앓는 아내를 30년간 정성껏 돌보았으며, 그녀가 죽자 유작과 일기를 편집하고 출간했다. 두 사람은 성관계 없는 결혼생활, 사랑보다는 우정을 토대로 한 특별한 결혼생활을 했다.
「래핀과 래피노바」는 『막간』과 함께 버지니아 울프 자신의 결혼생활의 부정적인 부분을 거칠고 과장되게 표현한 작품으로 알려져 있다.

래핀과 래피노바

Lapin and Lapinova

두 사람은 결혼했다. 웨딩마치는 높게 울려 퍼졌다. 비둘기가 날아올랐다. 이튼 학교 제복을 입은 작은 소년들이 쌀을 뿌렸다. 폭스테리어가 두 사람 앞을 가로질러 갔다. 어니스트 소번은 신부의 손을 잡고 아무런 인연도 없는 사람들 무리를 빠져나와 자동차로 향했다. 런던 거리에서 타인의 행복과 불행을 수집하는 데 여념이 없는 사람들의 얼굴에는 호기심이 가득했다. 그는 누가 보더라도 잘생긴 청년이었고 그녀는 내성적으로 보였다. 다시 쌀이 뿌려졌고 자동차가 움직이기 시작했다.

이것은 화요일에 있었던 일이었다. 그리고 오늘은 토요일이다. 로절린은 어니스트 소번의 아내가 되는 것에 적응하기 위해 노력했다. 아마도 자신이 어니스트 아무개 부인이라는 사실에 익숙해지는 일은 결코 없을 것이다. 로절린은 그렇게 생각했다. 그녀는 지금 호수와 저 멀리 산들이 내다보이는 호텔의 활모양 창가 의자에 앉아 아침을 먹기 위해 내려올 남편을 기다리고 있었다. 어니스트는 익숙해지기 어려운 이름이다. 그녀가 바라던 이름이 아니었다. 그녀가 좋아하는 이름은 티모시나 앤터니나 피터 같은 이름이었다. 게다가 그는 어니스트라는 이름을 가진 사람으로는 보이지 않았다. 왜냐하면 이 이름에서 연상할 수 있는 것은 앨버트 기념비나 마호가니 찬장이나 앨버트 공의 동판화와 같은 것, 그리고 포체스터 테라스의 식당에 있는 시어머니 등과 같은 것이었기 때문이다.

그러나 그는 여기에 있다. 다행히도 그의 이름이 어니스트처럼 보이지 않는다. 분명 그렇게는 보이지 않는다. 그럼, 어니스트가 아니라면 대체 뭘까? 로절린은 곁눈질로 남편을 슬쩍 봤다. 맞아, 토스트를 먹고 있는 그는 토끼처럼 보였다. 오뚝한 코에 파란 눈, 전혀 처지지 않은 입술에 믿음직스럽고 건장한 젊은 남자에게 작고 겁이 많은 동물과의 공통점을 지적한 사람은 아마도 지금까지 아무도 없었을 것이다. 이것은 그녀에게 무척 유쾌한 상상이었다. 그의 코는 음식을 먹을 때

아주 조금 움찔거렸다. 마치 로절린이 기르고 있던 토끼 코처럼. 그녀의 시선을 느낀 어니스트가 웃는 이유를 묻자 로절린은 자신이 생각했던 것을 설명하지 않을 수가 없었다.

"어니스트, 당신이 토끼를 닮았기 때문이에요. 야생 토끼 말이죠."

그리고 남편을 바라보며 말을 이어갔다.

"사냥을 하는 토끼, 대장 토끼, 다른 토끼들을 위해 법률을 만드는 토끼 말이에요."

어니스트는 자신이 토끼와 비교되었다는 것에 큰 불만을 표하지 않았다. 그리고 코를 움직거릴 때마다 그녀가 좋아하는 모습을 보고(그는 자신이 코를 움찔거리는 것을 몰랐다) 일부러 움찔거려 주었다. 그녀는 배꼽을 잡으며 웃었다. 그리고 그도 따라 웃었다. 때문에 노처녀들과 낚시를 온 남자와 기름때가 찌든 검은 웃옷을 입은 스위스 급사들은 모두 두 사람이 어떤 상태인지를 확실하게 추측할 수 있었다. 두 사람은 매우 행복할 거라고. 그러나 그런 행복이 얼마나 오래 갈 수 있을까? 모두가 마음속으로 이런 질문을 했다. 그리고 각자 자신의 경험에 비추어 이 질문에 대답했다.

점심 무렵, 히스(진달랫과의 관목)가 무성하게 자란 호숫가에 앉아 로절린이 말했다.

"토끼 씨, 상추 먹을래?"

그녀는 완숙 계란과 함께 나온 상추를 내밀었다.

"여기, 내 손에 있는 걸 가져가요."

어니스트는 약간 뜯어 먹고 코를 움찔해 보였다.

"영리한 토끼네. 귀여운 토끼."

그녀는 어니스트를 쓰다듬으며 말했다. 그야말로 집토끼를 쓰다듬듯이. 그러나 그건 정말 바보 같은 짓이었다. 그가 무엇이든 간에 집에서 기르는 토끼가 아니라는 것은 확실했다. 로절린은 프랑스어로 토끼라 불러보았다.

"라팽(Lapin)"

그러나 프랑스 토끼가 아닌 것에는 틀림이 없었다. 그는 어디로 보나 틀림없는 영국인이다. 포체스터 테라스 태생에 럭비 학교에서 교육을 받고 관공서에서 일하는 공무원이었다. 때문에 그녀는 다시 '바니' 라고 불러보았다. 그런데 그것은 더 어색했다. 보통 '바니' 라 불리는 사람은 뚱뚱하고, 부드럽고, 우스꽝스러운 사람이지만 어니스트는 마르고, 단단하고, 진지한 사람이다. 그렇기는 하지만 그는 코를 움찔거린다. '래핀(Lapin:거세한 토끼)' 그녀는 자신도 모르게 그렇게 말했다. 그리고 대단한 것이라도 발견했다는 듯한 표정으로 나지막하게 소리쳤다.

"래핀, 래핀, 래핀의 왕"

그녀는 계속해서 반복했다. 이 이름이 그에게 딱 어울리는 것 같았다. 그는 어니스트가 아니다. 그는 래핀의 왕이다. 헌데, 왜일까? 이유는 그녀도 몰랐다.

두 사람이 긴 산책에 나섰다. 모두가 비가 올 것이라고 주의를 주었지만 이야깃거리가 떨어졌을 때쯤 비가 왔다. 혹은 밤, 추워서 난로 앞에 앉아 있을 때, 노처녀들이 사라지고 낚시꾼들이 돌아가고, 급사가 벨을 울릴 때만 모습을 나타나게 되었을 때, 로절린은 래핀 일족에 관한 이야기를 지어내며 상상 속을 즐겼다. 로절린의 손으로(그녀는 뜨개질을 하고 어니스트는 신문을 읽고 있다) 그 모든 것들은 정말로 현실적이고 생생하게 즐거운 것이 되었다. 어니스트도 신문을 접어두고 그녀를 도왔다. 그 이야기에는 검은 토끼들과 빨간 토끼들이 등장했다. 적군 토끼가 있고 아군 토끼가 있었다. 토끼가 사는 숲이 있고 주변에는 초원과 습지가 있었다. 그리고 가장 중요한 래핀의 왕이 있었다. 래핀은 코를 움찔거리는 재주 하나만 있는 것이 아니었다. 래핀은 날이 갈수록 대단히 위대한 동물로 성장했다. 로절린은 항상 그에게서 새로운 특징을 찾아냈다. 그러나 제일 큰 특징은 그가 위대한 사냥꾼이라는 것이었다.

"그런데 왕께서는 오늘 무얼 하셨나요?"

로절린은 허니문 마지막 날에 물었다.

사실 그날 두 사람은 온종일 등산을 했다. 그녀의 발꿈치에는 물집이 잡혀 있었다. 그러나 그녀가 알고 싶은 것은 그런 것이 아니었다.

"오늘 그는 산토끼를 쫓고 있었지."

어니스트는 코를 움찔거리며 궐련 끝을 물어뜯으며 말했다. 그리고 궐련에 성냥불을 붙이며 다시 한 번 코를 움찔거리며 덧붙였다.

"암컷 토끼였어."

"하얀 토끼!"

로절린이 소리쳤다. 마치 어니스트가 무슨 말을 할 것인지 예측하기라도 한 듯이.

"몸집이 작은 산토끼, 은회색에 크고 밝은 눈을 가진 토끼였죠?"

"맞아."

어니스트는 로절린이 자신을 보며 지은 표정과 똑같은 표정으로 그녀를 바라보며 말했다.

"조금 작은 산토끼였어. 그리고 눈이 튀어나올 것처럼 컸지. 짧은 앞다리를 흔들고 있었어."

앉아 있던 그녀는 그의 말대로 흉내를 냈다. 손에는 짜고 있던 천이 들려 있었다. 그리고 그녀의 눈은 매우 크고 밝았으며 틀림없이 약간 튀어나와 있었다.

"아아, 래피노바야."

로절린이 작은 목소리로 속삭였다.

"로절린의 진짜 이름이 그거였어?"

어니스트가 물었다. 그는 로절린을 바라보았다. 그는 자신이 그녀를 매우 사랑하고 있다고 느꼈다.

"맞아요, 래피노바. 그렇게 불리고 있어요."

로절린이 대답했다.

그리고 그날 밤 잠자리에 들기 전에 모든 것이 결정되었다. 그는 래핀의 왕이고 그녀는 래피노바의 여왕이었다. 두 사람은 서로 대조적인 차이를 보였다. 그는 대담하고 의지가 강했다. 그녀는 신중하고 유약했다. 그는 어수선한 토끼들의 세계를 통치했다. 그녀의 세계는 황폐하고 수수께끼 같았다. 그녀가 밖으로 나오는 것은 대부분 달빛이 주변을 비추고 있을 무렵이었다. 그럼에도 불구하고 두 사람의 영토는 서로 이웃하고 있었다. 두 사람은 왕과 여왕이었다.

그런 두 사람이 허니문에서 돌아와 둘만의 세계를 갖게 되었다. 산토끼 한 마리를 제외하면 집토끼들만 사는 세계. 그런 세계가 있다는 것을 아무도 알지 못했다. 그리고 그 사실은 당연히 즐거움을 증가시켜 주었다. 그런 모든 것들이 대부분의 젊은 부부보다 자신들이 훨씬 더 끈끈한 인연으로 주변 세계와 맞서고 있는 것처럼 느끼게 해주었다. 사람들이 토끼나 숲, 덫이나 사냥에 대한 이야기를 할 때면 두 사람은 남몰래 시선을 주고받았다. 또한 메리 큰어머니가 어린아이처럼 접시 위에 놓인 산토끼를 똑바로 쳐다볼 수 없다고 했을 때는 테이블 너머로 서로 윙크를 주고받았다. 그리고 스포츠광인 어니스트의 형 존이 그해 가을 월트서에서 토끼 한 마리당 얼마의 가격에 팔리는지에 대한 이야기를 할 때도 마찬가지였다. 두 사람은 사냥터 감시원이나 밀렵꾼, 혹은 영주 등이 필요할 때마다 친구들에게 그 역할을 배정하고 즐겼다. 예를 들어 어니스트의 어머니 레지널드 소번 부인은 거의 완벽에 가까울 정도로 대지주의 역할이 어울렸다. 이 모든 것은 둘만의 비밀이었다. 그것이 가장 중요한 점이었다. 그 세계의 존재는 두 사람 이외에는 아는 사람이 없었다.

로절린은 그 세계 없이 겨울을 견뎌낼 수 없을 것만 같았다. 예를 들어 금혼식 파티 때의 일이었다. 소번 일가의 모든 사람이 포체스터 테라스에 모여 과거 성대하게 축복했던 결혼 50주년 기념일을 축하했다. 그것은 어니스트 소번을 세상에 태어나게 한 결혼, 매우 많은 결실을 맺게 한 결혼이었다. 다른 9명의 아들과 딸을 세상에 더 태어나게 한 것이 아니었는가? 똑같이 결혼을 해 많은 아들과 딸을. 그녀는 파티가 무서웠다. 그러나 피하는 것은 불가능한 일이었다. 그녀는 계단을 오르면서 자신이 마치 부모를 잃은 고아처럼 느껴졌다. 부드럽게 빛을 반사하고 있는 벽지와 위대한 일족의 초상화가 걸려 있는 넓은 거실에 모인 소번 가의 사람들 속에서 한 방울의 물이 된 것 같은 기분이 들었다. 살아 있는 소년들은 그려진 입술 대신에 진짜 입술을 가지고 있다는 것만 제외한다면 초상화와 꼭 닮았다. 그리고 그 입술에서 농담이 쏟아져 나왔다. 공부방에 대한 농담, 가정방문하는 여교사가 앉으려고 할 때 의자를 뺐다든가, 노처녀들이 잠자리에 들기 전에 어떻게 개구리를 시트 사이에 몰래 숨겼는지…. 그녀 자신은 시트 장난조차 한 적이 없었다. 로절린은 준비한 선물을 들고 고가의 노란색 드레스로 몸을 치장한 시어머니에게, 그리고 선명한 노란색 카네이션을 가슴에 달고 있는 시아버지에게로 다가갔다. 두 사람 주변의 테이블과 의자 위에는 금색 선물이 빽빽하게 쌓여 있었다. 어떤 것은 면으로 감싸여 있었고, 또 어떤 것은 빛나는 가지가 쭉 뻗어 있었다. 금색 촛대, 그리고 담배 곽, 시슬. 모든 선물이 확실한 순금이라는 것을 증명하는 금세공가의 낙인이 찍혀 있었다. 한편, 그녀의 선물은 작은 구멍이 많이 난 금도금의 작은 상자였다. 그것은 18세기에 만들어진 모래 상자로 옛날에는 상자에 모래를 채워 여분의 잉크가 종이에 번지지 않도록 사용했던 것이다. 정말로 황당한 선물이다. 그녀는 그렇게 생각했다. 압지를 쓰는 요즘 세상에 말이다. 모래 상자를 건네며 결혼식 때 시어머니가 주었던 편지를 떠올렸다.

'내 아들이 너를 행복하게 해줄 거다.' 라는 말이 뭉뚝한 글씨로 적혀 있었다. 그러나 그녀는 행복하지 않았다. 전혀 행복하지 않았다. 그녀는 어니스트를 바라보았다. 막대기처럼 꼼짝도 하지 않고 꼿꼿하게 서 있는 모습이 일가의 모든 초상화와 똑같은 코를 하고 있었다. 전혀 움찔거리지 않는 코.

그런 다음 만찬을 위해 모두 거실로 내려갔다. 그녀는 풍성한 국화다발 뒤에 반쯤 가려져 있었다. 빨강과 황금색 꽃잎이 둥근 국화꽃 뒤에. 모든 것이 황금색이었다. 복잡하게 얽힌 화려한 황금빛 머리글자가 새겨진 황금색 테두리의 카드에는 줄줄이 이어져 나올 요리의 이름들이 적혀 있었다. 그녀는 맑은 황금색 액체 속에 숟가락을 넣었다. 가로등은 자욱하게 깔린 하얀 안개를 거친 황금빛 천으로 바꾸어놓으면서 창문을 통해 들어오는 빛이 황금 식기 끝에 번지며 파인애플 표면의 거친 황금색으로 바꾸어놓았다. 결혼식 때 입었던 하얀 드레스를 입고 튀어나올 것 같은 눈으로 전면을 응시하고 있던 그녀만이 녹지 않고 버티고 있었다. 마치 고드름처럼.

만찬이 계속되고 거실이 후텁지근해지면서 남자들의 이마에는 땀방울이 맺히기 시작했다. 고드름 같았던 자신도 차츰 녹아내리며 물이 되는 것 같았다. 그녀는 녹아내리기 시작한 것이다. 이제 조금만 더 있으면 사라지고 말 것이다. 그 순간 머릿속이 요동치고 귀가 먹먹해질 정도로 날카로운 여자의 목소리가 울려 퍼졌다.

"맞아, 새끼를 많이 낳지!"

그래, 소변 일가는 자식을 많이 낳지. 그녀는 이 말을 되풀이 했다. 로절린의 상태는 점점 더 심각해져 현기증 때문에 이중으로 보이는 붉고 둥근 얼굴들을 둘러보았다. 마치 후광처럼 비추는 황금색의 안개 때문에 확대되어 보이는 얼굴들.

"많은 새끼를 낳지!"

존이 소리쳤다.

"작은 악마 녀석들!…총으로 쏴 죽여! 큼직한 장화로 짓밟아버려! 그게 놈들을 대하는 유일한 방법이야. 토끼 놈들이란!"

그 말, 마법 같은 말 한마디에 그녀의 숨통이 트였다. 국화 사이로 어니스트의 코가 움찔거리는 것이 보였다. 파문이 퍼지며 보기 좋게 움찔거리고 있었다. 그리고 동시에 이 신기한 현상은 소변 일가 모두에게도 번졌다. 커다란 황금색 테이블은 아무렇게나 자란 금작화가 무성한 황야로 바뀌었다. 와자지껄했던 목소리는 하늘에서 들려오는 종다리의 아름다운 노래가 되었다. 눈부시게 파란 하늘에는 구름이 한가롭게 떠다니고 있었다. 소변 일족은 그렇게 모두 변했다. 그녀는 시아버지를 바라봤다. 소심한 태도에 콧수염을 염색한 몸집이 작은 사람. 시아버지는 도장, 법랑 상자, 18세기 화장 테이블과 관계 있는 소소한 물건을 수집하는 나쁜 습관이 있었다. 그는 그것들을 아내의 눈에 띄지 않게 서재의 책장 서랍 속에 감추었다. 지금 시아버지는 그녀의 눈에 어떻게 보였을까? 외투 품속에 꿩과 메추라기를 감추고 낡은 오두막에서 삼발이가 달린 깊은 솥에 몰래 요리하는 밀렵꾼, 그것이 시아버지의 모습이었다. 그리고 셀리아, 아직 결혼하지 않은 셀리아는 늘 모두가 감추고 싶어 하는 사소한 비밀을 캐고 다녔다. 그녀는 분홍빛 눈의 하얀 족제비로 땅바닥 냄새를 맡고 파냈기 때문에 코에는 항상 흙이 묻어 있었다. 사냥꾼의 앞잡이가 되기 위해 그물망에 들어가고, 어깨에 올려지고, 굴속에 숨어야 하는 셀리아의 인생은 불쌍한 인생이었다. 하지만 결코 셀리아의 잘못은 아니다. 그녀의 눈에는 셀리아가 그렇게 보였다. 그리고 그녀는 시어머니를 바라보았다. 두 사람은 그녀를 대지주라 불렀다. 붉은 얼굴에 거칠게 남들을 들볶는 것을 좋아하는 그녀에게 정말로 잘 어울리는 별명이었다. 시어머니는 지금 일어서서 감사의 말을 전하고 있었다. 그러나 지금은 래피노바인 로절린에 비춰진 시어머니의 모습은 달랐다. 시어머니 뒤로는 반쯤 썩은 것 같은 저택과 거의 벗겨져버린 회벽이 보였다. 그리고 로절린은 더 이상 존재하지 않는 세계에 대하여 자식들(자식들은 그녀를 미워하고 있다.)에게 고맙다고 답례를 하는 목소리에서 훌쩍이는 울음소리를 들었다. 그리고는 침묵이 찾아왔다. 모두가 일어나 잔을 들고 그것을 마셨다. 금혼식은 끝이 났다.

"아아, 래핀 왕."

그녀는 안개를 헤치고 집으로 돌아가는 길에 말을 꺼냈다.

"만약 당신이 그때 코를 찡긋거리지 않았다면 아마 나는 덫에 걸리고 말았을 거예요."

"하지만 당신에게는 아무 일도 없었지."

래핀 왕은 래피노바의 앞발을 꼭 잡아주었다.

"맞아요, 괜찮았죠."

두 사람은 하이드 파크를 가로질러 집으로 돌아왔다. 습지의 왕과 여왕, 안개의 왕과 여왕, 금작화의 향기가 은은하게 퍼지는 황야의 왕과 여왕.

그렇게 세월이 흘렀다. 1년, 2년. 그리고 겨울의 어느 날 밤, 우연히도 금혼식과 같은 날 밤이었다. 그러나 레지널드 소번 부인은 이미 죽고 저택은 임대하기로 되어 있어 관리인만이 살고 있었다. 어니스트가 직장에서 돌아왔다. 두 사람은 안락하고 작은 집에 살고 있었다. 사우스 켄싱턴의 마구상 건물 윗집에 세를 살고 있었고 지하철역에서도 가까운 편이었다. 추운 날씨에 짙은 안개가 깔려 있었다. 로절린은 난로 앞에 앉아 바느질을 하고 있었다.

"오늘 내게 무슨 일이 일어났는지 알아?"

어니스트가 난로 가까이에 다리를 쭉 뻗으며 앉자 그녀는 곧바로 대답했다.

"개울을 건넜지요. 그랬더니…."

"개울이라니?"

어니스트가 그녀의 말을 가로막았다.

"산기슭에 있는 개울이요, 우리의 숲과 검은 숲이 만나는 곳이요." 그녀가 설명했다.

어니스트는 멍한 표정을 지었다.

"대체 무슨 말을 하고 있는 거야?" 그가 물었다.

"아니, 어니스트." 실망스럽다는 듯이 그녀가 말했다. "래핀의 왕."

난로 불빛 속에 작은 앞발을 가슴 앞에 늘어뜨린 채 그녀는 다시 한 번 그렇게 말해 보았다. 그러나 그의 코는 꼼짝도 하지 않았다. 그녀의 손(그녀의 손은 이미 손으로 바뀌어 있었다.)은 천을 꽉 쥐었다. 그녀의 눈은 반쯤 튀어나와 있었다. 어니스트 소번에서 래핀 왕으로 바뀔 때까지 적어도 5분은 걸렸다. 기다리는 동안 로절린은 뒷목에 힘이 들어가는 것을 느꼈다. 마치 누군가에게 목덜미를 붙잡힌 것처럼. 드디어 그는 래핀 왕으로 변했다. 그의 코가 움찔거리기 시작했다. 그리고 두 사람은 언제나 그랬듯이 숲 이리저리로 돌아다니며 밤을 지새웠다.

그러나 그날 밤은 편안하게 잘 수 없었다. 그녀는 한밤중에 눈을 떴다. 자신에게 뭔가 기묘한 일이 일어나고 있는 것 같은 느낌이 들었다. 몸이 차갑게 굳어 있는 것 같은 느낌이 들었다. 결국 그녀는 불을 켜고 잠들어 있는 어니스트를 바라보았다. 그는 깊은 잠에 빠져 있었다. 코를 골고 있었다. 그러나 코를 골고 있는 데도 코는 전혀 움직이지 않았다. 이 사람이 진짜 어니스트라는 것이 가능한 일일까? 정말로 내가 어니스트와 결혼을 한 걸까? 시어머니의 거실이 환영처럼 눈앞에 나타났다. 그리고 그곳에 두 사람이 앉아 있었다. 그녀와 어니스트. 나이를 먹어 벽에 줄줄이 걸린 동판화 아래의 식기 찬장 앞에… 그것은 두 사람의 금혼식이었다. 그녀는 그 사실을 견딜 수 없었다.

"래핀, 래핀의 왕."

그녀가 속삭였다. 그러자 어니스트의 코가 저절로 움찔거렸다. 그러나 그는 여전히 잠이 들어 있었다.

"일어나요, 래핀. 어서 일어나요."

그녀가 소리쳤다.

"대체 무슨 일이야?"

"토끼가 죽어버린 것 같아요."

그녀는 흐느끼며 어니스트에게 화를 냈다.

"로절린, 그런 바보 같은 소리 하지 말고 어서 자."

그는 이렇게 말하고 등을 돌려 누웠다. 그리고 곧바로 깊은 잠에 빠져 코를 골기 시작했다.

그러나 그녀는 잠을 잘 수 없었다. 그녀는 침대 한구석에 산토끼처럼 웅크리고 앉았다. 그녀는 불을 껐지만 가로등 불빛이 천장을 희미하게 비추고 있었다. 그리고 바깥 나무들의 그림자가 천장에 그물망 같은 모양을 투영했고, 그것은 어두운 숲을 연상하게 하여 마치 자신이 그 속을 방황하고 있는 것 같은 기분이 들었다. 이리저리로 꺾고, 벗어나고, 빙빙 돌아 사냥을 하는 동시에 사냥을 당하면서 사냥개 짖는 소리와 뿔 나팔 소리에 놀라 펄쩍 뛰고 도망치며…, 가정부가 블라인드를 올리고 아침 차를 가져올 때까지.

다음 날은 아무것도 할 의욕이 없었다. 무언가를 잃은 것 같은 느낌이었다. 마치 온몸이 오그라지는 것 같았다. 작고 칙칙하고 까칠까칠해진 것 같았다. 관절도 전혀 부드럽지 않았다. 그녀는 집안을 이리저리 서성이며 몇 번이고 큰 거울에 비친 자신의 얼굴을 보았다. 당장에라도 눈이 튀어나올 것만 같았다. 마치 롤빵에 박혀 있는 건포도 같았다. 게다가 모든 방이 오그라들어 있는 것처럼 느껴졌다. 커다란 가구가 기묘한 각도로 튀어나와 있어 그녀는 몇 번이고 가구에 부딪혔다. 로절린은 결국 모자를 뒤집어쓰고 외출을 하였다. 그녀는 크롬웰 거리를 걸었다. 걸으면서 들여다본 집에는 식당이 있었고 사람들은 벽에 걸려 있는 동판화 아래에 앉아 식사를 하고 있었다. 레이스 장식이 달린 두꺼운 황색 커튼과 마호가니 식기 찬장이 보였다. 그렇게 걸어 자신도 모르는 사이 자연사 박물관 앞에 서 있었다. 어릴 적부터 그녀는 이곳을 좋아했다. 그리고 박물관 안으로 들어가 처음 눈에 들어온 것은 가짜 눈 위에 앉아 있는 옅은 분홍색의 유리 눈으로 그녀를 바라보는 박재된 산토끼였다. 그녀는 그것을 보고 전신에 전율을 느꼈다. 그러나 저녁이 되자 차츰 마음의 안정을 찾기 시작했다. 그녀는 집으로 돌아와 불도 켜지 않은 채 난로 앞에 앉았다. 로절린은 거친 황야에 홀로 앉아 있는 모습을 상상해 보았다. 황야에는 작은 냇물이 흐르고 있다. 냇물 건너편은 어두운 숲이다. 그러나 시냇물을 뛰어넘을 수는 없었다. 결국 그녀는 냇가 언덕의 젖은 풀밭 위에 웅크리고 앉았다. 아무런 의미도 없이 두 손을 가슴 앞으로 늘어뜨린 채 의자 위에 웅크리고 앉았다. 난롯불에 비친 그녀의 눈은 마치 텅 빈 유리알 같았다. 총성이 울렸다…. 그녀는 정말로 총에 맞은 듯이 펄쩍 뛰어올랐다. 그러나 그 소리는 어니스트가 열쇠 구멍에 열쇠를 넣고 돌리는 소리일 뿐이었다. 그녀는 겁에 질린 채 기다렸다. 어니스트는 방으로 들어와 스위치를 눌러 불을 컸다. 키가 크고 잘 생긴 어니스트, 추위에 붉게 변한 손을 비비며 서 있었다.

"불도 켜지 않고 뭐하고 있는 거야?"

그가 물었다.

"아아, 어니스트. 어니스트!"

그녀는 의자 위에서 펄쩍 뛰어오르며 소리쳤다.

"뭐야, 대체 무슨 일이야?"

그는 밝은 목소리로 대답하며 손을 펴서 난롯불을 쬐었다.

"래피노바가…."

겁에 질린 눈으로 그의 얼굴을 뚫어져라 바라보며 로절린이 말했다.

"래피노바가 떠나버렸어요. 어니스트, 사라져 버렸어."

"아아, 그거였군. 그것 때문이었군."

어니스트는 눈살을 찌푸리고 굳게 입을 다문 채 이해할 수 없는 미소를 지으며 말했다.

그리고 10초 정도 아무 말도 하지 않았다. 그녀는 기다렸다. 어깨 위에 놓여 있던 손에 조금씩 힘이 들어가는 것이 느껴졌다.

"그랬군, 불쌍한 래피노바는…."

그는 벽난로 위의 거울을 보며 삐뚤어진 넥타이를 고쳐 맸다.

"덫에 걸리고 말았어. 죽어버리고 말았다고."

어니스트는 이렇게 말하고 의자에 앉아 신문을 읽기 시작했다.

그것이 결혼 생활의 마지막이었다.

파랑과 초록

Blue & Green

버지니아 울프의 중기 소설로, 리얼리즘이 주류를 이루던 20세기 초, 실험적 작법을 드러낸 작품이다. 1931년 일기에서 울프는 "「파랑과 초록」, 「월요일 또는 화요일」은 거칠게 표효하는 자유의 함성, 불명확하고 말도 안 되고, 활자화할 수 없는 외침에 불과한 것이다."라고 쓴다. 그만큼 전통적인 틀에서 벗어난 작품이다.

파랑과 초록

Blue & Green

초록

뾰족한 유리 손가락은 모두 아래쪽을 향하고 있다. 빛은 이 유리를 미끄러져 떨어지며 초록색 웅덩이를 만든다. 온종일 유리 가지가 달린 촛대의 열 손가락은 대리석 위에 초록 물방울을 떨어뜨린다. 잉꼬들의 깃털, 귀에 거슬리는 울음소리, 날카로운 야자수 잎, 이 모든 것들도 초록이다. 햇빛에 반사되어 반짝이는 초록의 비늘들. 그러나 단단한 유리는 대리석 위에 떨어진다. 물웅덩이는 사막 이곳저곳을 적시고 있다.

낙타들이 비틀거리듯 물웅덩이를 지나간다. 물웅덩이는 대리석 위에 내려앉는다. 풀이 그곳을 푸르게 만든다. 수초가 번식한다. 여기저기서 옅은 색의 꽃들이 피어난다. 개구리가 그 주변을 기어 다닌다. 밤이 되면 하늘의 그것과 전혀 다르지 않은 별들이 그곳에 내려앉는다. 황혼이 찾아온다. 어둠이 벽난로 위의 초록을 지워버린다. 일렁이는 바다. 배는 보이지 않는다. 텅 빈 하늘 아래 목적도 없는 물결만이 일렁인다. 밤이다. 뾰족한 유리가 파란 물방울을 떨어뜨린다. 초록이 물러난다.

파랑

찌부러진 코를 한 거대한 생명체가 수면에 나타나 땅딸막한 코에 난 두 개의 구멍으로 물줄기를 뿜어낸다. 푸르스름한 불꽃같은 물줄기에서 퍼지는 물방울은 푸른 구슬처럼 주변을 물들인다. 검고 두꺼운 가죽 위에 많은 파란 선이 그어졌다. 입과 콧구멍에 물이 가득 차 생명체는 가라앉는다. 물의 무게로 무거워진다. 파랑은 몸 전체를 뒤덮고 차돌처럼 매끄러운 눈을 덮는다. 생명체는 엉망으로 말라붙은 채 파란 비늘을 뿌리며 물가로 밀려왔다. 쇳조각 같은 파란 비늘이 물가의 녹슨 쇠를 물들여 간다. 파랑은 물가에 올라온 작은 배의 뼈대 색이다. 한 무더기의 파란 블루벨 아래에서 물결이 일렁인다. 무엇보다 대성당의 위대하고 맑은 향을 품고 있는 파랑, 성모가 두른 장옷의 절묘한 파랑.

견고한 대상

Solid Objects

✤ 작품 해설

다른 입장에 처한 두 남자를 그리고 있는 이 작품은 남성중심주의 사고가 팽배했던 20세기, 여성성이나 남성성을 초월한 작가의 눈으로 그린 인물상이다. 기존의 소설기법과는 달리 큰 줄거리를 서술하는 대신 사소한 행동이나 심리에 역점을 두어 묘사했다.

견고한 대상

Solid Objects

드넓은 부채꼴 백사장에서 유일하게 움직이는 것은 작고 검은 점이었다. 그리고 뼈대만 앙상한 정어리 배가 놓여 있는 곳으로 가까이 갈수록 확실하지 않던 검은 점은 네 개의 다리로 변했다. 추측은 차츰 확신으로 바뀌었다. 그것이 두 명의 젊은 남자의 것이라는 확신. 백사장을 배경으로 한 흐릿한 윤곽만으로도 두 사람이 활기가 넘친다는 것은 쉽게 알 수 있었다. 두 사람의 몸이 가까워졌다 멀어졌다 하는 모습에서는 형용하기 힘든 활력을 느낄 수 있었다. 결코 큰 움직임은 아니었지만 그 움직임은 두 사람의 작고 둥근 머리에 달려 있는 작은 입으로 격렬한 말싸움을 하고 있다는 것을 알 수 있었다. 두 사람이 좀 더 가까워지면서 오른쪽에 있던 남자가 쥐고 있던 지팡이로 몇 번이고 모래밭을 쿡쿡 찌르고 있는 것이 보이기 시작하면서 더욱더 확실해졌다.

'너는 사실 내게…, 이렇게 말하려고 하는 거지?'

바다 쪽에서 걷고 있던 오른쪽 남자의 지팡이는 모래에 길고 곧은 파문을 새기면서 그런 말들이 오가고 있다는 것을 확실하게 보여주었다.

"정치는 끔찍해!'

왼쪽 사람의 입에서 이 말이 또렷하게 터져 나왔다. 그리고 이 말이 오가는 사이에도 두 사람의 입과 코, 턱과 짧은 콧수염, 트위드 모자, 거친 부츠, 사냥용 웃옷과 체크무늬 양말 같은 것들이 점점 확실하게 보였다. 두 사람이 물고 있는 파이프에서 연기가 피어올랐다. 끝없이 이어지는 바다와 모래밭에는 두 사람의 육체만큼 확고하고, 생생하고, 건장하고, 붉고, 털이 많고 정력적인 것은 전혀 찾아볼 수 없었다.

두 사람은 검고 작은 정어리 배의 여섯 개 뼈대에 털썩 주저앉았다. 인간이 어떤 식으로 논쟁에서 빠져나오는지, 어떤 식으로 자신의 흥분상태를 해명하는지는 굳이 설명할 필요도 없을 것이다. 육신은 그러한 해방을 위한 동작에 준비가 되어 있다는 것을 보여준다. 새로운 무언가에 대한 준비, 그것이 무엇이든 상관이 없다. 지팡이로 백사장에 약 800미터 정도 선을 그은 찰스는 평평한 돌을 주워 바다를 향해 던져 물수제비를 뜨기 시작했다. 그리고 존은 "빌어먹을 정치!"라고 소리치며 손을 모래에 푹 찔러 넣고 정신없이 파기 시작했다. 이윽고 손목이 완전히 모래에 파묻히고 소매를 걷어 올려야만 할 때가 되었을 때, 그의 눈에 서렸던 격정이 사라졌다. 좀 더 정확하게 말하자면 어른이 되어 얻게 되는 헤아릴 수 없는 눈에 깃든 사고와 경험이라는 배경은 사라지고 오로지 맑은 표면만을 남기게 된다. 경이로운 감정만을 남긴 채. 어린아이의 눈에서나 엿볼 수 있는 그런 감정. 아무 의심도 없이 손으로 모래를 파헤치는 작업은 그것과 관계가 있다. 한동안 모래를 파던 그는 문득 모래를 파고 있는 손가락이 스며드는 바닷물에 젖는다는 것을 떠올렸다. 구멍은 해자가 된다. 우물이 된다. 샘이 된다. 바다로 통하는 비밀 지하수로가 된다. 물속에서 손을 움직이며 이 웅덩이로 무얼 만들까 생각하다 손가락에 단단하고 둥근 것이 느껴졌다. 견고하고 두툼한 느낌의 물건. 그의 손은 의외로 꽤 크고 불균형한 그 물건의 형태를 조금씩 확인하다가 모래 위로 끌어올렸다. 물건에 묻은 모래를 털어내자 초록색이 나타났다. 유리였다. 불투명하다고 해도 좋을 정도로 짙은 초록색이었다. 파도에 쓸려 뭉뚝해진 것은 물론이고 윤곽도 변해 그것이 원래 병이었는지, 컵이었는지, 유리창이었는지를 확인할 수 없었다. 그것은 단지 유리라는 것 이외에 달리 표현할 수가 없었다. 그러나 그것은 동시에 고가의 보석이라고도 할 수 있었다. 금장식을 두르거나 구멍을 뚫어 줄에 매단다면 틀림없는 보석이었다. 결국 그것은 진짜 보석일 것이다. 공주가 배를 타고 후미진 바다를 지나간다. 노예들은 노래를 부르며 노를 젓고, 선미에 앉아 있는 검은 머리카락의 공주는 노래에 귀를 기울이며 손으로 물살을 가른다. 혹시 그 공주의 몸을 장식했던 보석이었을까? 아니면 엘리자베스 여왕 시대에 가라앉은 보석상자 뚜껑이 깨지면서 흘러나온 에메랄드가 바다 속을 굴러다니다 결국 이 백사장에 도착을 한 걸까? 존은 두 손을 모아 유리조각을 올려놓고 흔들어보았다. 그리고 빛을 투영시켜보았다. 유리를 통해 보니 친구의 가슴과 배가 사라지고 오른손이 확대되어 보였다. 초록색은 하늘에 비춰보거나 친구의 몸에 비춰보는 것에 따라 옅어졌다가 짙어졌다 했다. 그는 그것이 즐거웠다. 묘한 기분이 들게 해 주었다. 어슴푸레하게 안개 낀 백사장과 비교하면 매우 단단하고 명확했다.

한숨 소리가 그의 생각을 방해했다. 뭔가 의미가 있는 결정적인 한숨. 그것은 친구 찰스가 주변의 모든 평평한 돌을 다 던졌거나, 아니면 돌을 던지는 행위가 무의미하다는 결론에 도달했다는 것을 그에게 알리는 소리였다. 두 사람은 함께 앉아 샌드위치를 먹었다. 다 먹고 나서 기지개를 펴고 몸을 털면서 일어났을 때, 존은 다시 한 번 유리를 손에 들고 말없이 바라보았다. 찰스도 그것을 바라보았다. 그러나 그는 그것이 평평하지 않다는 것을 확인하고 파이프에 담뱃잎을 채우며 바보 같은 생각을 떨쳐내게 하려는 듯 열정적으로 말했다.

"아까 하려던 말은…."

찰스는 그것을 보지 않았다. 어쩌면 보고서도 큰 의미를 두지 않았을지도 모른다. 존은 한동안 유리를 바라본 뒤 주저하면서 주머니에 넣었다. 그 충동은 어쩌면 길에 떨어져 있는 작은 돌들 중에 하나를 아이에게 집으라고 시키는 충동과도 같은 것일지 모른다. 그 돌에 따뜻한 생활과 아이 방 벽난로 위에서의 안락함을 약속하고 자신의 그런 행위가 가져다주는 힘과 자애심의 자만에 빠진다. 그리고 돌이 백만 개의 비슷한 것 중에서 자신이 선택되었다는 것을 뛸 듯이 기뻐한다는 것, 거리에서 비를 맞으며 추위에 견뎌야 하는 생활 대신에 행복을 누릴 수 있게 되었다는 것을 돌이 기뻐할 것이라고 확신하는 것. '수백 개의 돌들 중 하나였을지도 모른다. 하지만 나는 선택을 받았다. 바로 내가.'

존은 마음속으로 이렇게 생각했을까, 하지 않았을까? 어쨌거나 유리는 벽난로 위에 놓여졌다. 유리는 청구서와 편지

다발 위에 자리 잡으며 훌륭하게 문진의 역할을 한 것은 물론이고 책에서 눈을 돌렸을 때 시선을 멈출 수 있게 해주는 좋은 대상이 되었다. 생각에 잠겼을 때 몇 번이고 시선을 멈출 수 있는 대상이 될 수 있는 것은 그것이 무엇이든 간에 사색의 연결고리와 깊은 관계를 맺게 되어 본래의 형태를 잃고 조금은 다른 식으로 상상적인 형태로 스스로 변모하여 전혀 생각지도 못한 상황에서 의식의 표면으로 떠오르곤 한다. 존은 외출했을 때 골동품 쇼윈도에 정신이 팔린 자신을 발견했다. 왜냐하면 유리와 비슷한 물건이 눈에 들어왔기 때문이었다. 그것이 어떤 물질이고 어느 정도 둥근 모습을 하고 있다면, 그리고 죽은 불꽃을 속 깊은 곳에 품고 있다면 그것이 무엇이든—자석, 유리, 호박, 바위, 대리석—유사 이래 매끄러운 새의 타원형 알 등, 무엇이든 그를 매료시켰다. 또한 그는 시선을 지면에 떨군 채 걷기도 했다. 특히 생활 쓰레기가 버려진 공터에서는 더더욱 그랬다. 그런 것들은 흔히 그런 장소에서 발견되기 마련이다—던져 버려진 것, 더 이상 쓸 사람이 없는 것, 원형을 잃은 것, 생명이 다한 것. 두세 달 사이에 네다섯 개가 모여 벽난로 위에 자리를 잡게 되었다. 그것들은 또한 유용했다. 화려한 경력의 정점에 서서 마치 의회에 자리를 잡으려 하고 있는 사내에게는 정리해야 할 문서들이 산더미처럼 많다—유권자들의 연설, 정치적 성명, 기부금 모집, 만찬의 초대, 이러한 종류에 관련된 문서.

어느 날, 유세를 위해 법학원 거실을 나와 역으로 향하던 그는 법학원의 커다란 건물 기초를 둘러싼 잔디밭에 묻혀 있는 것이 매우 진귀한 것이라는 것을 깨달았다. 손잡이 너머 지팡이 끝으로 살짝 건드릴 정도밖에 할 수 없었지만 그것이 놀랄 만한 형태의 도자기 조각이라는 것은 쉽게 알 수 있었다. 그것은 불가사리와 비슷한 모양이었다. 의도적으로 그런 모양으로 만들었는지, 아니면 깨뜨렸는지도 모른다. 그러나 그것은 불규칙적이기는 하지만 의심할 여지없이 다섯 개의 뾰족한 뿔이 있었다. 색은 주로 청색이었지만 초록 줄무늬, 혹은 점이라 할 수 있는 모양이 표면 전체에 퍼져 있었다. 그리고 진홍색 선 몇 줄이 그어져 있어 대단히 호화롭고 매력적인 빛을 도자기에 부여하고 있었다. 존은 그것을 손에 넣기로 결심했다. 그러나 그가 지팡이로 찌르면 찌를수록 도자기는 땅속으로 파고들었다. 결국 그는 방으로 돌아가 철사를 둥글게 말아 지팡이 끝에 장착할 수 있는 도구를 만들게 되었다. 그것을 집중력과 기술을 이용해서 결국 도자기 파편을 손이 닿는 곳까지 끌어올 수 있었다. 도자기를 손에 집은 순간, 그는 자신도 모르게 쾌재를 불렀다. 그 순간, 시계 종소리가 울려 퍼졌다. 약속을 이행하기에는 완전히 불가능한 시간이었다. 집회는 그를 빼고 진행되었다. 그런데 도자기 파편은 왜 이런 모양으로 깨진 걸까? 자세히 살펴보니 별모양을 하게 된 것은 완전히 우연이라는 것을 확실하게 알 수 있었다. 그 사실이 도자기의 신기함을 한층 더 크게 해주었다. 그리고 이런 형태의 다른 것이 또 존재할 가능성이 없을 것 같은 기분이 들었다. 벽난로 끝에는 백사장에서 주운 유리가 놓여 있었다. 반대쪽 끝에 도자기 파편을 놓아보니 그것은 마치 전혀 다른 세계에서 온 생명체처럼 보였다. 기형인 듯, 어릿광대를 보는 듯 환상적으로 보였다. 도자기는 허공에 떠올라 순식간에 별처럼 반짝거리기 시작했다. 마치 피루에트(한 다리로 회전하는 발레동작)를 하고 있는 것처럼 보였다. 활력이 넘치고 기민한 도자기와 말이 없고 사색적인 유리의 대조적인 모습이 그를 매료시켰다. 그리고 신기한 마음에 사로잡혀, 또한 놀라운 마음에 사로잡혀 같은 방 같은 벽난로의 가늘고 긴 대리석 판 위에 놓여 있다는 것은 둘째 치고 이 두 개의 것이 어떻게 이 땅 위에 오게 되었는지를 자문했다. 그 의문에 대한 대답은 찾지 못한 채 남겨졌다.

그는 깨진 도자기를 많이 볼 수 있는 곳을 찾아다녔다. 철도 선로 사이에 낀 공터, 허물어진 집의 빈터, 런던 근교의 공유지. 그러나 높은 곳에서 도자기가 떨어지는 일은 그리 흔한 일이 아니다. 그것은 인간의 삶에서는 빈도가 극히 낮은 행위이다. 그러기 위해서는 2층 건물 이상의 집과 아래에 누가 지나가든 상관없이 병이나 단지를 창밖으로 내던질 만큼 무모하고 강렬한 충동과 천박한 선입관을 가진 여자라는 두 가지 요소가 필수이다. 깨진 도자기는 많았다. 그러나 그것은 뭔가 사소한 가정적 사고에 의한 것으로 목적도 개성도 전혀 없었다. 그럼에도 불구하고 그는 자주 놀랄 수밖에 없었다. 런던에서만 해도 그 형태는 믿기 어려울 정도로 많아 신기한 기분이 더욱 깊어졌기 때문이다. 그리고 그것들에서 엿볼 수 있는 질과 모양의 차이의 다양함을 웃돌아 그에게 놀라움과 사색의 실마리가 되었다. 최고로 좋은 것은 집으로 돌아가 벽난로 위에 장식했다. 그러나 문진을 필요로 하는 문서들이 나날이 줄어들게 되면서 벽난로 위 녀석들의 임무는 차츰 장식적 요소가 강한 것이 되었다.

존은 점점 업무를 게을리하거나, 아니면 건성으로 처리하게 되었다. 또한 존의 선거구 주민이 그의 방을 방문했을 때 벽난로의 상태를 보고 좋지 않은 인상을 받게 되었다. 어쨌거나 존은 의회에서 유권자의 대표로 선발되는 일은 없었다. 그리고 그의 친구인 찰스는 그것을 안타까워하며 존에게 위로의 말을 전했다. 찰스는 그런 곤경에 빠져 있는 존이 그다지 힘들어하지 않는 모습을 보고 기이하게 생각했지만 쉽게 받아들이기에 사태가 너무 심각하기 때문에 그런 태도를 보이고 있을 것이라고 스스로를 납득시켰다.

사실 그날 존은 반스의 공터에 갔다. 그곳에서 금작화 덤불 밑에서 매우 특이한 쇳조각 하나를 발견했다. 그것은 모양과 크기, 둥그스레하게 깎인 모습이 전에 주웠던 유리조각과 흡사했다. 그러나 유리보다 차갑고 무겁고 검은 금속광택이 났다. 이 쇳조각은 전혀 지구의 것으로 보이지 않았다. 어쩌면 죽은 별의 파편일지도 모른다. 주머니에 넣은 쇳조각은 중량감이 느껴졌다. 벽난로에 중량감을 더하며 차갑게 빛났다. 운석은 유리조각과 별모양 도자기 파편과 함께 벽난로 위에 장식하기로 했다.

　그의 시선이 계속해서 새로운 것으로 옮겨감에 따라 그것을 소유하고 싶다는 강한 욕구는 그것이 자신에게 고통을 안겨 준다는 사실을 압도하게 되었다. 그는 더욱 확고한 태도로 탐색에 몰두했다. 만약 그에게 간절한 열망이 없었다면, 언젠가 자신의 노력이 결실을 맺을 수 있을 정도의 산더미 같은 쓰레기를 발견할 것이라는 확신이 없었다면 자신을 괴롭히는 수많은 실망—탐색의 곤란과 쏟아지는 조소— 때문에 그는 자신의 갈망을 포기했을 것이다. 그는 끝자락에 갈고리를 단 지팡이를 가방에 넣고 다니며 땅속에 묻혀 있는 것까지 일일이 파헤치고 뒤엉킨 관목 밑을 뒤졌다. 자신이 찾고 있는 것을 발견할 수 있는 곳이 그런 폐허란 곳을 경험을 통해 터득하고 벽 사이의 좁은 골목길과 공터를 살피며 다녔다. 원하는 것의 수준이 높아지고 선택 폭이 더욱 엄격해지면서 실망도 커졌다. 그러나 항상 마음속에는 희망의 불꽃이 사라지지 않았다. 도자기 파편, 유리조각, 독특한 홈집이 난 것, 특이한 모양을 한 것, 그런 것들이 그를 유혹했다. 많은 날이 흘렀다. 그는 이제 젊지 않다. 그의 화려한 정치 경력은 이미 과거의 것이 되었다. 사람들은 더 이상 그를 찾지 않았다. 그는 만찬에 초대하기에 너무나 말이 없는 사람이었다. 그는 자신이 마음속에 진지하게 품고 있는 갈망을 결코 남에게 말하지 않았다. 아무리 주변을 둘러보아도 자신을 이해해 줄 수 있을 것 같은 사람이 없을 것이라고 확신했기 때문이다.

그는 의자 깊숙이 앉아 정부를 어떻게 움직일 것인지를 역설하면서 자신의 주장을 강조하기 위해 벽난로 위의 돌을 10번 이상 들었다 놓는 동작을 반복하고 있는 찰스를 바라보았다. 그러나 찰스는 자신이 그런 동작을 하고 있으면서도 돌의 존재를 인식하지는 못했다.

"존, 대체 어떻게 된 거야? 뭐가 자네를 정치에서 완전히 등을 돌리게 한 거지?"

찰스가 갑작스러운 질문과 함께 존을 향해 몸을 돌렸다.

"등을 돌리지 않았어."

존이 대답했다.

"하지만 자네는 더 이상 손톱만큼의 희망도 없어."

찰스가 약간은 격앙된 어조로 말했다.

"그 점에 대해서는 자네의 의견에 동의할 수 없네."

존은 확신에 찬 목소리로 말했다. 찰스는 그를 바라보며 왠지 모를 불안감에 휩싸였다. 끝을 알 수 없는 의문이 그를 사로잡았다. 그는 자신들이 서로 다른 대상에 대해 이야기하고 있는 것 같다는 위화감을 느꼈다. 찰스는 끔찍한 불안감을 떨쳐내기 위해 주변을 둘러보았다. 그러나 어수선한 방은 그의 불안감을 더욱 조장할 뿐이었다. 저 지팡이는 뭘까? 저 묵직한 보따리는 뭘까? 게다가 저 돌들은? 찰스는 존을 바라보았다. 그의 표정에서는 확고한 무언가, 마치 꿈을 꾸고 있는 것 같은 어떤 불안감이 확실하게 느껴졌다. 그는 마음속으로 고개를 끄덕였다. 의문의 여지가 없었다. 존은 더 이상 연단에 오르지 않을 것이다.

"돌이 참 아름답군."

그는 최대한 밝은 목소리로 그렇게 말했다. 그리고 약속이 있다며 존의 곁을 떠났다. 영원히.

럭턴 유모의 커튼

Nurse Lugton's Curtain

✣ **작품 해설**

조카 앤 스티븐을 위해 쓴 동화다.(울프는 1920년대에 「과부와 앵무새」와 이 작품 등 조카들을 위해 동화를 두 편 썼다.) 이 소설은 순수 판타지물이다. 럭턴 유모가 잠이 들자 파란색 커튼을 장식하던 동물들이 살아 움직인다. 그들을 마법에 건 사람은 괴물 럭턴이다. 금파리 한 마리가 럭턴 유모를 깨우자 자유롭게 돌아다니던 생명체들은 다시 꼼짝없이 커튼의 무늬로 돌아간다는 이야기는 일상에서의 상상력을 다채롭게 이끌어 준다.

럭턴 유모의 커튼

Nurse Lugton's Curtain

　럭턴 유모는 잠이 들었다. 그녀는 크게 한 번 코를 골았다. 고개가 앞으로 기울어진 채 안경은 이마 위에 올려 놓고 그녀는 벽난로 앞 의자에 앉아있었고 골무를 낀 손가락이 위를 향해 있었다. 바늘에 꿰어진 무명실이 길게 늘어져 있었다. 다시 한 번 코를 골았다. 그리고 연이어 다시 한 번. 무릎 위에는 앞치마를 뒤덮을 만큼 크고 파란 무늬의 천이 펼쳐져 있다.

　천 전체에 그려져 있는 동물들은 럭턴 유모가 다섯 번 코를 골 때까지는 전혀 움직이지 않았다. 한 번, 두 번, 세 번, 넷, 다섯 번. 드디어 늙은 유모가 잠에 빠져들었다. 영양이 얼룩

말을 바라보며 신호를 보냈다. 기린은 나무 꼭대기의 잎사귀를 먹기 시작했다. 모든 동물이 몸을 떨며 굳어 있던 네 다리의 근육을 풀었다. 천에 그려져 있던 무늬는 야생동물들이었고 동물들 아래에는 호수와 다리와 둥근 지붕의 집들이 늘어선 마을이 있었고, 조그맣게 남자와 여자들이 창밖을 바라보거나 말을 타고 다리를 건너고 있었다. 그러나 늙은 유모가 다섯 번 코를 골자 곧바로 파란 천은 푸른 대지로 변했다. 나뭇가지가 살랑거렸다. 호수의 파도소리가 들려왔다. 다리 위 사람들이 움직이기 시작했고 창가의 사람들이 손을 흔들었다.

동물들은 이동하기 시작했다. 가장 먼저 코끼리가, 그 뒤를 이어 얼룩말, 기린, 호랑이, 타조, 비버, 12마리의 마모트, 몽구스 무리가 뒤따라갔다. 그리고 다시 펭귄과 펠리컨이 서로 쿡쿡 쪼아가며 뒤뚱뒤뚱 걷기 시작했다. 동물들 머리 위에는 사발 모양의 황금색 골무가 태양처럼 빛나고 있었다. 그리고 유모 럭턴이 코를 고는 소리는 동물들의 귀에 숲을 가로지르는 세찬 바람소리로 들렸다. 동물들은 물을 마시기 위해 들판을 건넜다. 그렇게 건너감에 따라 파란 커튼에는(유모 럭턴은 존 재스퍼 깅엄 부인 집 거실용 커튼을 짜고 있었다.) 풀이 싹트기 시작했다. 장미와 데이지가 피어나고 있었다. 자세히 보니 검은 돌과 흰 돌이 흩어져 있었다. 물웅덩이가 있었다. 한적한 오솔길이 몇 가닥으로 이어져 있었고 작은 개구리들이 코끼리 발에 밟히지 않으려 필사적으로 뛰었다. 동물들은 모두 아래로 내려갔다. 언덕 기슭에 있는 호수로 물을 마시러 가는 것이다. 그리고 머지않아 모든 동물이 호숫가에 모여들었다. 어떤 녀석은 몸을 숙이고, 또 어떤 녀석은 목을 길게 늘어뜨렸다. 그 광경은 정말이지 아름다웠다. 이렇게 커다란 목제 의자에 앉아 잠들어 있는 럭턴 유모의 무릎 위에서 이런 광경이 펼쳐지고 있는 것을 생각해 보면. 그리고 앞치마가 장미와 풀로 뒤덮여 있고 야생 동물들이 그것들을 밟고 지나가는 것을 생각해 보면. 럭턴 유모는 동물원 우리의 철창 사이로 우산을 찔러 넣는 것조차 죽기보다도 무서워하는 사람인데. 작은 벌레만 봐도 펄쩍 뛰는데. 그러나 럭턴 유모는 잠들어 있다. 그녀는 아무것도 모르고 있다.

코끼리는 물을 마시고 있다. 기린들은 주변에서 가장 키가 큰 튤립나무 가지의 잎사귀를 먹고 있다. 다리를 건넌 사람들은 동물들에게 바나나를 던져 주었다. 하늘을 향해 파인애플을 던졌다. 그리고 모과와 장미 잎으로 만든 황금색의 아름다운 롤 케이크를 던져 주었다. 원숭이들이 이것들을 맛있게 먹었다. 늙은 여왕이 동양풍 가마를 타고 왔다. 육군 대장이 지나갔다. 수상이 지나갔다. 그 뒤를 이어 해군 대장, 사형 집행인이, 그리고 마을의 경제를 책임지고 있는 높은 사람들이.

그곳은 밀라마치만토폴리스라고 하는 매우 아름다운 곳이었다. 아무도 아름다운 동물들을 헤치지 않았다. 사람들은 모두 동물들을 불쌍하게 여겼다. 왜냐하면 가장 작은 원숭이조차 마법에 걸려 있다는 사실을 잘 알고 있었기 때문이다. 거대한 여자 도깨비가 동물들에게 저주를 건 것이다. 그리고 이 여자 도깨비는 럭턴이라 불렸다. 창가에 있는 사람들은 이 여자 도깨비를 볼 수 있었다. 자신들을 내려다보듯이 버티고 서 있는 여자를. 여자 도깨비는 마치 산사태가 일어난 흔적이나 높은 절벽 등이 있는 산의 경사면과 비슷했다. 깊게 균열이 간 눈구멍, 머리카락, 이빨도 보였다. 자신의 영토를 침범한 모든 동물을 산 채로 얼어붙게 하였다. 때문에 동물들은 온종일 그녀의 무릎 위에 꼼짝도 하지 않고 정지되어 있다. 그러나 도깨비가 잠에 빠지게 되면 동물들은 해방이 된다. 그리고 저녁이 되면 밀라마치만토폴리스로 물을 마시러 찾아오는 것이었다.

갑자기 늙은 럭턴 유모가 완전히 구겨진 커튼을 휙 잡아당겼다.

커다란 쉬파리가 불빛 주변으로 날아와 그녀의 잠을 깨운 것이다. 그녀는 자세를 바로잡고 바늘을 천 속으로 찔러 넣었다.

동물들은 순식간에 원래의 모습으로 돌아갔다. 하늘은 파

란 천으로 되돌아갔다. 커튼은 침묵 속에 무릎 위에 펼쳐졌
다. 럭턴 유모는 바늘을 쥐고 깅엄 부인의 거실 창에 달 커튼
을 계속 짰다.

서치라이트

The Searchlight

✛ **작품 해설**

모두에게 같은 빛을 선사하는 서치라이트에서, 아이비메이 부인은
증조부의 소년 시절 한 단편을 끄집어낸다. 막간을 이용한 잡담처럼
이어지는 이야기에서 한 남자의 삶과 사랑이 절묘하게 그려지고, 절
정에 이르러 궁금증을 자아낸 채 끝을 맺는다.

서치라이트

The Searchlight

18세기에 어느 백작의 것이었던 그 저택은 20세기가 되어 클럽의 역할을 해야 했다. 늘어선 원기둥과 샹들리에가 화려하게 비추는 거실에서 식사를 한 뒤 발코니로 나오는 것은 정말로 유쾌한 일이었다. 발코니에서는 하이드 파크가 내려다보였고 나무들은 무성한 잎을 자랑하고 있었다. 만약 달이 떴다면 칠엽수 사이로 비친 분홍색과 크림색 리본 모양의 꽃이 보였을 것이다. 그러나 그날 밤은 달이 뜨지 않았고 매우 무더웠다. 쾌청한 낮의 기운을 이어받은 여름밤이 시작된 것이다.

아이비메이 부부와 그의 친구들은 발코니에서 커피와 담배를 즐기고 있었다. 사람들이 대화를 계속하는 수고를 덜어주기 위한 것인지, 아니면 마음 편하게 즐길 수 있게 하려는 것인지 몇 가닥 빛줄기가 원을 그리듯이 하늘을 비추기 시작했다. 전시 중은 아니었지만 최근 공군이 적의 비행기를 찾기 위한 것이라는 것은 이미 익숙한 일이었다. 의심스러운 점이 있었는지 잠시 멈추었다가 풍차의 날개처럼, 혹은 달리 표현하자면 무언가 독특한 곤충의 촉각처럼 다시 빛이 원을 그리기 시작했다. 쥐죽은 듯 썰렁한 거리를 비추고 많은 꽃이 달린 칠엽수를 잠시 비춘 뒤 갑자기 발코니를 비추기 시작했다. 그러자 둥근 빛이 번쩍였다. 아마도 레이스가 달린 주머니 속 손거울이 반사되었을 것이다.

"저기 봐요."

아이비메이 부인이 말했다.

빛이 지나갔다. 아이비메이 부부와 친구들은 다시 어둠 속에 섰다.

"저 그림자 속에서 뭘 봤는지 아무도 모를 거예요."

부인이 그렇게 말하자 자연스럽게 모두가 그것을 맞추려 했다.

"아니, 틀렸어요."

그녀는 모든 대답에 고개를 저었다. 아무도 답을 맞히지 못했고 그녀만이 답을 알고 있었다. 오로지 그녀만 알 수 있었다. 왜냐하면 그녀가 그 남자의 증손녀였기 때문이다. 증조부가 그녀에게 그 이야기를 해준 것이다. 어떤 이야기냐고? 만약 모두가 원한다면 그녀는 이야기해도 좋다고 여기고 있었다. 연극이 시작될 때까지는 아직 약간 시간이 있었다.

"그런데 어디서부터 이야기하면 좋을까?"

그녀는 잠시 생각에 잠겼다.

"1820년부터?…그때는 아마 증조부님도 어린아이였을 거야. 나도 이제 젊지는 않지만."

분명 그녀는 젊지 않지만 여전히 아름다웠고 행동거지도 우아했다.

"증조부님은 연세가 아주 많으셨어. 내가 아직 어릴 때 해주신 이야기였지. 정말 멋진 노신사였어."

아이비메이 부인이 설명하였다.

"숱이 많은 백발에 파란 눈동자. 증조부님은 아름다운 소년이었다고 생각해. 정말 독특한 분이었지. 하지만 그런 생활을 했으니 그렇게 된 것도 전혀 이상하지 않을 거야. 이름은 코머야. 코머 집안은 한때는 훌륭한 집안이었지만 거의 몰락한 상태였지. 북쪽의 요크셔 지방에 땅을 가지고 있었어. 하지만 어린 증조부님에게 남겨진 것은 탑뿐이었지. 집은 작은 농가로 들판 한복판에 자리하고 있었지.10년 쯤 전에 우리는 그곳에 갔었는데 차를 세워두고 들판을 걸어야 했어. 집으로 가는 길이 완전히 사라져 버린 거야. 풀이 문 높이까지 자랐고…, 닭 몇 마리가 있어서 여기저기를 쪼아 집안으로 들락거렸지. 모든 것이 황폐해져서 갑자기 탑에서 돌이 굴러 떨어졌던 것을 기억하고 있어."

그녀는 잠시 말을 멈췄다.

"증조부님이 살고 계시던 곳은 그런 곳이었어." 그녀는 다시 이야기를 이어갔다.

"나이가 든 아버지, 여자, 소년. 여자는 아버지의 아내가 아니었어. 그리고 소년의 어머니도 아니었지. 그녀는 농장에서 일하는 사람으로 아버지는 아내가 죽었을 때 그 여자를 집에 남겨 두었어. 그 집에 아무도 찾아오지 않은 이유는…, 그곳이 온통 황폐했다는 것과 또 한 가지 이유, 아마도 그 여자 때문일 거야. 그리고 문 위에 방패 모양의 문장이 있었다는 것을 또렷하게 기억하고 있어. 책도 낡고 곰팡이로 뒤덮여 있었지. 증조부님은 모든 것을 책을 통해 배우고 직접 만들었지. 증조부님은 내게 책을 외울 정도로 많이 읽었다고 하셨지. 낡은 책, 페이지 사이의 지도를 펼칠 수 있게 되어 있는 책. 증조부님은 그 책을 탑 꼭대기로 끌어올렸지. 밧줄이 아직 그곳에 있었고 부서진 계단도 볼 수 있었어. 앉는 받침이 빠져버린 의자가 창가에 놓여 있었어. 망가져서 열린 채 흔들리고 있었지. 유리창이 깨져 있었고 황야 저 멀리까지 바라볼 수 있었어."

그녀는 여기까지 말하고 다시 입을 다물었다. 마치 탑 꼭대기에서 열려 있는 창을 통해 저 멀리를 바라보듯이.

"하지만 우리는 찾을 수가 없었어. 망원경이 어디에도 없었지."

그녀가 다시 입을 열었다. 등 뒤 식당에서 접시 소리가 요란하게 울렸다. 발코니에 있던 아이비메이 부인은 당혹스러운 것처럼 보였다. 아마도 망원경을 찾을 수가 없었기 때문일 것이다.

"왜 망원경을 찾은 거죠?"

누군가 질문을 던졌다.

"망원경을 왜 찾았냐고요? 만약 망원경이 없었다면 저는 지금 이 자리에 앉아 있지 않았을 거예요."

그녀는 웃으며 말했다.

분명 그녀는 지금 그곳에 앉아 있다. 어깨에는 파란색 숄을 두른 활력이 넘치는 초로의 부인.

"틀림없이 그곳에 있었을 거야."

그녀는 다시 이야기를 시작했다.

"증조부님이 그렇게 말씀하셨으니까. 매일 밤 어른들이 잠자리에 들면 창가에 앉아 망원경으로 별을 관찰했지. 목성,

알데바란(황소자리 중 가장 밝은 별), 카시오페이아."

그녀는 나무 위로 모습을 드러내기 시작한 별을 가리켰다. 어둠이 점점 짙어졌다. 서치라이트 불빛이 더욱 선명하게 보였다. 하늘 위에 미끄러지듯 여기 저기 별을 가리키다 멈췄다. 그리고 계속해서 말했다.

"저기 별이 있어. 그리고 어린 증조부님은 자문하고 대답을 했어. '저건 뭘까? 왜 저기에 있는 거지. 그리고 나는 누굴까?' 이야기 상대도 없이 별을 바라보고 있는 사람들이 대부분 그렇듯이 말이야."

그녀는 입을 다물었다. 듣고 있는 사람들은 모두 나무 위에 총총히 떠 있는 별을 바라보았다. 별은 정말이지 영원할 것처럼 보였다. 불변의 것으로 보였다. 런던의 왁자지껄한 소리들이 잠잠해졌다. 수백 년이라는 시간이 모두 허무하게 여겨졌다. 발코니의 사람들은 소년이 자신들과 함께 별을 바라보고 있는 듯한 기분이 들었다. 또한 소년과 함께 탑에 있는 것 같은 느낌이 들었다. 거친 황야에 빛나는 별을 보고 있는 것 같았다.

등 뒤에서 목소리가 들렸다.

"프라이데이 씨, 당신 말 대로예요."

모두 고개를 돌렸다. 탑에서 번쩍 들어 올려져 발코니 위에 내려진 기분이 들었다.

"'프라이데이 씨, 당신 말 대로예요.' 하지만 그를 그렇게 부르는 사람은 아무도 없었지."

그녀는 낮은 목소리로 말했다. 등 뒤에 있던 한 쌍의 남녀는 일어서서 어디론가 가버렸다.

"증조부님은 고독했어." 그녀는 다시 이야기를 이어갔다.

"날씨가 쾌청한 어느 여름날이었지. 6월의 어느 날. 완전한 여름날들 중에 하루. 모든 것이 열기 속에 갇혀 있는 것 같은 날. 농장 정원에서는 몇 마리의 닭이 땅바닥을 쪼고 있었지. 컵을 손에 들고 꾸벅꾸벅 졸고 있는 아버지. 부엌에서 설거지를 하는 여자. 아마 탑에서 돌 하나가 떨어졌을 거야. 그날은 영원히 끝나지 않을 것 같았지. 그에게는 이야기를 나눌 상대가 한 명도 없었어. 그리고 딱히 할 일도 없었지. 그는 탑으로 갔어. 세상 모든 것이 눈앞에 펼쳐졌지. 벌판은 울퉁불퉁 끝없이 이어졌어. 하늘과 황야가 맞닿아 있었지. 초록과 파랑, 파랑과 초록, 저 멀리 끝없이."

어스름한 불빛 아래 모두는 아이비메이 부인이 발코니 난간에 기대어 두 손으로 턱을 괴고 있는 모습을 바라보았다. 탑 안에서 벌판을 내려다보고 있듯이.

"벌판하고 하늘 뿐. 벌판과 하늘. 매일 매일 그것뿐이었지."

그녀는 속삭이듯 말했다. 그런 다음 그녀는 무언가를 눈앞에 가져다 대는 듯한 행동을 보였다.

"그런데 망원경으로 들여다보면 벌판이 어떤 식으로 보일까?"

그녀는 질문하듯이 말했다.

그러더니 손가락으로 무언가를 돌리는 듯한 작고 빠른 동작을 보였다.

"그는 초점을 맞췄지. 그는 망원경을 땅으로 향했어. 지평선에 펼쳐진 검은 숲을 향했지. 그러자 보이기 시작했어. 나무 하나하나가 나뉘어 보였지. 그리고 춤추듯 오르락내리락하는 새. 한 줄기 연기…, 저기 나무들 한가운데…. 그리고 더 아래…, 더 아래쪽…."

얼굴이 아래로 향했다.

"집이 있어. 나무에 둘러싸인 농가…. 벽돌 하나하나가 보여. 문 좌우로 하나씩 놓여 있는 통이 보여…. 아마도 통에는 파랑과 옅은 빨간색 수국이…."

그녀는 여기까지 말하고 잠시 침묵했다.

"그리고 집에서 아가씨가 나오고 있네. 머리에 파란 두건을 두르고…, 그러더니 멈춰 서서…, 새에게 모이를…. 비둘기다. 그녀 주변으로 비둘기가 날아와 앉았어. 그리고…, 남자야. 남자가 집 모퉁이를 돌아서 왔어. 아가씨의 팔을 잡고 두 사람은 키스를 했어…, 키스를."

아이비메이 부인은 두 팔을 벌렸다가 천천히 폭을 좁혔다. 마치 누군가와 키스를 하듯이.

"남자가 여자에게 키스를 하는 걸 본 건 처음이야. 망원경 속 벌판 저 편, 몇 킬로나 떨어진 저 편에서."

얼굴에서 무언가를 찾는 듯한 행동을 했다. 아마도 망원경일 것이다. 그녀는 앉아서 등을 쭉 폈다.

"그런 다음 그는 계단을 뛰어 내려가 벌판을 달렸어. 좁은 길을 달려 몇 개의 숲을 지나 큰길로 나갔지. 몇 킬로미터를 달렸어. 숲 위에 별이 뜰 때쯤에 집에 도착했어. 먼지투성이에 땀범벅이 돼서…."

그녀는 말을 멈췄다. 달려와 자기 앞에 멈춰선 소년의 모습을 눈앞에서 보고 있기라도 한 듯이.

"그리고 그런 다음…, 그리고 그는 어떻게 했나요? 그는 뭐라고 했나요? 그리고 아가씨는…?"

모두가 이야기를 재촉했다.

빛줄기가 아이비메이 부인 위에 떨어졌다. 마치 누군가가 망원경 렌즈의 초점을 그녀에게 맞춘 것처럼(그것은 공군이었다. 적기를 탐색하는 중이었다.). 그녀는 자리에서 일어나 있었다. 그녀는 파란색 두건을 머리에 쓰고 있었다. 손을 들고 있었다. 깜짝 놀라 문 앞에 멈춰서 있었다.

"그게…, 그 아가씨가 나…." 그녀는 입을 다물었다.

"그 아가씨가 나예요."라는 말을 하려는 듯이. 그러나 정신을 차리고 정정하였다.

"그 아가씨가 내 증조모야."

그녀는 망토를 찾아 주변을 둘러보았다. 망토는 바로 뒤 의자에 있었다.

"그리고 그다음은 어떻게 됐나요? 또 한 명의 남자는, 집 모퉁이를 돌아온 남자는?"

사람들이 입을 모아 물었다.

"또 한 명의 남자, 그 사람?"

아이비메이 부인이 작은 목소리로 말했다. 허리를 숙여 망토를 찾고 있었다(서치라이트의 불빛은 발코니를 벗어나 어디론가 가버렸다.).

"그 사람은 아마 어디론가 가버렸겠지."

"빛은."

망토랑 이것저것을 챙기며 그녀가 덧붙였다.

"그냥 여기저기를 비출 뿐이지."

서치라이트 빛은 지나쳐갔다. 그것은 지금 버킹엄 궁전의 드넓은 지역을 비추고 있다. 극장으로 갈 시간이었다.

밖에서 본 여자 기숙학교

A Woman's College from Outside

버지니아 울프의 아버지 레슬리 스티븐은 『영국 인명사전』을 편찬한 유명한 비평가였다. 그러나 스티븐은 울프의 의붓오빠인 아들에게는 대학 공부를 시켰지만 딸은 대학에 보내지 않았다. 버지니아 울프는 어린 시절 부모가 집을 비운 사이 의붓오빠들에게 지속적인 성 학대를 받았다. 이러한 환경에서 버지니아 울프는 독학으로 글을 썼고, 에세이스트 겸 소설가가 되었다. 이 작품에 등장하는 기숙사는 여자들만의 공간이기도 하고, 소녀에서 여성으로서 자아가 발현되는 공간이기도 하다.

밖에서 본 여자 기숙학교

A Woman's College from Outside

하얀 깃털이 가득한 달빛 덕분에 하늘은 그리 어둡지 않았다. 밤꽃은 나뭇잎을 배경으로 밤새 하얗게 빛나고 있다. 어둑어둑한 부분은 목초지의 야생 처빌(미나리과 허브) 덤불. 케임브리지 대학의 네모난 정원을 스쳐지나가는 바람은 타타르와 아라비아까지 가지 못한 채 여자 기숙학교 뉴냄의 지붕 위에 퍼져 있는 청회색 구름 속으로 덧없이 사라질 뿐이다. 달이 정원에서 방황할 공간이 필요하다면 나무들 사이에서 찾을 수 있을 것이다. 게다가 여자 얼굴밖에 만날 수 없기 때문에 달은 베일을 걷어내고 무표정하고 특색이 없는 얼굴을 드러낸 채 방을 하나하나 들여다봐도 상관이 없을 것이다. 이 시간 방에서는 무표정하고 특색이 없는 얼굴에 하얀 눈꺼풀을 감은, 반지를 끼지 않은 손을 시트 위에 늘어뜨린 채 많은 여학생이 잠들어 있었다. 그러나 아직까지 여기저기서 빛이 새어 나오고 있었다.

안젤라의 방은 그녀 자체가 빛나고 있었기 때문에 네모난 거울에 비친 그녀의 모습 또한 반짝반짝 빛이 나 두 배로 빛나고 있는 것처럼 느껴질 것이다. 그녀의 모든 것이 완벽하게 비치고 있었다―아마도 영혼까지. 왜냐하면 거울은 그녀의 미동조차 하지 않는 모습을 투영하고 있기 때문이다―흰색과 황금색의 나이트가운, 빨간 슬리퍼, 파란 구슬을 장식한 옅은 색 머리카락. 그리고 안젤라와 거울 속 영상의 부드러운 키스를 방해할 작은 물결도 그림자조차 전혀 없어 영상은 마치 안젤라 자신인 양 기뻐하고 있는 것 같았다. 어쨌거나 희열에 잠긴 순간이었다. 화려하게 빛나는 그림이 한밤중에 걸려 있고, 성당이 어둠을 뚫고 서 있었다. 모든 것의 적절함이 이렇듯 눈에 보이는 형태로 증명되고 있다는 것은 정말로 놀라운 일이었다. 백합과 닮은 모습은 정체된 시간 속에 완벽한 모습으로 전혀 두려움 없이 감돌았다. 마치 영상만으로도 충분하기라도 한 듯이. 이 명상은 안젤라가 몸을 돌리며 깨져버렸고, 덕분에 거울에는 아무것도 비치지 않은 채 놋쇠로 된

침대 틀만이 보일 뿐이었다. 그녀는 이리저리 분주하게 뛰어 다니고, 가볍게 두드리고, 재빠르게 움직이는 가정부처럼 보이는가 싶다가 다시 확 바뀌어 입술을 오므리고 검은색 책을 든 채 완벽하게 이해했다고 단정할 수 없는 경제학 내용을 손가락으로 짚어가며 독서삼매경에 빠져 있었다. 안젤라 윌리엄스만이 뉴넘에서 경제적으로 자립하기 위해 공부를 하고 있었기 때문에 자기 숭배에 열심인 순간에도 스완지에 있는 아버지가 보내준 수표와 세탁실에서 세탁을 하고 있는 어머니를 잊을 수가 없었다. 빨랫줄에 걸린 채 건조되고 있는 몇 벌의 분홍빛 양복. 이 백합과 닮은 모습조차도 이제는 물웅덩이 위에 완벽한 모습으로 떠 있는 것이 아니라 남들과 마찬가지로 카드에 기록된 이름을 가졌다는 증거다.

A. 윌리엄스—달빛으로 이름을 확인할 수 있을 것이다. 그 옆에는 메리, 엘리너, 밀드레드, 사라, 피비 등의 이름이 문에 붙어 있는 네모난 카드에 적혀 있을 것이다. 모두가 이름, 이름에 불과했다. 차고 흰 빛이 카드 위의 이름을 시들고 딱딱하게 굳게 만들고 결국에는 이 모든 이름의 유일한 용도는 불을 *끄*거나 소동을 멈추게 하고, 시험에 합격하도록 강요당하면 용감하게 분연히 대처할 것처럼 느껴졌다. 문에 핀으로 꽂아둔 카드 위에 기록된 이름의 위력은 그런 것이다. 또한 타일과 복도와 침실 문 때문에 마치 목장이나 수녀원, 다시 말

해 차고 순수한 우유 통이 줄지어 늘어서 있고 린넨 세탁물이 잔뜩 쌓여 있어 은둔의 수도원과 닮았다.

바로 그 순간 부드러운 웃음소리가 문 뒤에서 들려왔다. 벽시계가 새침한 소리로 시간을 알렸다. 2시였다. 벽시계가 명령을 내렸으나 명령은 무시되었다. 화재, 소동, 시험은 모두 웃음소리에 묻혀 버렸거나, 아니면 송두리째 뽑혀 버렸다. 웃음소리는 깊은 곳에서 솟아올라 시간과 규칙과 규율을 조용히 저 멀리로 보내 버렸다. 침대 위에는 트럼프가 어지럽게 흩어져 있었다. 샐리는 바닥에, 헬레나는 의자에 앉아 있었다. 착한 버사는 난로 옆에서 두 손을 모아 합장을 하고 있었다. A. 윌리엄스가 하품을 하며 들어왔다.

"정말 지긋지긋해서 못 참겠어."

헬레나가 말했다.

"지긋지긋해."

버사가 반복한 뒤 하품을 했다.

"우리는 내시가 아니야."

"그녀가 낡은 모자를 쓰고 뒷문으로 몰래 들어오는 것을 봤어. 그들은 우리가 모르길 바라는가 봐."

"그들? 그녀겠지."

안젤라가 말했다.

그러자 모두 웃음을 터뜨렸다.

트럼프가 펼쳐지고 앞면이 빨강과 노란 트럼프가 테이블 위에 던져지고 몇 개의 손이 트럼프를 섞었다. 착한 버사는 머리를 의자에 기대고 앉아 깊은 한숨을 내쉬었다. 그녀는 아마도 숙면을 취했을 테니까. 그러나 밤은 드넓은 목장, 끝없이 펼쳐진 벌판이고, 밤은 틀에 얽매이지 않은 풍요로 가득했기 때문에 그 어둠의 터널을 파내야만 한다. 밤에 보석을 뿌리지 않으면 안 된다. 밤은 몰래 서로 나누고 낮은 가축들에 의해 먹혀 버렸다. 블라인드가 올라가 있었다. 안개가 정원에 퍼졌다. 창가 바닥에 앉아 있으니(다른 친구들이 트럼프를 하고 있는 동안) 육체와 정신 모두가 대기 속으로 날아가 버리고 덤불을 넘어 떠다니는 것 같았다. 그러나 버사는 침대 위에 몸을 쭉 뻗고 자고 싶었다. 그녀는 자신의 마음을 아무도 눈치 채지 못했다고 착각하고 있었다. 버사는 얌전하게—너무 졸리지만—갑자기 고개를 끄덕이거나 한쪽으로 고개를 돌렸기 때문에 모두는 그녀가 완전히 잠에서 깼다고 생각했다. 모두가 일제히 웃음을 터뜨리자 정원에서 새가 짹짹 울었다. 마치 그 웃음소리가….

그랬다, 마치 웃음소리가(버사는 이미 겉잠에 빠져 있었기 때문에) 안개처럼 퍼지면서 부드럽고 탄력적인 작은 조각이 되어 초목과 덤불에 붙어 정원은 온통 안개가 깔려 어두워진 것 같았다. 그러다 바람이 불면 덤불은 고개를 숙이고 하얀 안개가 전체적으로 퍼질 것이다.

　여자들이 자고 있는 모든 방에서 이 안개가 흘러나와 관목에 부착한 뒤 점점 그 공간을 넓히며 퍼져갔다. 나이든 여자들은 자고 있었지만 그녀들이 눈을 뜨면 당장에 권력의 상징인 상아 지팡이를 손에 쥘 것이다. 그녀들은 평온하고 창백한 얼굴로 깊은 잠에 빠져 있다. 창가에 기대거나 한데 뭉쳐 이 무책임한 웃음소리를, 이 기운찬 웃음소리를 정원에 퍼뜨리고 있는 젊은 여자들의 육체에 둘러싸이고 의지한 채 누워 있었다. 정신과 육체에서 방출된 이 웃음소리는 규칙과 시각과 규율 모두를 잊게 했다. 매우 풍성하지만 형태도 없이 어지럽게 길게 뻗으며 방황하는 작은 안개들을 장미 나무에 치장한다.

　"아아!"

　안젤라는 나이트가운을 입은 채 창가를 서성이며 한숨을 내쉬었다. 괴로운 듯한 목소리였다. 그녀는 창밖으로 머리를 내밀었다. 안개는 안젤라의 목소리가 갈라놓은 듯이 두 줄기로 갈라졌다. 안젤라는 다른 친구들이 트럼프를 하는 동안 앨리스 에이버리와 함께 뱀버러 성에 대해 이야기를 나누었다. 노을 질 무렵 그곳 백사장의 색에 대하여. 그러자 앨리스가 8월에 편지를 쓸 테니 그곳에 갈 날짜를 정하자고 말하며 몸을 숙여 안젤라에게 키스했다. 적어도 손으로 안젤라의 머리를 만진 것이다. 그러자 안젤라는 바람에 부서진 바다처럼 가슴이 뛰어 가만히 앉아 있을 수 없었고, 나무꼭대기에 황금 열매를 맺은 신기한 나무가 몸을 숙여 감싸준 것에 대한 놀라움을 진정시키기 위해 두 팔을 흔들며 방(이 모든 광경의 증인이다.) 안을 이리저리 서성거렸다. 황금 열매가 그녀의 품에 떨어지지 않았는가? 안젤라는 빛나는 열매를 품에 꼭 끌어안았다. 만져서는 안 될 것, 생각해서는 안 될 것, 입에 담아서는 안 될 것을 품 안에서 그저 빛을 발산하도록 내버려둘 수밖에 없는 것이다. 그런 다음 천천히 양말을 여기 두고, 슬리퍼를 저쪽에 두고, 속치마를 접어 올린 뒤 안젤라는 자신의 성이 윌리엄스라는 것을 깨달았다―어떻게 표현하는 것이 좋을까?―길고 긴 세월동안 어두운 시간이 흐른 뒤에 터널 출구의 빛을 발견한 것이다. 인생이, 세계가 보이기 시작한 것이라는 것을. 아름다운 모든 것이 그녀의 마음속 깊은 곳에 잠재되어 있었던 것이다. 매력적인 모든 것이. 그것이 안젤라가 발견한 것이다.

그러니 침대에 누워서 잠을 이룰 수 없다는 것에 어찌 놀라겠는가? 무언가가 결코 눈을 감지 못하게 한 것이다. 만약 옅은 어둠 속에서 의자와 서랍장이 당당해 보이고, 거울이 새벽의 회색빛에 반사되어 반짝이고 있더라도? 안젤라는 어린 아이처럼 엄지손가락을 빨면서(그녀는 작년 11월로 19살이 되었다.) 이 멋진 세상, 새로운 세상, 터널 출구의 세상에 누워 있었지만, 드디어 그 세계를 보고 싶고 앞서고 싶다는 욕망 때문에 이불을 걷어차고 일어나 창가로 가서 정원을 내려다보았다. 정원에는 안개가 자욱했고 모든 창문이 열려 있었다. 한 가지가 푸르게 솟아올랐고 무언가가 멀리서 속삭였다—물론 세계가, 그리고 밝아오는 아침이.

"아아!"

안젤라는 고뇌에 찬 탄성을 질렀다.

벽의 얼룩

The Mark on the Wall

버지니아 울프는 인간의 내면성에 삶의 리얼리티가 담겨 있다고 생각한 작가다. 「벽의 얼룩」 또한 줄거리를 중시하던 전통적인 소설 기법과는 달리 사색의 흐름을 따라 진행된다. 벽을 바라보던 한 여성이 밑도 끝도 없는 생각을 이어가다 남편으로 보이는 한 남자의 등장으로 그 얼룩이 달팽이라는 것을 알게 된다는 게 이야기의 전부인 것이다. 사실주의적 소설 작법을 거부한 대표적인 작품 가운데 하나다.

벽의 얼룩

The Mark on the Wall

고개를 들어 벽에 난 얼룩을 알게 된 것은 아마도 올해 1월 중순경이었을 것이다. 확실한 날짜는 눈에 비친 것을 기억해 내야 할 필요가 있다. 그러고 보니 난롯불이 이글거리고 있었다. 읽고 있던 책 위에 노란색 빛이 줄곧 비추고 있었다. 벽난로 위 둥근 유리 꽃병에는 국화 세 송이가 꽂혀 있었다. 맞다, 틀림없이 겨울이다. 차를 막 마신 뒤였다. 고개를 들어 처음으로 얼룩을 발견했을 때 담배를 피웠다는 것을 기억하고 있기 때문이다. 담배 연기 사이로 바라보니 붉게 이글거리며 타오르는 석탄에 순간적으로 눈길이 멈췄다. 그러자 성루에서 펄럭이고 있는 진홍색 깃발이라는 상상을 하게 되었고, 거무스름한 바위 경사면을 진홍빛 갑옷을 입은 기사들이 줄지어 말을 타고 달려오는 모습이 머리에 떠올랐다. 얼룩이 눈에 들어오자 이 공상이 중단되어 안도의 한숨을 내쉬었다. 아마도 어릴 적부터 익숙했던 공상, 반사적으로 떠오르는 공상이었기 때문일 것이다. 작고 둥근 얼룩은 벽난로 15센티 위 하얀 벽에 검게 나 있었다.

우리는 새로운 것에 대하여 아주 쉽게 상상에 빠지곤 한다. 개미 무리가 지푸라기 한 조각을 열심히 나르는 것과 마찬가지로 그것을 잠시 들어 올렸다가 그냥 버린다. 만약 그 얼룩이 못 자국이라면 큰 그림을 걸었던 못이었을 것이다. 틀림없이 초상화를 걸었던 못이었을 것이다. 곱슬머리와 볼에 흰 가루를 뿌리고, 입술은 빨간 카네이션 같은 여성의 초상화였을 것이다. 물론 가짜 초상화다. 우리 전에 이 집에 살았던 사람들은 그런 방법―낡은 집에는 낡은 그림이라는 방식―으로 그림을 골랐기 때문이다. 그런 수많은 사람들―매우 흥미로운 사람들이―나는 자주 이런 엉뚱한 상황에 그들에 대한 공상을 했다. 두 번 다시 만날 수 없을 것이고 현재 어떻게 되었는지 알 수 없기 때문이다. 그들은 이 집에서 나가고 싶어 했고, 가구를 새로 바꾸고 싶어 했기 때문이라고 했다. 그리고 중개인이 자기 생각에는 예술에는 사상이 동반되어야 한다고 말하는 순간 우리의 공상은 깨지고 만다. 열차를 타고 달릴 때 차를 따르려고 하고 있는 노부인과 교외에 있는 별장 뒤뜰에서 테니스공을 치려고 하는 청년을 지나치듯이.

그러나 그 얼룩에 대해서는 잘 알 수가 없다. 못의 흔적 같지는 않다. 못 자국이라고 보기에는 너무 크고 둥글다. 일어나서 확인해 본다고 하더라도 분명 확실한 답을 찾을 수는 없을 것이다. 사건이 일어난 뒤에는 어떻게 해서 그렇게 된 것인지는 아무도 알 수 없다. 아아, 인생이란 정말 이해할 수 없는 것이다! 우리가 생각하는 것은 너무나 부정확하다! 인간은 아무것도 모른다! 우리는 자신이 소유물을 전혀 관리하지 못하고 있다는 사실을 보여주기 위해—이렇게 문명이 발달되어 있으면서도 삶이란 것이 얼마나 우연의 연속인가를 보여주기 위해—우리가 평생 동안 잃어버리는 것 몇 가지를 들어보겠다. 먼저—이것이 항상 어떤 식으로 사라지는지—고양이가 갉아 먹었는지, 쥐가 갉아 먹었는지—가장 알 수 없다고 생각되는 것—제본용 형틀에 들어간 세 개의 옅은 청색 깡통은 어떻게 되었을까? 그리고 새장, 굴렁쇠, 강철 스케이트 구두, 앤 여왕시대의 석탄 보관함, 구슬치기 놀이판, 손풍금—모두 다 사라져버렸다. 거기에 보석들도. 오팔과 에메랄드는 순무 뿌리 주변에서 굴러다니고 있다. 산다는 것은 닳고 깎여 나가는 것이다! 내가 힘들게 옷을 입고, 이 순간, 튼튼한 가구에 둘러싸여 앉아 있다는 것이 신기할 따름이다. 인생을 무언가에 비유한다면 시속 80킬로로 지하철 선로 위를 달리는 것에 비유해야할 것이다—종점에 도착하면 머리핀조차 하나도 남지 않는다! 알몸으로 신의 발아래 순식간에 튕겨져 버리는 것과 같다! 집배원 우편 가방에 던져진 갈색 종이 상자처럼, 백합꽃이 피어 있는 천국으로 거꾸로 떨어져 간다! 머리카락을 경주마의 꼬리처럼 뒤로 흩날리면서. 그렇다, 이 비유가 인생의 빠른 흐름, 끝없이 낭비와 수리를 해야 한다는 것을 여실히 보여주고 있는 것 같다. 모든 것이 전혀 도움이 되지 않는다. 모든 것이 완전히 엉망인….

　　그렇다면 죽은 뒤에는 어떠한가? 굵은 녹색 줄기가 천천히 쓰러지고 꽃받침이 뒤집어지면서 자줏빛과 빨간 빛이 우리에게 쏟아진다. 결국 인간은 이 세상에 있든 저 세상에 있든 간에 전혀 다른 것이 없는 것이 아닐까? 아무 말도 못한 채 무력하게 초점을 잃은 눈으로 거인들 발아래 풀 속을 헤매고 있는 것이 아닐까? 어느 것이 나무고 어느 것이 남자와 여자인지, 혹은 그런 것이 있는지에 대해 말할 단계가 되면 50년 정도는 그것이 가능한 상황이 아닐 것이다. 굵은 줄기가 여기 저기 자생하고 빛과 어둠의 공간 이외는 아무것도 없을 것이다. 아마도 훨씬 높은 곳에는 뚜렷하지 않은 색의 장미 모양의 얼룩—옅은 분홍과 파랑이 있고, 그것은 시간이 흐름에 따라 점점 더 또렷해지고 결국 무엇이 될지 나는 알 수 없다.

그러나 벽에 난 얼룩은 구멍이 아니다. 무언가 동그랗고 검은 것, 여름의 흔적인 작은 장미 잎과 같은 것 때문에 생긴 것일지도 모른다. 그리고 나는 꼼꼼하게 집안을 관리하는 사람이 아니다. 벽난로 위의 먼지를 보면 금방 알 수 있다. 트로이를 뒤덮어버린 먼지뿐이다. 그러나 항아리 조각만은 무슨 일이 있더라도 사라지지 않았다.

창밖의 나무가 조용히 창문을 두드린다. 나는 차분하고 조용히 생각에 잠기고 싶다. 아무 방해도 받지 않고 한가하게 의자에서 일어나는 일 없이 적대심을 느끼지 않은 채 편안하게 이런저런 생각에 잠기고 싶다. 온갖 딱딱한 사실들로 고착된 표면에서 벗어나 깊이 빠져들고 싶다. 나 자신의 안정을 위해 맨 처음 떠오른 생각을 붙잡고 싶다. 셰익스피어. 그래, 셰익스피어로 충분할 것이다. 안락의자에 편안하게 앉아 난롯불을 바라보고 있는 남자. 그리고 온갖 상념이 하늘 높이서 진눈개비처럼 끝없이 그의 머릿속에 쏟아지고 있다. 그는 턱에 손을 괴고 있고, 사람들은 열린 문틈 사이로 훔쳐보고 있다. 이 광경은 여름날의 석양을 연상하게 한다. 그러나 이것은, 이 역사소설은 정말로 따분하다! 전혀 내 관심을 끌지 못한다. 무언가 재미난 것을 착안할 수 있다면 좋을 텐데, 간접적으로 내 업적이 될 수 있는 생각. 왜냐하면 그런 것이야말로 가장 즐거운 생각이고 자신에 대한 칭찬 따위는 듣고 싶지 않다는 마음에서 우러난 겸손하고 남의 눈에 잘 띄지 않는 사람들의 머리로도 쉽게 떠올릴 수 있기 때문이다. 그것은 자신을 공공연하게 찬양하는 생각이 아니다. 그것이 바로 훌륭한 점이다. 그것은 다음과 같은 생각이다.

"나는 방 안으로 들어갔다. 사람들은 식물에 대한 이야기를 하고 있었다. 나는 킹스웨이의 오래된 집터 먼지구덩이에 꽃 한 송이가 피어 있는 것을 본 적이 있고, 찰스 1세 때 심은 것이 틀림없을 것이라고 했다. 그리고 찰스 1세 시대에는 어떤 꽃들이 있었을까?' 라고 물었다.(그러나 대답은 기억나지 않는다.) 아마 자줏빛 꽃송이에 키가 큰 꽃이었을 것이다. 이런 식으로 이야기를 진행한다. 그러는 사이 나는 머릿속으로 몰래 자신의 용모를 예쁘게 단장했다. 그 모습을 확실하게 칭찬하지는 않았다. 왜냐하면 칭찬했다면 자신의 행위를 깨닫고 자기 방어를 위해 당장에 책을 집으려 손을 뻗을 것이기 때문이다. 참으로 기이한 일이다. 인간은 자기 자신의 이미지를 우상숭배하거나, 또는 자신의 모습이 바보 같다는 이유 때문에 더 이상 믿을 수 없을 만큼 원래의 모습과 전혀 닮지 않은 것으로 취급해 버려 본능적으로 보호하려는 습성이 있다. 아니면 이런 행동이 별로 이상하지 않은 것일까? 이건 중요한 일이다. 전신 거울이 깨져 모습이 사라지고 온몸에 깊은 숲의 녹색을 띤 낭만적인 모습은 더 이상 존재하지 않고 타인의 눈에 비친 겉모습만 존재한다면 세상은 얼마나 폐쇄적이고, 천박하고, 운치 없는 황량한 것이 되어 버리겠는가! 더 이상 살수 없는 세상이 될 것이다. 우리는 버스나 지하철에 앉아 서로 마주하고 앉아 거울을 들여다보고 있다. 우리의 눈이 흐릿하게 유리처럼 빛나고 있는 것은 그 때문이다. 미래의 소설가는 이러한 영상의 중요성을 더더욱 실감하게 될 것이다. 물론 영상은 하나가 아니라 무한에 가깝기 때문이다. 미래의 소설가는 이러한 영상의 심연을 탐구한다. 현실 묘사는 이미 다 알고 있는 사실로 차츰 배재되고 이러한 영상을 추구한다. 영국인들, 아마도 셰익스피어도 그랬을 것이다. 그러나 이러한 일반론은 아무런 가치도 없다. 주변에서 들려오는 군가풍의 음악으로 충분하다. 그것은 신문 사설, 장관들을 연상시킨다. 어릴 적 정말로 중요하고 기준이라고 여겼던 것들에서 벗어나면 입에 담을 수 없는 천벌이 내릴 위험이 있다고 여겼던 일련의 것들. 일반론이라는 것이 어떤 것인지, 런던의 일요일을 떠올리게 한다. 일요일 오후의 산책, 일요일의 오찬, 그리고 죽은 자들의 말투, 옷, 습관. 특정 시간이 될 때까지 아무도 그러고 싶지 않지만 한 방에 모여 앉아 있는 습관을 떠올리게 된다. 모든 일에 규칙이 있다. 이 특별한 시간에 정해진 테이블보는 노란색에 사각형 모양이 이어진 천으로 사진으로 흔히 보는 궁전 복도의 카펫과 닮은 것을 사용해야 한다. 이렇게 정해진 것과 다른 테이블보는 진정한 테이블보가 아니었다. 일요일 오찬이나 일요일의 산책, 별장, 테이블보와 같은 것이 정말로 진짜가 아니라 반쯤은 환상과 같은 것으로 이러한 것을 믿지 않는 사람들에게 내려질 천벌이라는 것이 당당하지 못한 해방감에 불과하다는 것을 깨달은 것은 너무나 충격적이지만 얼마나 위대한 일인가. 지금은 무엇이 이런 진정한 기준들을 대체하고 있을까? 여자라면 남자가 그것을 대신할 것이다. 남자의 시점이 우리의 생활을 지배하고 규칙을 정하고 휘터커 연감(1868년에 창간된 연감으로 집안이나 지위에 따른 상세한 서열표가 게재돼 있다.)을 결정했다. 서열표는 전쟁 이후 대부분의 남녀에게 거의 들어맞지 않게 되었다. 그리고 얼마 뒤 마호가니 찬장, 랜드시어의 판화(영국의 화가 에드워드 헨리 랜드시어의 그림을 형 토마스가 동판화로 만든 것.), 신이나 악마, 지옥이니 뭐니 하는 실체가 없는 것들이 쓰레기통으로 직행하게 될 것이다. 그리고 우리 모두를 당당하지 못한 해방감에 도취하게 만들 것이다. 만약 해방이라는 것이 정말 있다면.

벽에 난 얼룩은 마치 벽에서 돌출된 것처럼 보였다. 완벽한 원형이라고도 할 수 없다. 확실하지 않지만 그림자가 드리워져 있는 것처럼 보여 손가락으로 그림자를 따라 벽을 만져보면 특정 부분에서 약간 봉긋하게 올라와 있어 남부 구릉지의 무덤처럼 매끄럽고 봉긋한 곳을 타고 올랐다가 내려오게 된다. 이런 구릉지는 대부분 무덤이나 야영지이지만 나는 솔직히 무덤이었으면 좋겠다. 대부분의 영국인들처럼 감상에 젖어 산책을 마친 뒤 잔디 위에 굴러다니는 뼈에 대한 생각에 잠기는 것은 극히 자연스러운 것이라고 여기기 때문이다. 이러한 구릉지에 대해 쓴 책이 분명히 있을 것이다. 분명 어느 고고학자가 뼈를 발굴하여 이름을 붙였을 것이다. 고고학자들이란 어떤 부류의 인간들일까? 아마도 대부분은 퇴역한 육군 대령일 것이다. 늙은 노동자 무리를 데리고 이 구릉지에 올라 토양과 돌을 조사하고 주변 목사와 편지를 주고받기 시작한다. 편지는 아침식사 시간에 개봉되고 그들에게 중요한 인물이라는 인식을 심어주게 된다. 그리고 모든 화살촉을 비교하기 위해 전국 방방곡곡을 돌아다니게 되고, 그것은 본인은 물론 중년이 넘은 아내들에게도 환영받을 일이다. 아내들은 자두 잼을 만들거나 서재 대청소를 하고 싶어 하기 때문에 이 문제가 야영지든 무덤이든 절대로 밝혀지지 않기를 바라고 있다. 그러나 대령 자신은 무덤인지 야영지인지에 대한 증거를 수집하며 마치 학자라도 된 것 같은 자아도취에 빠진다. 그가 결국 야영지설로 기울게 될 것이라는 것은 틀림이 없다. 그리고 반론이 일어나면 작은 책자를 써서 지역 연구회의 네 번 있는 회합에 참석하여 그것을 읽으려 하지만 뇌졸중 발작으로 쓰러지고 만다. 의식이 남아 있는 동안 그의 머릿속에는 처자식에 대한 생각이 아니라 야영지에서 발견한 화살촉에 대한 생각뿐이다. 화살촉은 현재 살인을 저지른 중국인 여성의 발과, 소량의 엘리자베스 왕조의 못, 튜더 왕조시대의 도자기 파이프, 로마 시대 도자기 파편, 넬슨이 썼던 와인 잔 등 무얼 증명하려고 하는 것인지 알 수 없는 물건들과 함께 지역 박물관 상자에 보관되어 있다.

그렇다, 아무것도 증명할 수 없고 아무것도 알 수 없다. 내가 이 순간 일어나서 벽에 난 얼룩이… 뭐라고 할까? 200년 전에 박은 커다랗고 낡은 못대가리라는 것을 확인한다면, 하녀들이 수 세대에 걸쳐 참고 닦아 페인트가 벗겨진 못대가리가 드러나 이글거리는 벽난로의 하얀 방 안의 현대적 생활 광경을 처음으로 구경하고 있지만 과연 무엇을 얻을 수 있단 말인가? 지식? 보다 깊은 사색의 재료? 나는 그냥 앉은 채로 서 있을 때와 마찬가지로 생각할 수 있다. 그리고 지식이란 무엇일까? 학자란 동굴이나 숲속을 헤매며 약초를 달이고, 땃쥐를 심문하고, 별의 대화를 기록하는 마녀나 은둔자의 자손에 불과한 것이 아닐까? 우리의 미신이 줄어들고 지성의 아름다움과 건전함에 대한 존경심이 커짐에 따라 학자를 숭배하지 않게 된다. 그렇다, 매우 쾌적한 세계를 상상할 수 있다. 드넓은 광야에 빨갛고 파란 꽃들이 만발한 고요하고 광활한 세계. 교

수, 전문가, 경찰관 같은 측면이 있는 도우미가 존재하지 않는 세계. 물고기가 수련 줄기를 가볍게 건드리거나, 흰 알을 품고 있는 바닷속 둥지 위를 떠다니면서 지느러미로 수면을 가르듯이 생각만으로 가를 수 있는 세계…, 이런 세계의 중심에 뿌리를 내리고 빛이 반사되는 잿빛 물을 통해 위를 응시하고 있는 것은 얼마나 평화로운 일일까? 휘터커 연감이 없다면, 그 서열표만 없다면!

나는 벌떡 일어나 벽에 난 얼룩이 과연 무엇인지 직접 확인하지 않으면 그것이 못인지, 장미 잎사귀인지, 갈라진 나무 틈인지 알 수 없다.

자연은 다시 익숙한 자기보존 게임을 시작하고 있다. 자연은 이 일련의 생각은 단순히 에너지 낭비의 전조이자 현실과의 충돌이기도 하다고 여기고 있는 것이다. 왜냐하면 과연 누가 휘터커 연감에 반대 의견을 낼 수 있단 말인가? 캔터베리 대주교 다음은 대법관. 대법관의 다음은 요크 대주교라고 하는 서열. 모두가 누군가의 다음, 그것이 휘터커 연감의 철학이다. 중요한 것은 누가 누구의 다음인지를 분별하는 것을 휘터커 연감은 잘 알고 있다. 그러므로 자연은 화내지 말고 안심하라고 조언하고 있다. 안심할 수 없다면, 이 평온한 시간을 깨뜨려야 한다면 벽에 난 얼룩에 대한 생각이라도 하라.

나는 자연의 게임에 대해 알고 있다. 흥분시키거나 괴롭히는 생각들을 하지 않는 방법으로써 확실한 장치를 만들어 놓은 것이다. 때문에 우리는 활동가(아무런 생각도 없는 사람들이라고 여기고 있지만)를 조금은 경멸한다. 그러나 역시 벽에 난 얼룩을 바라보며 불쾌한 생각을 떨쳐버리는 것은 나쁘지 않다.

실제로 얼룩을 응시하고 있으면 바닷속에서 두꺼운 널빤지를 붙잡고 있는 것 같은 기분이 든다. 캔터베리와 요크 두 명의 대주교들과 대법관을 순식간에 무의미한 존재로 만들어 주는 충만한 현실감을 느끼게 된다. 무언가 명확한 것, 무언가 실체가 있는 것이 여기에 존재한다. 때문에 한밤중에 무서운 꿈에서 깨어났을 때 서둘러 불을 켜고 평온한 마음으로 누워 서랍장을 바라보며 견고함을, 실체를, 무언가 자신과는 다른 존재를 증명해 주는 객관적인 세계를 바라보는 것이다. 그것이 우리가 확신하고자 하는 것이다. 목재에 대해 이런저런 생각의 나래를 펼치는 것은 즐거운 일이다. 목재는 나무에서 만들어진다. 나무는 성장을 한다. 어떻게 성장하는지는 알 수 없다. 목장에서, 숲속에서, 강가에서, 생각할 수 있는 모든 곳에서 우리는 신경도 쓰지 않고 오랜 세월 성장을 한다. 무더운 오후, 소는 나무그늘 아래서 꼬리를 흔든다. 나무들은 강을 초록으로 짙게 물들여 뇌조가 잠수를 했다 떠오를 때는 깃털이 완전히 초록색으로 물들 것 같은 생각이 들 정도이다. 나는 물고기들이 바람에 펄럭이는 깃발처럼 강물의 흐름 속에서 균형을 유지하는 것을, 물방개가 강바닥 진흙을 산처럼 쌓아 올리는 것을 상상하는 것을 좋아한다. 나무 그 자체를 상상하는 것이 좋다. 먼저 목재의 바싹 마른 감촉, 폭풍우를 이겨내는 모습, 그리고 달콤한 수액이 천천히 흘러나오는 모습. 또한 겨울 밤 모든 잎이 오그라들어 부드러운 부분이 총알처럼 쏟아지는 달빛에 닿지 않고, 밤새 회전하는 지구 위에 버티고 서 있는 돛대처럼 황량한 벌판에 우뚝 서 있는 나무를 상상하는 것이 좋다. 6월의 새소리는 시끄럽고 익숙하지 않은 소리로 들릴 것이다. 그리고 곤충이 나무줄기의 주름을 타고 힘겹게 기어오를 때, 혹은 나뭇잎 모양의 옅은 녹색 그늘 아래서 일광욕을 하고, 마름모꼴의 붉은 눈으로 앞을 뚫어져라 바라볼 때, 밝은 줄기의 냉기를 느낄 것이다… 대지의 끔찍하고 차가운 압력 때문에 수염뿌리가 하나하나 끊어져 버리고 최후의 폭풍우가 불어오면 가장 높은 곳의 가지가 부러져 다시 땅속 깊이 파고든다. 그러나 생명은 여전히 끝나지 않는다. 여전히 나무는 강인한 인내력과 주의 깊은 생명력이 곳곳에 존재한다. 침실, 배, 보도로 사용되거나 남녀가 차를 마신 뒤 담배연기를 내뿜으며 지나가는 방 안 벽에 붙여진다. 이 나무는 평화로운 생각, 행복한 생각으로 가득 차 있다. 일일이 손으로 만져보고 싶지만 뭔가가 개입한다. 나는 어디에 있었던 걸까? 대체 무슨 생각을 했지? 나무에 대한 생각? 강에 대한 생각? 구릉지에 대한 생각? 휘터커 연감에 대한 생각? 백합이 피어 있는 천국에 대해? 무엇 하나 기억이 나지 않는다. 모든 것이 움직이고, 떨어지고, 지나가 사라진다. 대변동이 일어나고 있다. 누군가 앉아 있는 내 앞으로 와서 말한다.

"신문 사올게."

"그래요?"

"신문을 봐야 별 거 없겠지만…, 아무 사건도 없어. 이 지긋지긋한 전쟁. 빌어먹을 전쟁! …그런데 벽에 왜 달팽이가 있는 거지?"

아아, 벽에 난 얼룩! 달팽이였다.

큐 식물원

Kew Garden

✢ 작품 해설

큐 식물원은 런던 남서부에 자리한 왕립 식물원으로, 250여 년의 유구한 역사를 자랑하는 문화유산이다. 이 작품은 큐 식물원과 그곳에서 자라나는 꽃들, 바닥을 기는 달팽이를 묘사하며 그 안에서 숱한 인간들 사이에 벌어질 법한 일 가운데 하나를 그린다. 하찮은 미물로 보이는 달팽이 또한 일정한 목적을 가지고 움직이는 점을 드러내며, 반대로 인간 또한 달팽이와 같은 존재일 수 있음을 암시한다.

큐 식물원

Kew Garden

직사각형 화단에 대략 100개 정도의 줄기가 뻗어 올라 있었다. 중간쯤에 하트 모양과 혓바닥 모양의 잎이 퍼져 있고 줄기 끝에는 빨강과 파랑과 노란색 꽃이 달려 있다. 꽃잎에는 점무늬가 선명했고 꽃 목의 짙은 빨강과 파랑과 노란 부분에서 길게 뻗은 덩굴은 끝이 약간 뭉뚝했고 황금빛 꽃가루가 묻어 있었다. 수많은 꽃잎이 시원한 여름 바람에 흔들리며 빨강과 파랑과 노란빛이 서로 교차하여 갈색 대지 여기저기를 복잡 미묘한 색채로 물들였다. 빛은 매끄러운 잿빛 조약돌 등위와 갈색의 둥근 줄무늬가 있는 달팽이 껍질 위에 쏟아지거나 물방울을 파고들어 연한 물 벽을 당장에 깨뜨리기라도 할 것처럼 빨강과 파랑과 노랑으로 짙고 커다랗게 부풀리고 있었다. 그러나 물방울은 터지지 않고 순식간에 다시 은회색으로 돌아갔고 빛은 이제 잎사귀 위에 머물며 길게 퍼져가는 잎맥을 도드라지게 만들고는 다시 움직이기 시작하여 하트 모양과 혓바닥 모양의 잎사귀가 만들어 낸 원형 천장 아래에 넓게 퍼진 초록 공간에 쏟아졌다. 그 순간 머리 위로 상쾌한 산들바람이 불자 이번에는 머리 위의 공기와 7월의 큐 식물원을 한가롭게 산책하고 있는 사람들의 눈을 반짝이게 해주었다.

남자들과 여자들이 화단 곁을 천천히 지나갔다. 이 불규칙적인 모습은 마치 화단에서 화단으로, 잔디 위를 자유롭게 날아다니는 하얗고 파란 나비의 모습과도 닮은 것 같았다. 남자가 여자보다 반걸음 앞에서 무심하게 걷고 있었다. 여자는 보다 확실한 태도로 발걸음을 옮기며 아이들이 너무 뒤처지지는 않는지 이따금씩 뒤를 돌아볼 뿐이었다. 남자는 일부러 여자보다 앞서 걷고 있었다. 본인은 의식하지 못했을 테지만 어떤 추억을 떠올리고 싶었던 것이다.

"15년 전에 릴리하고 이곳에 왔었지."

남자는 기억을 떠올렸다.

"연못 주변에 앉아 그 무더운 여름 오후 내내 결혼해 달라고 그녀에게 부탁했지. 잠자리가 우리 주변을 날아다니고 있었어. 잠자리랑 발끝 부분에 사각형 은색 버클 장식이 달린 그녀의 구두가 눈에 선명하군. 나는 이야기하는 동안 줄곧 그녀의 구두를 보고 있었기 때문에 구두가 초조하게 움직이는 것을 보고 얼굴을 들지 않고도 그녀가 무슨 이야기를 할지 알고 있었지. 그녀의 전부가 구두에 집중되어 있는 것 같았지. 그리고 내 사랑, 내 욕망은 잠자리에게 담겨져 있었지. 나는 왠지 잠자리가 저기 있는 잎사귀, 한가운데 붉은 꽃이 피어 있는 널찍한 잎사귀에 앉으면 그녀가 당장에 '좋아요'라고 대답해 줄 것만 같았어. 하지만 잠자리는 그냥 빙빙 돌기만 했지. 아무데도 앉지 않았어—정말 다행스러운 일이야—만약 그렇지 않았다면 내가 지금 앨리너와 아이들과 함께 이곳에 오지 못했을 거야. 앨리너, 당신도 과거를 추억하곤 해?"

"사이먼, 왜 그런 걸 물어요?"

"옛날 생각이 나서. 릴리에 관한 일, 나랑 결혼했을지도 모르는 여자에 대한 생각이 났어. 그런데 왜 말이 없지? 내가 옛날 생각을 하는 게 마음에 걸리는 건가?"

"사이먼, 신경 쓸 일이 뭐가 있어요. 남녀가 나무 그늘에 누워 있는 식물원에 오게 되면 누구나 다 옛 생각을 떠올리는 게 아닐까요? 저 사람들은 우리의 과거, 혹은 과거의 잔해가 아닐까요? 저기 나무 그늘에 누워 있는 남녀들의 영혼들은 우리의 행복이나 현실 아닐까요?"

"내게는 네모난 은색 버클 모양의 구두 장식과 잠자리가 그렇지."

"저는 키스예요. 20년 전에 여섯 명의 소녀들이 연못가에서 이젤을 앞에 두고 수련을 그리고 있었지요. 처음 본 빨간 수련이었죠. 그런데 갑자기 누군가 키스를 했죠. 목덜미에. 그래서 오후 내내 손이 떨려서 그림을 전혀 그리지 못했죠. 저는 시계를 꺼내들고 5분 동안 키스에 대해 생각하기 위해 시간을 쟀어요. 정말 소중한 키스였죠. 코에 사마귀가 난 반백발의 노부인이 해준 키스. 내 평생 모든 키스의 원천이었죠. 캐롤라인, 휴버트, 이리 오렴."

가족은 함께 화단을 지나 나무들 사이로 점점 작아졌고, 햇빛과 그림자가 크게 흔들리는 불균형한 반점이 되어 네 명의 등 위로 매끄럽게 흔들리자 거의 투명하게 비쳐 보였다.

직사각형 화단에 달팽이가—달팽이 껍질은 약 2분 정도 빨강과 파랑과 노랑으로 물들어 있었다. 지금 막 껍질 속에서 미묘한 움직임이 보이기 시작하더니 천천히 흙 위를 힘겹게 천천히 진행하기 시작했다. 흙은 달팽이가 진행함에 따라 부서지고 굴러다녔다. 달팽이는 마치 목표지점이 눈앞에 있기라도 하듯이 기묘하게 생긴 다리를 높이 치켜들고 나아간다. 뼈가 앙상한 초록 곤충과는 전혀 다른 모습이다. 그 곤충은 달팽이보다 먼저 가로질러 가려 했지만 마치 무언가 생각에 잠긴 듯 촉각을 곤두세우고 기다렸다가 신기하게도 반대 방향으로 재빨리 도망쳤다. 계곡의 짙은 초록빛 호수를 품고 있는 갈색 절벽, 뿌리부터 꼭대기까지 흔들리는 편평하고 칼날 같은 나무들, 잿빛의 둥근 바위, 바삭바삭 소리가 나는 얇고 마른 나뭇잎이 드넓게 펼쳐진 주름투성이 표면, 이 모든 것들이 줄기와 줄기 사이로 목표지점을 향해 전진하는 달팽이의 앞을 가로막고 있었다. 달팽이가 활처럼 휜 마른 나뭇잎을 우회해야 할지 헤치고 지나가야 할지를 채 결정하지 못한 상황에서 다른 사람의 발이 화단 옆을 따라왔다.

이번에는 남자 둘이다. 젊은 쪽은 어색하게 냉정한 표정을 짓고 있었다. 일행이 이야기를 하는 동안 눈을 치켜뜨고 전방을 응시하고 있었다. 그리고 일행이 이야기를 멈추자 바로 시선이 땅을 향한 채 한동안 대화가 끊기자 때로는 입을 벌리고, 또 때로는 입을 전혀 벌리지 않았다. 나이 든 쪽은 균형이 맞지 않은 어색한 걸음걸이로 손을 앞으로 쭉 뻗어 초조하게 문밖에서 기다리고 있는 마차를 끄는 말처럼 갑자기 머리를 위로 젖히곤 했는데, 이 남자의 이러한 행동은 아무 의미도 없는 우유부단한 몸짓이었다. 남자는 거의 끊임없이 이야기를 계속했다. 혼자 미소를 지으며 상대가 맞장구라도 쳤다는 듯 또 다시 이야기를 계속했다. 그는 영혼에 대한 이야기를 하고 있었다. 죽은 사람의 영혼에 대해. 그는 죽은 영혼들이 천국에서의 온갖 기묘한 경험을 자신에게 이야기하고 있다고 주장했다.

"윌리엄, 고대인들은 천국이 그리스의 테살리아라고 여겼단다. 지금은 전쟁 중이라 어딜 가나 영혼들의 목소리가 울려 퍼지고 있지."

그는 이야기를 멈추고 귀를 기울이는 것 같더니 다시 미소를 지으며 고개를 들고 이야기를 계속했다.

"작은 전지랑 전선을 절연해 주는 고무 조각이 있지⋯, 절연이 맞는 말이지? 아무튼 그런 사소한 건 생략하기로 하지. 잘 모르면서 너무 깊이 들어가는 건 별 의미가 없으니까. 요컨대 그 작은 기계가 침대 머리맡 손에 닿을 곳에 놓여 있지. 예를 들자면 깨끗한 마호가니 탁자 위에 말이야. 내 지시에 따라 인부들이 준비를 끝내면 미망인은 귀를 대고 정해진 몸동작으로 영혼을 불러들이는 거야. 여자들이 하지! 미망인들이 말이야! 검은 상복을 입은 여자들⋯."

그리고 그는 멀리 보이는 한 여자의 드레스에 주목하는 것같았다. 드레스는 그림자 속에서는 자줏빛이 도는 검은 옷처럼 보였다. 모자를 벗고 가슴에 손을 댄 뒤 무언가에 홀린 듯한 행동으로 중얼거리며 서둘러 여자에게로 다가가려 했다. 그러자 윌리엄이 그의 소맷자락을 잡으며 그의 관심을 돌리기 위해 지팡이로 꽃 끝을 살짝 건드렸다. 노인은 당황스러운 기색을 하며 꽃에 눈길을 돌리고 몸을 숙여 꽃에 귀를 가까이 대고 꽃에서 들려오는 소리에 대답하기 시작했다. 왜냐하면 수백 년 전 유럽에서 가장 아름다운 아가씨와 함께 갔던 우루과이의 숲에 대해 이야기하기 시작했기 때문이다. 노인은 윌리엄에게 이끌린 채 열대 장미의 조화처럼 생긴 꽃잎으로 뒤덮인 우루과이 숲과, 나이팅게일, 해안가, 인어, 물에 빠져 죽은 여자들에 대한 이야기를 끝없이 중얼거렸다. 윌리엄의 얼굴에는 냉정하게 참고 있는 표정이 역력했다.

노인의 뒤를 바로 따라 걷던 하층 중산 계급의 두 중년 여성은 그의 행동이 이상하다는 것을 느꼈다. 한 명은 뚱뚱하게 살이 쪘고, 또 한 명은 분홍빛 볼에 몸이 가벼웠다. 이 계층의 사람들은 대부분 그렇듯이 그녀들은 머리가 이상한 것 같은 말투에(특히 유복한 사람의 경우에는 더더욱) 공공연하게 관심을 보였다. 그러나 적당한 거리를 유지하고 있었기 때문에 노인의 행동이 단순한 엉뚱함 때문인지, 아니면 정말로 정신이 이상한 것인지는 확인할 수 없었다. 그녀들은 아무 말 없이 노인의 등을 잠시 바라보고는 서로 묘한 눈길을 주고받은 뒤 어수선하게 떠들면서 씩씩하게 다시 걸었다.

"넬, 버트, 롯, 세스, 필, 파. 그가 이렇게 말했고, 내가 그렇게 말했고, 그 여자가 그렇게 말해서 내가 이렇게 말하고."

"우리 버트, 세스가, 필이, 할아버지가, 늙은이가, 설탕이 말이야. 설탕, 밀가루, 훈제 청어, 채소, 설탕, 설탕, 설탕."

뚱뚱한 여자가 그의 말을 들으면서 대지에 튼튼하게 뿌리를 내리고 곧게 서 있는 꽃들을 호기심 어린 표정으로 바라보았다. 깊은 잠에서 깬 사람이 놋쇠 촛대가 익숙하지 않은 바람에 빛을 반사하고 있는 것을 발견하고 눈을 깜박인 뒤 다시 촛대를 바라보고 겨우 잠에서 깨어 온 힘을 다해 촛대를 응시하는 것처럼. 그러더니 뚱뚱한 여자는 직사각형 화단 앞에 멈춰 선 채 일행이 하는 이야기에 전혀 귀를 기울이지 않았다. 그녀는 그곳에 멈춰 서서 쏟아지는 이야기에는 전혀 신경도 쓰지 않고 몸을 천천히 앞뒤로 흔들며 꽃들을 바라보았다. 그러더니 어디 앉아서 차나 마시자고 했다.

달팽이는 낙엽을 우회하거나 넘어가지 않고 목적지에 도달할 방법을 생각하고 있었다. 낙엽을 기어오르는 데 필요한 노력은 둘째치고라도 촉수로 건드리기만 해도 놀랄 만한 소리를 내며 떨고 있는 것이 과연 자신의 무게를 견딜 수 있을지 의심스러웠다. 결국 달팽이는 낙엽 밑으로 기어가기로 결심했다. 낙엽은 달팽이가 들어갈 수 있을 정도로 활처럼 봉긋하게 솟아 있었기 때문이다. 달팽이는 열린 틈 사이로 머리를 집어넣고 높은 갈색 천장을 천천히 관찰하며 서늘한 갈색 빛에 막 익숙해지려고 할 때, 또 다른 두 사람이 잔디밭을 지나갔다. 이번에 온 두 사람은 젊었다. 젊은 남녀 한 쌍이었다. 두 사람 모두 청춘기, 한창 좋을 나이였다. 연한 분홍빛 꽃봉오리가 활짝 피기 전 시기, 나비의 날개가 이미 다 성장했지만 햇빛을 받으며 웅크리고 있는 시기였다.

"오늘이 금요일이 아니라 정말 다행이야."

청년이 말했다.

"어째서 다행이라는 거지?"

"금요일에는 입장료 6펜스를 받거든."

"6펜스가 뭐 큰 돈이라고. 이 정도면 6펜스의 가치는 충분히 있는 거 아냐?"

"'이 정도' 라니? '이 정도' 가 무슨 의미야?"

"어쨌거나 말이야…. 내가 뭘 말하는지… 잘 알잖아."

두 사람의 대화는 사이사이 끊어지기도 하고 억양 또한 단조롭게 이루어졌다. 두 사람은 푸른 화단 옆에 서서 여자의 우산 끝을 부드러운 흙 속에 깊숙이 찔러 넣었다. 이 동작과 남자의 손이 여자의 손 위에 겹쳐졌다는 사실이 두 사람의 감정을 묘하게 드러내 주고 있었다. 이렇게 짧고 별 의미 없는 말들, 무거운 의미의 몸통 대신에 짧은 날개를 단 말들, 이 날개는 이야기를 멀리까지 날려 보내기에는 부족하기 때문에 미숙한 두 사람에게는 매우 무겁게 느껴지는, 주변에 흔하게 널려 있는 것 위에서 어색하게 멈춰버린 말들조차 무언가 의미가 있는 것 같았다. 그러나 두 사람의 대화 속에 절벽이 가로막고 있는 것을, 혹은 건너편에 얼음 절벽이 빛에 반사되어 빛나고 있다는 것을 아무도 몰랐다.(두 사람은 우산을 흙 속 깊이 찔러 넣으며 그렇게 생각했다.) 아무도 모른다. 이런 것을 이전에 누가 알았겠는가? 큐 동물원에서 어떤 차를 마실 수 있냐고 여자가 물었을 때조차 남자는 그녀의 말 속에 어떤 거대한 그림자가 드리워져 있는 것처럼 느꼈다. 그리고 안개가 천천히 걷히자… 저건 뭐지? 작고 하얀 테이블과 여종업원의 모습이 나타났다. 여종업원들은 먼저 그녀를 바라본 뒤 다시 남자 쪽으로 눈길을 돌렸다. 계산서가 놓이고 남자는 실제로 2실링의 은화로 계산을 한다. 현실이다, 완벽한 현실. 남자는 주머니 속 은화를 만지작거리며 확신했다. 자신과 그녀를 제외한 모든 사람에게도 현실이다. 그리고 자신에게조차도 현실이라고 느끼기 시작했다. 그러나 더 이상 그대로 선 채 생각하는 것은 너무나 자극적이다. 그는 우산을 쑥 뽑아들고 다른 사람들과 함께, 다른 사람들과 마찬가지로 서둘러 차를 마실 수 있는 곳을 찾기 시작했다.

"트리시, 가자. 차를 마실 시간이야."

"어디서 차를 마신다는 거야?"

그녀는 주변을 둘러보며 흥분한 목소리로 물었다. 그녀는 잔디밭 길을 남자에게 이끌려 우산을 질질 끌며 이리저리 두리번거리며 차를 마시는 것보다는 그냥 여기에 앉고 싶다는 생각을 하며 난과 야생화 사이에서 갑자기 중국식 탑과 볏이 새빨간 새를 떠올렸다. 그러나 남자는 그녀를 계속 끌고 갔다.

이렇게 쌍쌍의 사람들이 서로 불규칙하게 특정한 목적 없이 화단 곁을 지나며 푸르스름한 안개 속으로 천천히 빨려 들어갔다. 처음 안개 속에서 사람들의 모습은 형체도 색채도 있었지만 시간이 차츰 형체도 색채도 푸르스름한 안개 속에 녹아 버리는 것이다. 오늘은 정말 무더운 날씨다! 너무 더워 개똥지빠귀조차 꽃그늘 속에서 장난감 새처럼 처음 동작과 다음 동작 사이에 충분한 시간을 두고 깡충깡충 뛰어다녔다. 하얀 나비들은 한가롭게 날아다니는 대신에 서로 위아래로 겹쳐 춤을 추면서 가장 높은 곳에 있는 꽃 위에 부서진 대리석 기둥의 하얀 가루처럼 흩어졌다. 야자수 온실의 유리 지붕이 반짝이는 초록 파라솔로 넘쳐나는 시장이 햇살 속에서 열리듯 반짝거렸다. 그리고 비행기가 날아가는 굉음소리 속에서 여름 하늘이 웅장한 영혼의 나지막한 목소리를 토해냈다. 노랑과 검정, 분홍과 순백, 이런 색깔과 갖가지 것들이, 남자들이, 여자아이들이, 지평선 위에 순간적으로 떠올랐다가 잔디밭이 노랗게 퍼지자 그들은 나무그늘을 찾아 서둘러 노란빛과 초록빛 허공 속으로 물방울처럼 스며들며 대기를 옅은 빨강과 파랑색으로 물들였다. 마치 모든 살찌고 무거운 몸뚱이가 무더위 속에서 꼼짝도 하지 않고 가라앉은 채 마구 뒤엉켜 쌓여 있는 것 같았다. 그러나 그들의 목소리는 굵은 양초의 몸뚱이에서 흘러나오는 불꽃처럼 흔들거렸다. 목소리, 그렇다. 말없는 목소리가 깊은 만족감과 격렬한 욕망으로, 혹은 아이들의 목소리에 깃든 생생한 놀라움의 감정으로 갑자기 고요를 깬다. 고요를 깬다고? 그러나 고요는 어디에도 없다. 온종일 버스가 바퀴를 굴리고 기어를 바꾸었다. 겹겹이 채워진 철제 상자가 끝없이 회전하고 있는 것처럼 도시는 끊임없이 비명을 지르고 있다. 그 소리에 지지 않기 위해 온갖 소리들이 울려 퍼졌고, 무수히 많은 꽃잎이 온갖 색채로 허공 속에 반짝거렸다.

쓰지 않은 소설

An Unwritten Novel

이 작품은 버지니아 울프의 여러 작품 가운데에서도 특히, 실험적 색채를 짙게 드러내는 소설로서 매우 중요한 위치를 차지한다. 소설가로서 기차 안에서 한 여인과 마주앉은 화자는 자기 식대로 그녀의 삶을 상상해나간다. 암울한 인생일 거라던 추측은 역에 마중 나온 여인의 아들을 보며 순식간에 뒤집힌다. 이러한 반전에서 상상할 수 있는 영역을 벗어난 새로운 삶의 내용을 발견해야 한다는 작가로서의 소명이 드러나는 작품이기도 하다.

쓰지 않은 소설

An Unwritten Novel

너무나도 불행한 표정을 하고 있는 이 불쌍한 여자의 얼굴은 누구라도 신문 너머로 슬며시 쳐다볼 만했다. 평범해 보이는 그 얼굴은 그러한 표정으로 인간의 운명을 상징하는 것처럼 보였다. 인생이란 사람들의 눈을 통해 읽을 수 있다. 배울 수 있다. 그것을 배우고 난 뒤에는 아무리 감추려 해도 결코 잊히지 않는 것이다. 무엇을? 인생이란 그런 것이라는 것을. 맞은편 자리에 다섯 개의 얼굴—어른 다섯의 얼굴—그 모든 얼굴이 인생이란 그런 것이라는 것을 알려주고 있다. 그러나 모든 사람이 알고 있다는 것을 감추려하는 것은 참으로 기이

한 일이다. 다섯 얼굴 모두에 침묵의 상징이 새겨져 있다. 입을 다물고, 눈을 닫은 채 서로가 알고 있다는 것을 감추기 위해, 혹은 방해하기 위해 무언가를 하고 있다. 한 사람은 담배를 피우고, 또 한 사람은 신문을 읽고, 세 번째 사람은 수첩에 적은 내용을 점검하고, 네 번째 사람은 액자 속 노선도를 응시하고, 다섯 번째는…, 다섯 번째 인물이 안타까운 것은 그녀가 전혀 아무것도 하지 않는다는 점이다. 그녀는 인생을 응시하고 있다. 아아, 불쌍하고 불행한 부인이여, 부디 훌륭하게 대처해 주십시오. 제발 우리 모두를 위해 자신이 하고 있는 것을 감춰 주십시오!

마치 내 목소리가 들리기라도 한 듯이 그녀는 고개를 들고 자리에서 몸을 약간 움직인 뒤 한숨을 쉬었다. 내게 해명과 동시에 이렇게 말하고 있는 것 같았다. "당신이 알고 있다면!" 그리고 다시 인생을 응시했다. "네, 알고 있어요." 나는 실례가 되지 않도록 타임지를 들여다보면서 소리 내지 않고 대답했다.

"난 다 알고 있어요. 어제 파리에서 공식적으로 독일과 연합군의 평화조약이 타결됐다는 것을. 니티가 이탈리아 수상이 되었고, 돈케스터에서 여객열차와 화물열차의 충돌사고. 우리는 다 알고 있어요. 타임지도 알고 있고요. 하지만 사람들은 모른 척 하고 있어요."

나는 다시 신문 너머로 바라보았다. 그녀는 몸서리를 치며 팔을 등 뒤로 가져다대고 고개를 저었다. 나는 다시 손에 들고 있던 인생의 거대한 저장고로 눈을 돌리며 말했다.

"마음대로 고르세요. 생일, 죽음, 결혼, 궁중관련 기사, 새의 습성, 레오나르도 다빈치, 샌드힐 살인사건, 고임금과 생활비. 뭐든 원하는 걸 말해보세요. 모든 게 타임지에 다 실려 있어요!"

그녀는 다시 모든 것이 귀찮다는 듯이 고개를 좌우로 흔들더니 돌다 지친 팽이처럼 멈춰 버렸다.

타임지도 그녀와 같은 슬픔은 막아 주지 못했고, 사람들은 관계를 받아들이지 않았다. 인생에 대항하는 최선의 방법은 신문을 인생조차 받아들일 수 없는 정사각형으로 두껍고 단단하게 접어버리는 것이다. 이렇게 신문을 접어 만든 방패로 무장한 나는 재빨리 그녀를 바라보았다. 그녀는 내 방패를 찔렀다. 눈 속 깊은 곳에 잠재되어 있는 용기의 단편이라도 남아 있다면 완전히 말살시켜버릴 것처럼 내 눈을 바라보았다. 그리고 모든 희망을 거부하고 모든 환상을 무시한다는 듯 경련했다.

그렇게 우리는 서리 주의 경계를 넘어 서섹스 주로 들어갔다. 그러나 인생을 응시하고 있던 탓에 다른 손님들이 하나둘씩 내리고 신문을 읽고 있던 남자를 제외하면 그녀와 나만이 남았다는 사실을 깨닫지 못했다. 스리 브리지스 역이 가까워졌다. 열차는 플랫폼을 따라 천천히 움직이며 정지했다. 신문을 읽던 남자는 이곳에서 내릴까? 그러길 바라기도 했고, 그러지 않기를 바라는 마음도 있었지만 결국 이대로 남아주길 바랐다. 그 순간 남자가 신문을 꼬깃꼬깃 구기며 문을 열고 나갔고 결국 우리 둘만이 남았다.

이 불행한 부인은 몸을 앞으로 숙인 채 힘없는 목소리로 내게 말을 걸었다. 역과 휴가와 이스트본의 남자 형제들, 계절에 대해 이야기했지만 계절 초인지 말이었는지는 기억이 나지 않는다. 그러나 결국 창밖을 바라보며, 인생만을(나는 알 수 있었다.) 바라보며 한숨을 쉬었다.

"집을 비우는 게…, 그게 문제예요."

드디어 이야기가 파국으로 향하고 있다.

"올케가…."

그녀의 목소리는 차가운 강철판에 쥐어 짠 레몬처럼 씁쓸하게 느껴졌다. 그리고 내가 아니라 자기 자신에게 말하듯이 중얼거렸다.

"올케는 늘 내게 바보 같은 소리를 한다고 하지요."

이야기하는 내내 그녀는 등이 정육점 진열장에 털이 뽑힌 채 진열된 닭 껍질이 된 듯 안절부절못했다.

"아아, 젖소 같은!"

그녀는 갑자가 바르르 떨며 말을 멈췄다. 목장의 커다랗고 얼빠진 젖소에게 놀라 자신도 모르게 말을 내뱉은 것처럼. 그러더니 진저리를 치면서 조금 전과 마찬가지로 불안한 듯 행동을 취했다. 경련을 일으킨 뒤 양 어깨 사이 어딘가가 쓰리거나 가려운 듯이. 그러고는 다시 세상에서 가장 불행한 여자 같은 표정을 지었다. 그래서 나는 따지듯이 다시 한 번 물었다. 전처럼 확신이 들지는 않았지만 만약 뭔가 이유가 있다면, 그리고 내게 그 이유를 털어놓는다면 인생의 불명예를 말끔히 씻어버릴 수 있을 테니까.

"올케란 사람은."

내가 말했다.

올케라는 소리에 그녀의 입술은 마치 원한이라도 있는 듯 오므라들었다. 그녀는 입술을 오므린 채 장갑 한쪽을 벗어 창문에 묻은 얼룩을 힘껏 문질렀다. 무언가 잘 지워지지 않는 얼룩을 깨끗이 지워버리기라도 하듯이. 그러나 있는 힘껏 문질렀음에도 얼룩은 그대로 남아 있었다. 그러자 그녀는 다시 경련을 일으키며 예상했던 대로 팔을 뒤로 한 채 의자 깊숙이 파고 들었다. 나도 모르게 장갑 한쪽을 벗어 내 쪽 창문을 닦아보았다. 그곳에도 작은 얼룩이 있었다. 나도 열심히 문질러 보았지만 얼룩은 그대로 남아 있었다. 그러자 내 몸에도 경련이 일어났다. 나는 팔을 꺾어 등 한가운데를 힘껏 긁었다. 내

피부도 정육점 진열장 안의 눅눅한 닭 껍질처럼 느껴졌다. 양어깨 한가운데가 가렵고, 따갑고, 차갑고, 끈적거리는 느낌이 들었다. 과연 손이 닿을까? 몰래 손을 뻗어보았다. 그녀는 내게 눈을 돌렸다. 더할 나위 없는 비웃음과 슬픈 미소가 그녀의 얼굴에 잠시 스치듯 나타났다 사라졌다. 그러나 그녀는 내게 전하고 싶었던 것이다. 비밀을 나눠주며 독약을 내게로 돌린 것이다. 그녀는 더 이상 말하려 하지 않았다. 나는 의자 깊숙이 앉아 그녀와 눈을 마주치지 않은 채 겨울 풍경이 완연한 비탈면과 웅덩이, 잿빛과 자줏빛의 것들만을 바라보며 그녀가 보내는 무언의 메시지를 받아들이고 비밀을 해독했다. 그녀는 나를 응시하고 있었다.

올케의 이름은 힐다였다. 힐다? 힐다 마시. 농익은 분위기에 풍만한 가슴의 중년여성 힐다. 택시가 다가오자 힐다는 동전을 손에 들고 문 앞에 섰다.

"불쌍한 미니, 점점 더 메뚜기처럼 말라서 작년에 입던 낡은 외투를 입고 있네요. 하긴 요즘 아이 둘을 키우려면 그럴 수밖에 없겠지요. 아니, 여기 동전이 있어. 기사님, 여기 있어요. 제가 있는데 내게 할 수 없죠. 미니, 들어오세요. 이런, 제가 들어 옮길 수 있겠네요. 들고 있는 바구니는 물론이고!" 두 사람은 식당으로 들어갔다.

"너희 미니 숙모님이시다."

천천히 나이프와 포크가 수직으로 아래로 놓여졌다. 아이들(보브와 바바라)은 의자에서 내려와 어색하게 손을 내밀었다. 그리고 다시 의자로 돌아가 입안 가득 음식을 물고 뚫어져라 바라보았다. 그러나 이런 장면은 지나쳐 버리자. 장식품, 커튼, 삼엽문양 도자기 접시, 노란 직사각형 치즈, 희고 네모난 비스킷 등, 이런 것들은 그냥 지나치자. 아니, 잠깐만! 점심을 반쯤 먹었을 때 바로 그 경련이 일었다. 보브는 숟가락을 입에 넣은 채 그녀를 뚫어져라 바라보았다.

"보브, 어서 푸딩을 먹어라."

그러자 힐다도 타박을 했다.

"왜 저렇게 몸을 움찔거리는 거지?"

이제 다 생략하고 계단으로 올라 입구로 진행하자. 계단은 놋쇠로 장식되어 있었고 리놀륨은 벗겨져 있었다. 그렇다! 작은 침실에서는 이스트본 집들의 지붕이 내려다보였다. 쐐기털처럼 이리저리 구불구불 휘어진 지붕은 검푸른 슬레이트로 이어져 있었고 빨강과 노란 줄무늬가 들어가 있었다. 미니가 방에 들어가고 문이 닫혔다. 힐다는 느릿느릿 지하실로 내려갔다. 당신은 바구니 줄을 풀고 침대 위에 초라한 잠옷을 놓고 털이 달린 슬리퍼를 가지런히 놓는다. 거울은? 아니, 당신은 거울을 보지 않는다. 모자 핀을 가지런하게 정돈한다. 조개 모양 상자에는 분명 뭔가 있는 것이 아닐까? 당신은 그것을 흔들어 본다. 작년에는 진주색 장식 단추가 들어 있었다. 그것뿐이다. 그런 다음 코를 킁킁거리고 한숨을 내쉬며 창가에 앉는다. 12월의 오후 3시. 뇌우가 쏟아지고 있다. 아래쪽 포목점 천창에서 빛이 새나오는 것이 보인다. 위쪽으로는 하인의 침실에 불이 밝혀지는 것이 보인다. 그리고 바로 꺼졌다. 그러자 더 이상 아무것도 보이지 않았다. 한순간의 공백. 이제 당신은 무얼 생각하고 있을까?(건너편에 앉아 있는 그녀를 살짝 엿보자. 그녀는 잠이 들었거나 잠을 자는 척하고 있다. 오후 3시, 창가에 앉아 있는 그녀는 과연 무슨 생각을 하고 있을까? 건강, 돈, 청구서?아니면 자신이 믿고 있는 신에 대해?) 그랬다. 미니 마시는 의자 끝에 걸터앉아 이스트본 집들의 지붕을 내려다보며 신께 기도하고 있다. 그리고 다시 창문을 문지를 것이다. 마치 신을 확실히 보고 싶다는 듯이. 그녀는 과연 어떤 신을 보게 될까? 미니 마시의 신, 이스트본 뒷골목의 신, 오후 3시의 신은 과연 어떤 신일까? 내게도 지붕이, 하늘이 보인다. 그런데 이런, 신을 본다니! 앨버트 공(빅토리아 여왕의 남편)보다는 크루거 대통령(1825~1904. 보어인 정치가. 남아프리카 연방 대통령. 아프리카 남부의 영국 지배에 저항함.)과 닮았을 것 같다. 단지 그렇게 상상할 수 있을 뿐이다. 신은 검은 프록코트를 입고 의자에 앉아 있다. 그리 높지 않은 곳이다. 나는 신이 앉을 수 있도록 구름 한두 조각을 움직인다. 그러자 구름 속을 휘젓고 있는 손에 막

대가 쥐어졌다. 그건 지팡이인가? 검고 두껍고 가시가 돋혀 있다. 미니의 신은 늙고 잔인한 폭군이다! 가려움증과 고약과 경련은 신의 선물인 것일까? 때문에 그녀는 기도를 하는 걸까? 그녀가 창문을 닦아 털어버리려고 하는 것은 죄의 허물이다. 아아, 그녀는 무언가 죄를 저지른 것이다!

나는 이런저런 죄에 대해 생각해 봤다. 숲이 빠르게 스쳐 지나간다. 그곳에는 여름에 블루벨이 핀다. 봄이 되면 저 너머 공터에서는 앵초가 핀다. 20년 전에 누군가와 이별을 한 걸까? 맹세가 깨져서? 맹세를 어긴 건 미니가 아니다! 그녀는 성실했다. 그녀는 정성껏 어머니를 간호했다! 저금을 모두 털어 묘비를 세우고, 유리 액자에 담긴 화환을 놓고, 꽃병에는 수선화를 꽂았다. 그러나 이야기가 빗나갔다. 범죄…, 그녀는 자신의 슬픔을 참고 비밀을 감추고 있다. 과학자들은 그것을 성욕이라고 할 것이다. 그러나 그녀에게 성욕이라니, 정말 터무니없는 소리다!

아니, 이게 더 그럴듯하다. 20년 전, 크로이든 거리를 걷고 있을 때, 포목점 진열장 안에서 전등불빛에 반사돼 반짝이는 자줏빛 둥근 리본이 그녀의 눈을 사로잡았다. 6시가 지난 시간이었지만 그녀는 그곳을 떠나지 않았다. 지금이라도 뛰어간다면 집에 돌아갈 수 있다. 그녀는 유리문을 밀고 들어갔다. 세일 기간이다. 얕은 진열대에 리본이 잔뜩 쌓여 있다. 그녀는 멈춰 서서 이쪽 리본을 잡아당겼다가 장미 무늬가 들어간 저쪽 리본을 만지작거린다. 특별히 고르거나 살 생각은 없다. 모든 진열대에 독특한 리본이 가득하다.

"저희 가게는 7시까지 영업합니다."

이윽고 7시가 되자 그녀는 달리기 시작했다. 있는 힘껏 달려 집으로 돌아갔지만 너무 늦었다. 이웃들이 있고… 의사가 있고… 아직 어린 남동생이… 주전자의… 뜨거운 물을 뒤집어쓰고… 병원… 죽었다…. 어쩌면 이 일로 충격을 받은 자책 때문에? 아아, 이런 세세한 것은 아무래도 좋아! 문제는 그녀가 짊어지고 있는 것이다. 얼룩, 범죄, 속죄 대상, 그녀가 양어깨에 항상 짊어지고 있는 것이다.

"맞아요."

그녀가 나를 보고 고개를 끄덕이는 것 같았다.

"그게 내가 저지른 일이에요."

당신이 그랬는지 어쨌는지, 아니면 무얼 했는지는 내게 중요하지 않다. 내가 알고 싶은 건 무얼 했는지가 아니다. 자줏빛 둥근 리본으로 가득 찬 포목점 진열장, 그것으로 충분하다. 조금 평범하고 조잡하지만 온갖 범죄 중에서 고를 수 있으니까. 그러나 그렇게 많은 범죄(건너편 자리를 다시 한 번 훔쳐보자. 아직 잠을 자고 있거나 잠자는 척을 하고 있을 것이다! 백발에 피로에 지쳐 입을 다문 채. 약간 고지식하고 사람들이 생각하는 것과는 달리 성욕에는 전혀 관심이 없다.) 그렇게 많은 범죄들은 모두 당신의 죄가 아니다. 당신의 범죄는 하찮은 것이지만 벌이 지나치게 무거웠다. 이제 교회 문은 열리고 딱딱한 나무 의자가 그녀를 맞이한다. 그녀는 갈색 타일 위에 무릎을 꿇는다. 그녀는 겨울에도, 여름에도, 날이 저문 때도, 밤늦게까지도 이곳에서 매일 기도한다. 그녀의 모든 죄는 아래로, 아래로 떨어진다. 영원히. 그렇게 그것은 얼룩이 된다. 떨어진 곳에서 부풀어 올라 붉게 타오르는 것이다. 그녀는 다시 경련을 일으킨다. 어린 사내아이들이 손가락질하면서 말한다.

"오늘은 점심때 보브가 온다."

그러나 정말 악질인 것은 나이든 여자들이다.

당신은 더 이상 가만히 앉아 기도하고 있을 수가 없다. 크루거 대통령은 구름 아래로 가라앉아 버렸다. 화가가 검정색을 섞은 회색 물감을 칠한 것처럼 씻겨 내려갔다. 이제 지팡이 끄트머리조차 보이지 않는다. 항상 이런 식이다. 당신이 그를 보고 만지려는 순간 누군가가 방해를 한다. 지금은 힐다다.

당신은 힐다가 너무 싫다! 그녀는 욕실 문을 밤새 잠그기도 한다. 당신은 단지 찬물을 쓰고 싶을 뿐인데. 이따금씩 잠이 오지 않을 때는 빨래를 하면 좋아지는데. 그리고 아침 식사 때의 존… 아이들… 음식은 최악이다. 가끔 친구들이 찾아온다. 양치류 잎사귀가 가려 그들이 전혀 보이지 않는 것은 아니다. 그들도 추측한다. 때문에 당신은 밖으로 나가 해변을 걷는다. 그곳에서는 잿빛 파도가 치고, 종이가 바람에 날리고, 녹색 유리로 된 대피소는 바람이 들어오고, 의자에 앉으려면 2펜스를 내야 한다. 비싸다. 아마도 해변에는 설교사들이 있기 때문일 것이다. 어라, 저기 흑인이 있군. 재미난 남자야. 저쪽에 작은 잉꼬를 데리고 온 남자가 있다. 불쌍하고 여린 생명! 이곳에 신을 생각하는 사람은 한 명도 없는 걸까? 저기, 부두에 지팡이를 들고… 아니, 없다. 그냥 잿빛 하늘이다. 혹시 파란 하늘이라면 하얀 구름이 신을 감추고 있을 것이다. 음악소리가 들린다. 군가다. 그런데 저 사람들은 무얼 낚고 있는 걸까? 잡았을까? 아이들이 뚫어져라 바라보고 있다. 그래, 그렇다면 뒷길로 집에 돌아가자. '뒷길로 돌아가자!' 이 말에는 의미가 있다. 구레나룻을 기른 노인이 한 말일지도 모른다. 아니, 노인은 사실 아무 말도 하지 않았다. 그러나 모든 게 의미가 있다. 입구에 내걸린 플래카드. 가게 진열장 위의 이름. 바구니 안의 빨간 과일. 미용실 안 여자들의 머리. 모든 것이 '미니 마시!'라고 말하고 있다. 그러나 다시 경련이 일어난다.

"달걀이 싸요!"

늘 이런 식이다! 나는 그녀에게 폭포를 건너게 하려 했다.

곧장 광기를 향해. 그러자 꿈속 양 떼들처럼 그녀는 반대쪽으로 방향을 틀어 내 손가락 사이로 빠져나갔다. 달걀이 싸다. 세상 끝에 선 미니 마시에게는 범죄, 슬픔, 환희, 어쩌면 광기조차도 어울리지 않는다. 점심시간에 늦은 적도 없고, 비옷을 입지 않고 비바람을 맞은 적도 없다. 달걀이 싸다는 것을 결코 잊지 않는다. 그녀는 집으로 돌아와 장화의 흙을 털어낸다.

내가 과연 당신을 제대로 본 걸까? 그러나 인간의 얼굴, 한 장의 신문 너머로 바라본 인간의 얼굴은 훨씬 많은 것을 내포하고 있고, 훨씬 많은 것을 감추고 있다. 지금 그녀는 고개를 들어 창밖을 바라보고 있다. 인간의 눈에는… 뭐라고 하는 것이 좋을까? 구분, 경계가 있다. 때문에 줄기를 잡으면 나비는 날아가고 만다. 날이 저물면 노란 꽃 위를 날아다니던 나비는 손을 뻗으면 날아가 버리고 만다. 높이, 멀리로. 나는 결코 손을 뻗지 않을 것이다. 그러니 가만히 멈춰 서서 떨고 있어라. 미니 마시의 생명이여, 영혼이여, 정신이여. 그것이 무엇이든 나도 내 꽃 위에 머무르겠다. 매 한 마리가 언덕 위를 날고 있을 뿐. 그게 아니라면 인생의 가치란 무엇일까? 날아오르는 것. 밤이나 낮이나 꼼짝하지 않는 것. 언덕 상공에 가만히 있는 것. 손을 살짝 움직이면 훨훨 날아간다! 그리고 다시 허공에 떠 있다. 한 마리뿐. 남들 눈에 띄지 않게. 땅 위의 모든 것이 매우 고요하고, 매우 아름답다는 것을 바라보며. 아무도 보지 않고 아무도 신경을 쓰지 않는다. 남의 눈길은 우리의 감옥. 남들의 생각은 우리의 새장. 위로도 아래로도 공기가 흐르고 있다. 그리고 달과 불멸의 생명이… 아아, 나는 잔디밭에 무너져버린다! 당신도 쓰러지나요? 구석에 있는 당신. 이름은? 미니 마시, 이 이름이 맞죠? 그녀는 자신의 꽃을 꼭 쥔 채 그곳에 있다. 핸드백을 열고 뭔가를 꺼낸다. 텅 빈 껍데기. 달걀이다. 달걀이 싸다고 한 건 누구지? 당신? 아니면 나? 돌아가는 길에 그렇게 말한 건 당신, 기억나죠? 노년의 신사가 갑자기 우산을 폈을 때, 아니면 재채기를 했을 땐가? 어쨌거나 크루거 대통령은 떠났고 당신은 뒷길로 집에 돌아와 장화의 먼지를 털어내려 했다. 그래, 그리고 지금 당신은 두 무릎 사이에 수건을 펼쳐놓고 달걀껍질 조각들을 떨어뜨린다. 지도 조각을, 퍼즐 조각을 떨어뜨린다. 그것들을 끼워 맞출 수 있다면 좋을 텐데. 당신이 가만히 앉아 있어 주기만 한다면. 그녀가 무릎을 움직였다. 지도가 산산이 흩어졌다. 안데스 산맥 비탈길을 하얀 대리석 덩어리가 소리를 내며 무너져 내려 노새를 몰고 가는 스페인인 무리를 깔아뭉갠다. 모든 짐들, 금은보화. 드레이크(1540~1596. 영국의 항해가·제독·탐험가)의 전리품 모두를. 다시 이야기를 되돌리자….

어떤 이야기? 어느 부분? 그녀는 문을 열고 우산꽂이에 우산을 꽂는다. 두 말할 필요 없이 당연한 일이다. 지하실에서 소고기 냄새도 풍기고 있다. 그러나 내가 이렇게 무시할 수 없는 것들, 고개를 숙이고 눈을 감은 채 군대에 지지 않을 용기와 황소와 같은 저돌적인 공격으로 몰아내야 하는 것들은 두말할 필요 없이 양치식물 숲에 숨어 있는 인간들, 바로 행상인들이다. 나는 그곳에 그들을 줄곧 감추어 두었다. 어떻게든 사라져 주든지, 더 좋은 것은 모습을 나타내 주기를 바라며. 만약 모든 이야기가 그렇듯이 세 명까지는 아니더라도 두 명의 행상인과 엽란(葉蘭) 숲을 이야기에 등장시켜 운명과 비극을 보다 풍성하게 전개하려면 모습을 드러내지 않으면 안 된다.

"엽란의 긴 잎사귀는 행상인을 부분적으로 가려줄 뿐이다."

진달래였다면 완전히 가렸을 테지만. 그 위에 온갖 재미를 더했을 것이다. 나는 정말로 그러고 싶었다. 그러나 이스트본에서 10월에 진달래를 마시 집안의 테이블 위에 올리는 것은⋯. 아니, 그럴 수 없다. 빵 부스러기와 조미료 병, 주름 장식과 양치식물 정도이다. 아마 나중에 해변에서 약간의 기회가 있을 것이다. 게다가 나는 지금 투각(透刻) 창 너머로, 비스듬하게 기울어진 컷 글라스 너머로 건너편 자리의 남자를 몰래 훔쳐보고 싶다. 어떻게든 쓸 수 있는 건 이 남자뿐이다. 마시 일가 사람들이 지미라고 부르는 그 남자. 아마 이름이 제임스 모그리지일 걸? (미니, 내가 이 일을 끝낼 때까지 제발 움찔거리지 말아줘.) 제임스 모그리지는 행상을 하고 있다. 단추 장사를 하는 걸로 할까? 그러나 아직 단추를 끌어들일 때가 아니다. 긴 카드 위에 줄줄이 늘어뜨린 크고 작은 온갖 단추. 공작 눈을 닮은 단추와 황금색 단추들. 연수정도 있고 산호 모양의 것도 있다. 그러나 아직 때가 아니다. 행상인은 여기저기로 떠돌다가 목요일에는 이스트본으로 와서 마시 일가와 식사를 한다. 그는 새빨간 얼굴에 작고 움직이지 않는 눈을 한, 결코 평범한 얼굴이 아니다. 엄청난 식탐도 지녔다.(그래야 안전하다. 빵을 고기 국물에 푹 적셔 먹을 때까지 절대로 미니에게 눈길을 주지 않을 테니까.) 냅킨을 마름모꼴로 해서 찔러 넣는다. 그러나 이런 상상은 유치하다. 독자들이 어떻게 생각하든 나는 끌어들이지 않기를 바란다. 모그리지의 집으로 가서 이야기를 전개해 보자. 집 안에 있는 신발은 제임스가 일요일에 직접 수선한다. 그는 '트루스' 지를 읽고 있다. 그러나 그가 열정을 쏟고 있는 것은 장미꽃이다. 그의 아내는 병원에서 근무하는 간호사였지만 지금은 퇴직을 하였다. 흥미로운 일이다. 제발 부탁이다. 한 사람이라도 좋으니 내가 좋아하는 이름의 여성을 등장시켜주길 바란다! 그러나 안 된다. 그 여성은 아직 태어나지 않은 정신적인 존재다. 금지된 존재임에도 불구하고 사랑을 받고 있다. 나의 진달래처럼.

지금까지 소설 속에서 얼마나 많은 사람이 죽었단 말인가! 가장 선하고 가장 친숙한 사람들이 말이다. 모그리지는 저렇게 살아 있는데. 이것이 인생의 결점이다. 지금 건너편 자리에서 미니가 달걀을 먹고 있다. 그리고 선로 끝에서는…, 루이스를 통과하였을까? 틀림없이 지미가 있을 것이다. 그렇지 않다면 왜 그녀가 몸을 움찔거리고 있겠는가?

분명히 모그리지가 있을 것이다. 인생의 결점이. 인생은 법의 잣대를 강요한다. 인생은 길을 가로막는다. 인생은 양치식물 숲 뒤에 숨어 있다. 인생은 폭군이다. 그러나 약한 상대를 괴롭히지는 않는다. 그렇다. 왜냐하면, 분명히 말해두겠지만 나는 자진해서 왔기 때문이다. 어떤 강요에 이끌렸는지는 모르겠지만, 나는 양치식물 숲과 조미료 병과 흙탕물로 젖은 테이블과 더럽혀진 병을 지나 왔다. 나는 내 몸, 튼튼하게 살아 있는 몸, 건강한 척추, 어디든 모그리지라는 남자의 몸과 영혼이 침입할 수 있는 발판을 마련하기 위해 참지 못하고 온 것이다. 대단히 안정된 육체, 고래 뼈처럼 강인하고 참나무처럼 곧게 뻗은 척추, 사방으로 뻗어 있는 갈비뼈, 팽팽한 방수 시트와 같은 육체. 움푹 파인 근육. 심장의 흡수와 역류. 한편에서는 갈색 고깃덩어리가 위에서 떨어져 맥주와 한데 섞여 다시 피로 순환된다. 그렇게 우리의 눈에 들어오는 것이다.

엽란 뒤에 뭔가가 보인다. 검고 하얀 기분 나쁜 것. 다시 접시 가 보인다. 엽란 뒤로 나이든 여자가 보인다.

"마시의 올케다. 나는 힐다가 더 좋다."

이제 식탁보 차례다.

"마시, 모리스 일가의 문제점이 뭔지 알겠지?"

그 점에 대해 깊이 이야기를 나눈다. 치즈가 나왔다. 다시 접시. 접시를 돌린다. 매우 통통한 손가락. 이제 맞은편 여자 차례다.

"마시의 올케. 마시와는 닮은 구석이 전혀 없지. 처량해 보이는 늙은 여자. 암컷 새에게는 먹이를 줘야 하지···. 그런데 그녀는 왜 몸을 움찔거리는 걸까? 내가 한 말 때문인가? 아아, 늙은 여자들이란···."

그래, 미니. 당신은 몸을 움찔거리지. 그러나 잠깐만··· 제 임스 모그리지여.

"오, 이런!"

정말 아름다운 소리군! 잘 마른 목재를 망치로 두드리는 소리, 파도가 거칠게 부서질 때 늙은 고래잡이의 심장이 고동 치는 것 같은 소리. 초조해하는 사람들의 영혼을 위해 종소리 가 울려 퍼진다. 그들을 위로하고 리넨으로 감싸며 "잘 가요. 행운을 빌어줄게요."라고 말한 뒤 다시 '바라는 게 뭐죠?'라 고 말한다. 모그리지는 그녀를 위해 장미를 꺾어주지만 이미

다 끝이 났다. 이제 다음은 뭘까?

"부인, 그러다 놓칩니다."

기차는 꾸물거리지 않기 때문이다.

이게 그 남자의 방식이다. 이것이 항상 들리는 소리다. 그 것이 성 바울 대성당, 그리고 버스다. 그러나 우리는 빵부스 러기를 털어내고 있다. 이런, 모그리지. 벌써 돌아가는 건가? 정말 가야 해? 저 작은 객차 한 칸에 탄 채 오늘 오후 이스트본 을 지나갈 생각인가? 당신은 녹색 종이 상자에 갇힌 채 때로 는 블라인드를 내리고 때로는 스핑크스처럼 근엄한 표정으 로 응시하며 앉아 우울한 표정으로 장의사와 관, 말과 마부를 둘러싼 듯한 뭔가 음산한 분위기의 사내인가? 대답하시오. 그러나 문이 쾅 닫혀 버렸다. 우리는 두 번 다시 만날 수 없을 거야. 모그리지 안녕!

그래, 지금 가지. 집 꼭대기 층까지 말이야. 나는 잠시 머뭇 거렸다. 머릿속이 혼란스러웠다. 그 추악한 것들이 엄청난 혼 란을 남기고 말았다. 수면이 요동치고 풀이 흔들리면서 녹색 이 되었다가 검은색이 되었다하며 백사장을 때린다. 결국 원 자들이 조금씩 다시 모였고 침전물은 채에 걸러져 다시 눈으 로 또렷하게 볼 수 있게 된다. 그리고 죽은 자들을 위한 기도 를 읊조린다. 자신과 인사를 나누던 사람들, 두 번 다시 볼 수 없는 사람들의 영혼을 위한 장송곡을.

제임스 모그리지는 이제 사라지고 없다. 영원히 사라졌다. 이제 미니가 '이젠 더 이상 못하겠어.'라고 한다면…. 그녀는 지금 무얼 하고 있을까? 달걀껍질을 양 무릎 사이의 깊은 곳에 털어 넣고 있다. 미니는 분명 그렇게 말했다. 침실 벽에 기대어 진홍빛 커튼 가장자리에 달린 작은 구슬을 당기면서. 그러나 자기 자신에게 이야기할 때, 그때 이야기를 하고 있는 건 누굴까? 무덤 속에 들어간 영혼. 땅속 깊은 곳까지 파묻힌 영혼. 수녀가 되어 세상에서 모습을 감춘 자신, 아마도 겁쟁이일 것이다. 그러나 손전등을 들고 어두운 복도를 쉬지 않고 힘껏 뛰어 왕복할 때의 모습은 정말로 아름답다.

"더는 참을 수 없어."라고 그녀의 영혼이 말한다.

"점심을 먹고 있는 저 사내와 힐다, 그리고 아이들까지."

큰일 났다. 그녀가 흐느끼기 시작했다. 영혼이 자신의 운명을 한탄하고 있다. 이리저리 쫓겨 다니며 작아진 카펫 위에 깃든 영혼… 초라한 발판… 소멸하는 우주의 작은 조각…. 사랑, 인생, 신앙, 남편, 자식들. 소녀 시절에 얼마나 멋진 일이, 얼마나 화려했는지는 알 수 없다.

"내게 그런 것은 없었다."

그런데 그때, 머핀이… 털이 빠진 늙은 개? 나는 구슬을 꿰어 만든 돗자리를 상상한다. 그런 다음 리넨 속옷의 좋은 촉감을. 만약 미니 마시가 차에 치어 병원에 실려 간다면 의사와 간호사들이 크게 소리칠 것이다. 그 모습이 눈에 선하다. 저 멀리 가로수 건너편에 파란 얼룩이 보인다. 결국 차는 진하고, 머핀은 뜨겁고, 개는….

"베니, 네 집으로 들어가라. 엄마가 좋은 걸 줄게!"

그러면 당신은 엄지손가락이 헤진 장갑을 집어 들고 천을 닳게 해 구멍이 나게 한 괴물에게 다시 도전하여 회색 털실로 이리저리 꿰어 새로이 방어막을 친다.

털실을 이리저리 꿰고, 안팎으로 꿰어 바느질을 한다. 이걸 통해 신이… 쉿, 신에 대해서는 생각하지 말자! 정말 튼튼하게 잘 꿰매졌다! 당신은 분명 짜깁기 실력이 대단하다. 그녀를 방해하지 말자. 조용히 빛이 들도록 내버려두자. 구름이 싱그러운 잎사귀 안쪽의 속옷을 드러내도록 내버려두자. 참새가 작은 가지에 앉아 떨어지는 빗방울을 나뭇가지 팔꿈치를 향해 털어내도록 내버려두자. 왜 올려보는 거야? 소리? 생각나는 게 있어서? 이런, 또 당신이 했던 일을 떠올리고 있는 건가? 자줏빛 동그란 리본으로 가득한 장식장을? 하지만 힐다가 올 거야. 수치스러운 행위, 굴욕적인 것들. 아아, 찢어진 구멍을 꿰매자.

장갑을 수선한 미니 마시는 장갑을 서랍에 넣고 서랍을 꼭 닫았다. 거울에 그녀의 얼굴이 비친다. 입술을 모으고 턱을 들고 있다. 그녀는 신발 끈을 묶는다. 그리고 목을 만진다. 어떤 브로치? 겨우살이, 아니면 창사골(暢思骨: 새의 가슴뼈 앞에 있는 뼈) 그런데 어떻게 된 거지? 내가 틀리지 않았다면 맥박이 빨라지면서 그 순간이 다가오고 있다. 이야기가 전개되고 있다. 나이아가라 폭포가 바로 코앞이다. 위험해! 신의 가호가 있기를! 그녀는 용기 내어 걸어간다. 당당하게 맞서라. 제발 부탁이니 돗자리에서 일어나! 문이 바로 저기야! 나는 당신 편이야. 내 말을 들어! 기죽지 말고 그녀와 싸워!

"미안합니다. 맞아요. 이스트본입니다. 짐을 내려드릴게요. 문을 열어드리지요."

그러나 미니, 우리는 서로 숨기고 있지만 나는 당신을 잘 알고 있어요. 꿰뚫듯이….

"짐은 이게 단가요?"

"고마워요. 그게 다예요."

(그런데 왜 주변을 둘러보는 거지? 힐다는 역에 마중 나오지 않았어. 존도 오지 않아. 게다가 모그리지는 이스트본 건너편을 달리는 기차 안이라고.)

"부인, 가방 옆에서 기다리시죠. 그게 가장 안전하니까요. 마중을 나온다고 했는데…. 저기 오는군요. 아들입니다."

그리고 그들은 함께 떠났다.

이렇게 돼서 나는 혼란스럽다. 분명 미니, 당신이 더 잘 알 테지. 모르는 청년… 잠깐! 저 청년에게 말해야겠어. 미니, 미니 마시! 그러나 나는 전혀 모르겠어. 바람에 날리는 미니의 외투는 뭔가 묘하게 보인다. 아니, 하지만 그렇지 않아. 그런 생각을 하다니 꼴불견이군. 저기 출입구 근처에 가자 청년이 몸을 숙이는군. 그녀는 기차표를 발견했다. 뭐가 이상해? 두 사람이 멀어지고 있어. 나란히 길을 걸어서…. 내 세계는 이제 틀렸어! 내 발판은 어디지? 내가 뭘 알겠어? 저건 미니가 아니야. 모그리지란 사람은 없었어. 나는 누구지? 인생이란 있는 그대로야.

그러나 두 사람의 마지막 모습, 청년이 인도를 내려오고 그녀가 그 뒤를 따라 커다란 건물 모퉁이를 돌아가는 모습은 나를 깜짝 놀라게 했고, 다시 나를 채워줬다. 수수께끼투성이의 사람들! 엄마와 아들. 당신들은 누구인가? 왜 거리를 걷고 있는 거지? 오늘 밤은 어디서 자나? 그리고 내일은? 모든 것이 빙빙 돌며 밀려오고 있다. 다시 나를 떠오르게 한다. 나는 두 사람 뒤를 쫓는다. 이리저리로 차를 달리고 있는 사람들. 하얀 불똥이 이리저리 튀어 올랐다가 쏟아져 내린다. 판유리창. 카네이션, 국화, 어두운 정원에는 매가. 입구에 우유배달 차량이 멈춰서 있다. 어디로 발길을 옮기더라도 수수께끼투성이의 사람들이 모퉁이를 돌고 있는 것이 보였다. 엄마와 아들들이. 저기, 저기요. 나는 황급히 뒤를 쫓았다. 여기는 분명 바다일 것이라고 생각했다. 풍경은 회색에서 잿빛으로 흐려져 있다. 바닷가 중얼거리는 소리를 내며 움직인다. 내가 무릎을 꿇고 의식을 따른다면, 예로부터 전해온 우스꽝스러운 행동을 한다면, 미지의 사람들이여! 그건 당신들을 숭배하기 위한 것이다. 내가 양팔을 벌리면 그것은 당신들을 포용하기 위해서이다. 나는 당신들을 가슴에 끌어안는다. 아름다운 세계여!

유령의 집

A Haunted House

두 명의 유령이 주고받는 대화의 의미는 여러 가지로 해석될 수 있
다. 무슨 일로 죽은 유령들이며 이 집에는 왜 머물러 있는 것인가.
울프는 어릴 적부터 겁이 많고 신경질적인 소녀였다. 특히 밤을 두
려워했으며 어린이방의 램프를 켜두지 않으면 잠들지 못했다. 보이
지 않는 무언가가 존재한다는 환상은 작가로서의 소질을 드러내는
부분이기도 했을 터다. 보이지 않는 존재, 살아 숨쉬는 사물에 대한
묘사는 울프의 정신세계의 한 축을 보여준다.

유령의 집

A Haunted House

잠에서 깨니 문이 닫히는 소리가 났다. 여길 들춰보고 저길 열어보고 확인하며 손을 맞잡고 이 방 저 방을 돌아다니고 있다. 유령 둘이.

"여기 뒀는데."

여자가 말했다.

"그리고 여기도!"

남자가 덧붙여 말했다.

"이층이요."

여자가 중얼거렸다.

"그리고 정원에도."

남자가 속삭였다.

"몰래 가야 해."

둘이 말했다.

"안 그러면 저 사람들이 깰 테니까."

그러나 당신들이 우리를 깨운 것이 아니다. 절대 그렇지 않다.

"둘이 뭔가를 찾고 있어. 커튼을 걷고 있군."

이렇게 말하고 책 한두 페이지를 읽을 테지. 그리고 "여기, 찾았어."라고 생각할 거야. 연필이 페이지 끝에 멈춘 채로. 그리고 책이 싫증나면 일어나서 직접 확인할 거야. 집은 텅 비어 있고 문은 활짝 열려 있다. 산비둘기만이 만족스러운 울음을 울고 탈곡기의 윙윙거리는 소리가 농가에서 들려온다.

"내가 뭣 때문에 여기 온 걸까? 뭘 찾으려 하는 거지?"

내 두 손은 텅 비어 있다.

"그렇다면 이층일지도 몰라."

다락방에는 사과가 놓여 있었다. 다시 계단을 내려와 보니 정원은 평소처럼 조용했고 책이 잔디 위에 떨어져 있을 뿐이었다.

그러나 둘은 거실에서 그것을 찾아냈다. 이 둘의 모습을 볼 수는 없었고 유리창에는 사과가 비치고 있었다. 장미가 비치고 있었다. 유리창에 비친 잎사귀는 모두 초록색이다. 두 유령이 거실을 돌아다니자 사과는 노란 쪽을 보이고 있을 뿐이다. 그러나 잠시 후 문이 열리자 바닥에 좍 깔리고 벽에 걸리고 천장에 매달려 있었다. 뭐가? 내 손은 텅 비어 있다. 개똥지빠귀의 그림자가 카펫 위로 스쳐갔다. 침묵의 샘 속에서 산비둘기의 울음소리가 들렸다.

"남아 있다. 남아 있어."

집의 맥박이 조용히 울렸다.

"보물이 숨겨져 있어. 이 방에…."

맥박이 갑자기 멈췄다. 아, 숨겨진 보물을 발견했나?

곧이어 빛이 흐려졌다. 그럼 정원으로 간 걸까? 그러나 나무들은 방황하는 햇빛을 위해 어둠을 짜냈다. 내가 원하는 햇빛은 언제나 매우 섬세하고 희미하고 서늘하게 땅속으로 파고들어 유리창 밖에서 타오를 뿐이다. 유리창은 죽음이었다. 죽음은 우리 사이에 개입했다. 백 년 전, 먼저 여자에게 찾아와 모든 창문을 닫고 집을 떠나 버렸다. 모든 방이 캄캄해졌다. 남자는 집을 나와 여자와의 삶을 버리고 동쪽으로 갔다, 북쪽으로 갔다, 남쪽 하늘에 떠 있는 별들을 바라보았다. 집을 찾아 떠돌다 다운스(잉글랜드 남동부의 구릉지) 기슭에 숨어 있는 집을 발견했다.

"남아 있다. 남아 있어."

집의 맥박이 기쁘게 뛰었다.

"보물은 네 거야."

바람이 거친 소리를 내며 가로수 길에 불어온다. 나무들이 부드럽게 이리저리 휘청거린다. 달빛이 빛 속에서 이리저리 튀어 올랐다 떨어진다. 그러나 램프 불빛은 창문에서 곧장 쏟아져 내린다. 촛불이 미동도 하지 않고 조용히 타오른다. 집 안을 배회하며 창문을 모두 열어젖힌 채 우리를 깨우지 않으려 속삭이며 두 유령은 자신들만의 기쁨을 찾는다.

"여기서 우리가 잤어요."

여자가 말한다. 그러자 남자가 이렇게 덧붙였다.

"셀 수 없이 키스를 했지. 아침에 눈을 뜨면 나무 사이로 은빛 햇살이…, 이층에서…, 정원에서…, 여름이 오면…, 겨울에 눈이 내리면…."

멀리서 문 닫히고 심장 고동소리 같은 고요한 소리가 들린다.

유령들이 가까워지고 있다. 문 앞에 서 있다. 바람은 잦아지고 은색 물방울이 유리창을 타고 흐른다. 눈앞이 캄캄해진다. 발 소리가 가까워지는 것이 들리지 않고 여자가 마법의 망토를 펼치는 것도 보이지 않는다. 남자가 손으로 램프를 가리키며 속삭인다.

"저기 봐. 곤히 잠들었어. 두 사람의 입술에 사랑이 담겨져 있어."

몸을 숙여 은빛 램프를 우리에게 비추며 두 사람은 한동안 우리를 뚫어져라 바라보았다. 오랫동안 조용히 바라보았다. 세찬 바람이 불자 램프 불꽃이 살며시 흔들린다. 달빛이 마루와 벽을 가로지르며 서로 교차하여 허리를 숙인 유령의 얼굴을 비춘다. 생각에 잠긴 얼굴. 잠들어 있는 사람들을 바라보며 자신들만의 감춰진 기쁨을 찾는 얼굴.

"남아 있어. 남아 있다고."

집의 맥박이 자랑스러운 듯 고동친다.

"긴 세월이 흘렀어."

남자가 한숨을 내쉰다.

"너는 또 나를 찾아냈어."

"여기 잠들어 있어요."

여자가 중얼거린다.

"정원에서 책을 읽고 웃기도 하고 다락방에서 사과를 굴리곤 했죠. 우리 보물을 여기에 남겨둔 거예요."

몸을 숙인 유령의 빛이 내 눈꺼풀을 들어올린다.

"남아 있어! 남아 있다고!"

집의 맥박이 거칠게 뛴다. 나는 눈을 뜨고 소리친다.

"아, 이게 당신들이 감춰둔 보물? 가슴에서 빛나는 이 빛이?"

본드 가의 댤러웨이 부인

Mrs Dalloway in Bond Street

✢ **작품 해설**

1923년 미국의 〈다이얼〉 지에 실린 단편이다. 1925년 출판된 장편 『댈러웨이 부인』으로 이어지는 작품이기도 하다. 『댈러웨이 부인』은 댈러웨이의 부인 클라리사가 1923년 6월 런던의 어느 목요일 아침부터 그날 밤 연회에서 총리를 전송하고 옛날의 애인과 친구들이 남아 있는 연회석으로 돌아올 때까지 12시간 동안 주변 인물들의 내면을 의식의 흐름으로 묘사한 작품이다.

본드 가의 댈러웨이 부인

Mrs Dalloway in Bond Street

댈러웨이 부인은 장갑을 사오겠다고 했다.

거리에 나오니 때마침 국회의사당의 시계탑(빅 벤)이 시간을 알리는 종을 울렸다. 오전 11시다. 이제부터 시작되는 시간은 마치 해변의 아이들을 위해 샘솟은 것처럼 신선했다. 그러나 반복해서 천천히 울려 퍼지는 종소리는 뭔가 장엄함이 느껴졌다. 차바퀴 소리와 사람들이 다리를 끄는 소리 속에는 뭔가 마음을 자극하는 것이 있었다.

거리의 사람들 모두가 즐거운 용건으로 외출하지 않았다는 것은 분명했다. 우리 모두가 웨스트민스터 거리(영국의 여러 관공서가 있는 정치적 중심지)를 걷고 있다고는 단정할 수 없다. 국회의사당의 시계탑도 정부의 관리가 없다면 그저 녹슨 쇳덩어리에 지나지 않는다. 댈러웨이 부인에게 있어서 이 순간은 완벽했다. 댈러웨이 부인에게 6월은 즐거운 달이었기 때문이다. 행복한 어린 시절, 그리고 저스틴 패리는 딸들의 눈에만 훌륭한 남자로 비춰진 것이 아니다(물론 뛰어난 판사는 아니었지만). 꽃이 만발하고 연기가 피어오르는 저녁 무렵, 떼 까마귀 울음소리가 저 멀리 상공에서 10월의 하늘 아래로 향해 울리고 있다. 어린 시절과 바꿀 수 있는 것은 있을 수 없다. 한 장의 민트 잎사귀와 파란 테두리가 있는 컵이 어린 시절을 떠올리게 한다.

불쌍한 아이들…, 그녀는 한숨을 내쉬고 발길을 재촉했다. 저런, 위험하게 말 앞에서 놀고 있네! 댈러웨이 부인은 한 손을 뻗은 채 인도에 서 있었고 반대편에서 지미 도스가 빙긋이 웃고 있었다.

매력적인 여자야. 차분하면서 한결같은 성격이지. 분홍빛 뺨과 대조적으로 머리카락이 희기는 하지만. 바스 훈작 사 스코프 퍼비스는 서둘러 사무실로 가면서 댈러웨이 부인을 보고 그렇게 생각했다. 댈러웨이 부인은 약간 긴장한 상태로 화물차가 지나가기를 기다렸다. 시계탑에서 10번째 종소리가 울려 퍼졌다. 그리고 다시 11번째. 묵직한 종소리는 원을 그리며 허공으로 사라졌다. 댈러웨이 부인은 전통을 계승하여 후세에 물려줄 사람으로서의 기개와 규율과 고뇌를 잘 알고 있는 사람으로서의 긍지로 등을 곧게 세우고 서 있었다. 그녀는 어젯밤 대사관에서 만난 폭스크로프트 부인을 떠올리며 인간이 얼마나 많은 고뇌를 맛봐야 하는지를 생각했다. 폭스크로프트 부인은 화려한 보석으로 치장하고 있었지만 큰 슬픔에 잠겨 있었다. 훌륭한 아들이 죽고 유서 깊은 대저택을 사촌 동생에게 넘겨줘야만 했기 때문이다.

"안녕하십니까!"

휴 휏브레드가 도자기 가게 옆에서 과장된 몸짓으로 모자를 쳐들며 인사했다. 두 사람은 어릴 적부터 잘 아는 사이였다.

"어딜 가시는 건가요?"

"런던 거리를 산책하는 걸 좋아해요. 들판을 산책하는 것보다 훨씬 좋아하죠!"

댈러웨이 부인이 말했다.

"저희는 이제 막 상경했습니다. 안타깝게도 병원에 갈 일이 생겨서요."

휴 휏브레드가 말했다.

"밀리가 아픈가요?"

댈러웨이 부인은 동정 어린 표정으로 물었다.

"기운이 없어요. 나이 때문이겠죠. 딕은 잘 있나요?"

"아주 잘 있어요."

클라리사가 대답했다.

클라리사는 걸으면서 생각했다. 밀리는 아마 내 또래일 거야. 쉰인가 쉰둘이었지. 그러니 아마도 그 나이 또래의 여성들이 경험하는 그런 걸 거야. 휴의 말투만 봐도 그래. 반가운 휴. 댈러웨이 부인은 휴가 언제나 오빠 같았지만 수줍음이 많은 성격을 이상하게 생각하면서 고마운 마음으로 옛 추억을 떠올렸다. 오빠에게 이야기를 하느니 차라리 죽는 게 낫다. 휴가 옥스퍼드 재학 중 찾아왔을 때, 여자 한 명이 창피하게도 말을 타지 못했지. 그러니 어떻게 여자가 국회의원이 될 수 있겠어? 어떻게 남자들과 함께 이런저런 일을 할 수 있겠어? 우리 여자들은 내면에 잠재된 본능을 극복할 수 없어. 아무리 노력해도 허사야. 휴 같은 남자는 우리가 말하지 않아도 배려를 해주지. 그런 점이 휴가 사랑받는 점이라고 클라리사는 생각했다.

클라리사는 애드미럴티 아치(빅토리아 여왕을 기리기 위하여 건설하도록 한 아치)를 지나 가느다란 가로수가 늘어선 텅 빈 도로 건너편 끝에 있는 빅토리아 여왕 동상의 하얀 받침대를 보았다. 댈러웨이 부인은 빅토리아 여왕의 자애로운 어머니 같은 모습과 위엄, 소박함은 언제 보아도 바보 같다고 느껴졌지만 정말로 장엄하다고 생각했다. 켄징턴 공원과 뿔테안경을 긴 노부인, 보모가 꼼지락거리지 말고 여왕에게 인사를 하라고 했던 것들을 떠올리면서. 버킹검 궁전 지붕 위에는 깃발이 펄럭이고 있다. 왕(조지 5세)과 왕비(메리 왕비)가 돌아온 것이다. 얼마 전 딕은 왕비와 오찬을 함께한 적이 있다. 그녀는 매우 훌륭한 분이라고 했다. 왕비가 그런 분이실 줄이야. 가난한 사람들에게는 매우 중요한 일이라고 클라리사는 생각했다. 그리고 병사들에게 있어서도. 클라리사 왼쪽에는 총을 든 남자 동상이 웅장한 모습으로 좌대 위에 서 있었다. 남아프리카 전쟁을 기념하는 동상이다. 댈러웨이 부인은 버킹엄 궁전을 향해 걸어가면서 중요한 것이라고 생각했다. 궁전은 뜨거운 태양빛 아래 결코 타협하지 않고 당당하게 서 있었다. 그러나 그녀는 그것이 특성이라고 생각했다. 민족 본래의 그 어떤 것. 인도인들이 존경하는 바로 그것이다. 왕비는 병원을 방문하여 바자회를 열기도 한다. 영국 왕비는…, 클라리사는 궁전을 바라보며 생각했다. 그 사이 자동차 한 대가 문을 빠져나왔다. 병사들이 경례를 하고 문이 닫혔다. 클라리사는 도로를 건너 등을 곧게 편 채 세인트제임스 공원으로 들어갔다.

6월의 나무들은 모든 잎사귀를 뻗고 있었다. 웨스트민스터 지역의 어머니들이 얼룩진 젖가슴을 아기에게 물려 젖을 먹이고 있다. 꽤 단정해 보이는 여자들이 잔디 위에 누워 있다. 중년의 남자가 힘겹게 허리를 숙여 꼬깃꼬깃해진 신문을 주워 평평하게 편 뒤 버렸다. 이게 무슨 행동인가! 어젯밤 대사관에서 다이턴 경이 이렇게 말한 것 같다.

"말을 제재하려면 그저 손을 들기만 하면 됩니다."

그러나 종교 문제는 경제 문제보다 훨씬 심각하다고도 했다. 클라리사는 다이턴 경과 같은 사람이 그런 이야기를 한다는 것을 흥미롭게 여겼다.

"정말이지 영국이 얼마나 소중한 것을 잃었는지 가늠하기 어렵습니다."

다이튼 경은 죽은 잭 스튜어트에 관해 나서서 이렇게 말했다.

클라리사는 나지막한 언덕을 가볍게 올랐다. 바람이 거칠게 불고 있었다. 통신문이 플리트 가(런던의 신문사 거리)에서 애드미럴티 가로 수없이 전달되었다. 피커딜리와 알링턴 가와 맬 가가 공원의 공기를 따뜻하게 만들어 클라리사가 좋아하는 신성하고 활기 넘치게 나무 잎사귀를 반짝거리게 부추기고 있는 것처럼 느껴졌다. 승마, 댄스. 그녀는 그런 모든 것을 좋아했다. 그리고 책에 대한 이야기나 살면서 어떤 것을 해야 할 것인가에 대한 이야기를 하면서 오랫동안 시골길을 산책하는 것을 좋아했다. 젊은이들은 믿기 어려울 정도로 독선적이야. 때문에 옛날에 했던 말들을 생각해 보면! 하지만 확신하고 있었지. 중년이란 성가신 존재야. 그녀는 잭과 같은 사람은 아마 그 사실을 절대 모를 거라고 생각했다. 그는 죽음에 대해 전혀 생각한 적이 없었기 때문에 자신이 죽어가고 있다는 것조차도 몰랐다고 한다. 이제 한탄하며 슬퍼할 수도 없고…. 다음은 어떻게 되더라? 백발이 성성한 머리… 속세의 때에 서서히 물들면서(영국의 시인 퍼시 셀리가 존 키츠의 죽음을 애도하며 쓴 「아도나이스」의 한 구절)… 모두에게 술잔을 두어 번 돌리고(페르시아의 시인 오마르 하이얌이 지은 시를 영국의 시인 피츠제럴드가 영어로 번역함으로써 유명해진 「루바이야트」의 한 구절)…. 속세의 때에 서서히 물이 든다! 클라리시는 허리를 쭉 폈다.

그러나 잭이었다면 큰 소리로 외쳤을 것이다! 피커딜리에서 셀리의 시를 인용하다니!

"핀이 필요하겠군."

그는 이렇게 말했을 것이다. 단정하지 못한 여자를 싫어했으니까.

"클라리사, 정말 못 봐주겠어!"

그는 데번셔 하우스(3대 데번셔 공작이 세운 저택)에서 열린 파티에서 호박 목걸이에 초라하고 낡아빠진 실크 드레스를 입은 실비아 헌트를 본 순간 지른 소리가 지금도 생생하게 들리는 것 같았다. 클라리사는 다시 허리를 쭉 폈다. 큰 소리로 말했기 때문이다. 그녀는 지금 피커딜리에서 초록의 가는 기둥이 세워진 집들을 지나 몇 개의 발코니를 지나쳐 왔다. 신문이 잔뜩 쌓여 있는 클럽 창가를 지나 유약이 발라진 하얀 앵무새가 항상 걸려 있는 레이디 버뎃쿠츠(영국의 자선가)의 집을 지나쳤다. 그리고 지금은 금색 표범이 장식되어 있지 않은 데번서 하우스를 지나 클라리지 호텔을 지나갔다. 이곳에 머물고 있는 젭슨 부인에게 명함을 전해 달라는 딕의 부탁을 받은 것이다. 자칫하다가는 그녀가 떠나버릴 것이다. 돈 많은 미국인들은 이따금씩 정말 매력적이다. 세인트 제임스 궁전이 눈앞에 보였다. 벽돌로 만든 아이들 장난감 같다. 그런 다음 클라리사는 본드 가를 지나 해처드 서점(영어권에서 가장 유명한 서점 중에 하나) 가까이에 왔다. 오가는 인파와 자동차의 물결이 끊이지 않고 이어졌다. 로즈(런던의 크리켓 경기장)와 애스콧 경마장과 헐링엄 폴로 경기장으로 가는 자동차 행렬이 겠지. 저건 뭐지? 정말 귀엽다. 그녀는 돌출 창 안에 펼쳐진 회고록처럼 생긴 책 표지를 바라보며 생각했다. 아마도 조슈아 레이놀즈 경(영국의 초상화가)이나 롬니(영국의 화가)일 거야. 익살맞고 똑똑하면서도 새침한. 그야말로 엘리자베스처럼 진짜 여자지. 그 황당한 책도 저기 있네. 짐이 늘 인용했던 『스펀지 씨의 스포츠 여행』(로버트 스미스 서티스의 소설)이야. 그리고 셰익스피어의 소네트도 있어. 클라리사는 셰익스피어의 소네트를 외우고 있었다. 그녀는 필과 흑부인(Dark Lady, 셰익스피어 소네트에 등장하는 신비의 여인)에 대해 온종일 논쟁을 벌였다. 그러자 딕은 저녁을 먹으면서 흑부인은 들어본 적이 없다고 솔직하게 말했지. 사실 그런 점 때문에 딕과 결혼했지! 그는 셰익스피어의 작품을 읽은 적이 없었거든! 아마도 밀리에게 사줄 만한 싸구려 책이 있을 거야. 당연히 『크랜퍼드』(1853년에 출간된 엘리자베스 개스켈의 풍자소설)지. 속치마를 입은 소 이야기(탄광에 떨어져 털이 다 빠진 소에게 회색 천으로 된 조끼와 사각 팬티를 입히는 이야기가 나온다.)만큼 재미있는 이야기가 또 있을까? 클라리사는 지금 사람들에게 그런 유머가 있다면, 그런 자존심이 있다면 얼마나 좋을까 생각했다. 큰 책의 문장의 마지막과 등장인물이 떠올랐기 때문이었다. 마치 현실 속의 사람인 듯 등장인물에 대해 이야기를 나누었다. 위대한 것을 추구하려면 과거로 돌아가지 않으면 안 된다고 생각했다. 온갖 세속적 더러움에 물들어 가면서… 지금은 두려워하지 마라, 여름의 태양을(셰익스피어 「심벨린」 중에서)… 이제 슬퍼할 일도 없다, 슬퍼할 일도 없다. 그녀의 눈이 창문 위쪽에서 방황하며 이 말을 반복했다. 훌륭한 시는 이렇듯 머릿속에 맴돌기 마련이다. 그녀는 죽음에 대해 읽고 싶은 글을 현대인은 쓰지 못했다고 생각하며 길모퉁이를 돌았다.

버스는 자동차 무리에 합류하였고 자동차는 화물차들과

한데 섞였다. 화물차는 택시와, 택시는 자동차와 한데 섞이고… 저기 오픈카에 젊은 아가씨가 혼자 타고 있군. 4시까지 깨어 있어서 발이 저리고 아픈 게로군. 다 알아. 클라리사는 생각했다. 아가씨는 댄스파티가 끝나고 차에 앉아 피로에 지친 채로 반쯤 잠이 들어 있었기 때문이다. 또 한 대의 자동차가 다가왔다. 그리고 또 한 대. 아니, 저건 또 뭐야! 클라리사는 빙긋이 웃었다. 저 뚱뚱한 부인은 많은 공을 들여 치장을 했지만 이런 오전 시간에 다이아몬드를 차고 있잖아! 난꽃 장식을 하다니! 정말 황당해! 저 훌륭한 경찰은 적당한 때에 손을 들어 줄 거야. 자동차가 또 한 대 지나갔다. 정말 꼴불견이야! 어떻게 저 나이의 여자가 눈 주변을 검게 화장한 거지? 그리고 이런 시간에 젊은 남자가 여자를 데리고… 하필이면 나라가… 멋진 경찰관이 손을 들자 클라리사는 그의 지시에 따라 천천히 도로를 건너 본드 가로 향했다. 좁고 구불구불한 길, 노란 깃발, 하늘에 걸린 두꺼운 전기선을 바라보았다.

100년 전, 콘웨이의 딸과 도망친 클라리사의 할아버지 시무어 패리도 본드 가를 지나갔다. 패리 가 사람들은 100년 동안 본드 가를 왕래하면서 이 길을 왕래했던 댈러웨이 가의 사람들(외가 쪽은 리다)과 만났을지도 모른다. 클라리사의 아버지는 힐 양복점에서 양복을 사 입었다. 저쪽 진열장에는 옷감 두루마리 한 개가 전시돼 있었고, 이쪽 진열장에는 검은 테이블 위에 도자기가 놓여 있을 뿐이다. 그것은 놀랄 만큼 비싼 진품이다. 어물전 얼음 덩어리 위에 놓여 있는 두툼한 연분홍 빛 연어처럼. 장신구들이 아름답다. 그녀는 분홍과 오렌지 별 모양의 인조 보석들은 스페인 산일 것이라고 생각했다. 오래된 황금 사슬. 반짝거리는 버클. 높은 머리 장식을 한 부인들이 청록색 공단 옷에 다는 작은 브로치. 본다고 어떻게 되지 않아! 절약해야 한다. 사람들이 장난삼아 분홍과 파란 종이 눈을 뿌리고 있는 것 같은 특이한 프랑스 회화 한 점이 걸려 있는 가게를 지나가야 한다. 클라리사는 그림을 가까이 하면서 살았다면(책이나 음악도 마찬가지지만) 저런 싸구려 그림에 속지 않을 거라고 생각하며 에올리언 홀(뉴 본드 가에 있는 콘서트 홀) 앞을 지나갔다. 본드 가 길이 정체되고 있었다. 저기 레이디 벡스버러가 오셨네. 마상시합을 관람하기 위한 여왕처럼 당당하게 높은 자리에. 레이디 벡스버러는 자가용 마차에서 허리를 꼿꼿이 세우고 망원경으로 거리를 내려다보고 앉아 있다. 하얀 장갑의 손목 부분이 헐거워져 있었다. 검고 초라한 옷을 입고 계시지만 신기하게도 교양과 자존심이 느껴진다고 생각했다. 말 한마디 한마디를 신중하게 하고, 사람들의 입에 오르내리지 않는 정말 대단한 사람이다. 이렇게 오랫동안 알고 지내왔지만 무엇 하나 흠을 발견하지 못했다. 지금 저기서 화장한 얼굴로 미동도 하지 않고 기다리고 있는 백작부인 앞을 지나며 클라리사는 생각했다. 클레어필드의 안주인으로서 남자들과 정치 이야기를 나누는 그녀처럼 될 수 있다면 무슨 일이라도 할 수 있을 것 같았다. 이윽고 마차가 움직이면서 레이디 벡스버러는 마상시합에 참석하는 여왕처럼 당당하게 지나갔다. 부인에게도 삶의 보람이 있어야 하는데…. 클라리사는 부인이 늙고 쇠약해지면서 모든 것을 다 귀찮게 여기고 있다는 이야기를 떠올렸다. 그녀가 가게 안으로 들어갔을 때, 눈에는 눈물이 고여 있었다.

"안녕하세요."

클라리사는 매력적인 목소리로 인사를 했다.

"장갑 좀 보여주세요."

그녀는 우아하고 상냥하게 이렇게 말하면서 핸드백을 계산대 위에 올려놓고 천천히 장갑 단추를 풀었다.

"하얀 장갑을 보고 싶어요. 팔꿈치 위까지 오는 긴 장갑이요."

그리고 여점원의 얼굴을 쳐다보니 자신이 알고 있는 여자가 아닌 것 같았다. 여점원은 그다지 젊지 않았다.

"이 장갑은 딱 맞지 않네요."

클라리사가 말하자 여점원이 장갑을 살폈다.

"팔찌를 하고 계시나요?"

클라리사는 손을 펼쳐 보았다.

"아마 반지 때문인가 봐요."

여점원은 회색 장갑을 계산대 끝으로 가져갔다.

맞아, 그녀가 내가 아는 점원이라면 벌써 스무 살은 더 먹었을 거야⋯. 가게에는 다른 손님이 한 명 더 있을 뿐이었다. 손님은 장갑을 벗은 팔을 계산대 위에 올리고 축 늘어뜨린 채 명하니 옆을 바라보고 앉아 있었다. 클라리사는 일본 부채 그림 속 여자 같다고 생각했다. 그러나 저렇게 명한 표정을 하고 있는 그녀를 아름답다고 여기는 남자도 있을 것이다. 그녀는 맘에 들지 않는다는 듯 고개를 저었다. 장갑이 맞지 않나 보다. 그녀는 거울을 향해 고쳐 앉았다.

"손목 위까지 오네요."

그녀는 흰머리의 여점원을 책망하였고, 여점원은 거울을 바라보며 동의했다.

두 사람은 기다렸다. 시곗바늘이 째깍거리는 소리를 냈다. 본드 가가 저 멀리 둔탁한 소리를 내고 있었다. 여점원은 장갑을 들고 나갔다.

"손목 위까지 와요!'

그녀는 큰 소리로 서글프게 말했다. 클라리사는 의자와 얼음, 꽃과 외투 보관표를 주문해야겠다고 생각했다. 오지 않기를 바라는 사람이 올 것이다. 다른 사람들은 오지 않을 것이다. 나는 문 앞에 섰다. 이 가게에서는 비단 양말도 팔고 있었다. 장갑과 신발만 보면 어떤 여자인지 알 수 있다고 늙은 윌리엄 숙부님이 자주 말씀하셨다. 클라리사는 흔들리며 걸려 있는 은색 비단 양말 너머로 부인을 바라보았다. 핸드백에서 손을 떼고 늘어뜨린 채 멍하니 바닥만 바라보고 있는 축 처진 어깨를 한 부인을. 촌스러운 여자들이 내 파티에 온다면 정말 참을 수 없을 거야! 키츠가 빨간 양말을 신고 있다면 누가 그를 좋아하겠는가? 아아, 결국… 클라리사는 계산대로 다가갔다. 그리고 문뜩 기억이 떠올랐다.

"전쟁 전에 진주 단추가 달린 장갑을 팔았던 걸 기억하고 있나요?"

"부인, 프랑스제 말인가요?"

"맞아, 프랑스제였지."

클라리사가 말했다. 또 한 명의 부인이 슬픔에 잠긴 표정으로 일어나 핸드백을 들고 계산대 위의 장갑을 바라보았다. 그러나 모두 다 너무 크다. 손목 주변이 헐렁헐렁했다.

"진주 단추가 달린 거 말이죠."

여점원이 말했다. 그녀는 나이가 많이 들어 보였다. 그녀는 계산대 위에 길고 부드러운 포장지를 펼쳤다. 진주 단추가 달린 것. 아주 단순한 디자인의 프랑스 풍 장갑!

"부인, 손이 참 가늘어요."

여점원은 부드럽게 반지를 낀 클라리사의 손에 장갑을 끼

위주면서 말했다. 클라리사는 큰 거울에 비친 자신의 팔을 바라보았다. 장갑은 팔꿈치에 닿지 않을 정도의 길이였다. 조금 더 긴 장갑은 없을까? 그러나 점원을 더 이상 귀찮게 하고 싶지 않았다. 클라리사는 아마도 한 달에 한 번 서 있기도 힘든 날일 거라고 생각했다.

"이제 됐어요."

클라리사가 말했다. 그러나 장갑은 그대로 가져왔다.

"계속 서 있으면 피곤하지 않아요? 휴가는 언제 쓸 수 있는 거죠?"

그녀는 매력적인 목소리로 물었다.

"9월에요. 가게가 좀 한가한 때요."

우리가 시골에 있을 때군. 아니면 사냥을 할 시기일 거야. 여점원은 브라이턴에서 2주 동안 머무른다. 지저분한 하숙집에서. 하숙집 여주인은 하숙생에게 설탕을 가져오게 한다. 이 여자를 시골 럼리 부인의 집에 보내는 건 일도 아니야(이 말이 입 밖으로 터지기 직전이었다). 그러나 그 순간 신혼여행 중 딕이 충동적으로 무언가를 베푸는 것이 얼마나 어리석은 짓인지를 깨닫게 해준 것을 떠올렸다. 딕은 중국과 무역을 하는 것이 훨씬 중요하다고 했다. 물론 그의 말이 맞다. 게다가 그녀는 남의 도움을 받는 것을 별로 좋아할 것 같지 않았다. 그녀는 자신이 원하는 곳에 있는 것이다. 딕과 마찬가지로. 장갑을 파는 것이 그녀의 일이야. 그녀에게는 그녀만의 슬픔이 있을 거야. '이제 한탄하며 슬퍼할 수도 없고…'라는 시가 떠올랐다. '속세의 때에 서서히 물들어 가면서…' 클라리사는 팔에 힘을 꽉 주었다. 전혀 부질없을 것처럼 느껴지는 순간이 있는 것이다(장갑을 벗은 그녀의 팔에는 흰 가루가 붙어 있었다). 쉽게 말해서 더 이상 신을 믿지 않는다는 것이라고 생각했다.

자동차 소리가 갑자기 크게 들려왔다. 비단 양말이 반짝거렸다. 손님 한 명이 들어왔다.

"하얀 장갑을 보여줘요."

손님이 말했다. 왠지 낯익은 목소리로 들렸다.

예전에는 아주 쉬운 일이었는데. 클라리사는 생각했다. 떼까마귀 울음소리가 공기 중에 퍼지며 천천히 들려왔다. 먼 옛날 실비아가 죽었을 때, 예배가 시작되기 전 이른 아침에 주목 나무 담장에 다이아몬드 모양의 거미줄에 걸려 있는 이슬이 정말로 아름답게 보였다. 그러나 딕이 내일 죽는다고 한다면 신을 믿을지 말지에 대한 문제에 대해서는… 아니, 아이들에게 선택시키기로 하자. 그러나 그녀 자신은 벡스버러 부인처럼… 귀여워하던 아들 로던이 죽었다는 전보를 받고도 바자회를 갔던 그녀처럼 살기로 하자. 그런데 신을 믿지 않는 건 왜일까? 다른 사람들을 위해서야. 그녀는 장갑을 받아들면서 생각했다. 여점원에게 신앙까지 없었다면 훨씬 더 불행

했을 것이다.

"30실링입니다. 부인, 죄송합니다. 35실링이네요. 프랑스제 장갑은 좀 비쌉니다."

여점원이 말했다.

사람은 자신을 위해 살고 있는 게 아니니까. 클라리사는 생각했다.

그런데 또 한 명의 손님이 장갑을 집어 들고 힘껏 당겼다. 그러자 장갑이 찢어지고 말았다.

"이런!"

손님이 소리쳤다.

"가죽 제품이에요. 무두질을 할 때 산을 조금 넣기 때문에 가끔 이런 일이 생기죠. 다른 장갑을 다시 시험해 보세요."

머리가 희끗한 여점원이 다급하게 말했다.

"하지만 이게 2파운드 10실링이나 하는 건 바가지야!"

클라리사는 부인을 바라보았다. 부인도 클라리사를 바라보았다.

"장갑은 전쟁 이후 별로 믿을 수 없게 되었어요."

여점원은 사과를 하며 클라리사에게 말했다. 그런데 이 부인을 어디서 봤을까? 나이가 지긋하고 턱 밑에 살이 주름져 있었다. 금테 안경에 검은 리본이 걸려 있었다. 육감적이고 영리한 사전트(영국에 살았던 미국 초상화가)의 그림 속 여자 같았다. 남에게 명령하는 습관이 있는 사람의 경우 목소리만 들어도 알 수 있다고 생각했다.

"이건 좀 작아."

부인은 이렇게 말했다.

여점원이 다시 자리를 비웠다. 클라리사는 기다려야 했다. 그녀는 지금은 두려워하지 말라는 말을 반복해서 중얼거리며 계산대 위에서 손가락을 가볍게 움직였다. 지금은 두려워하지 마라. 여름의 햇볕을. 지금은 두려워하지 마라를 반복해서 중얼거렸다. 그녀의 팔에는 작은 갈색 반점 몇 개가 나 있었다. 이윽고 여점원이 달팽이가 기어오듯이 살며시 돌아왔다. 그대는 세속적 임무를 완수했다. 수천 명의 젊은이가 세상이 존속하는 것과 마찬가지로 죽었다. 됐어! 드디어 팔꿈치보다 약간 위까지 오는군. 진주 단추가 달려 있는 5.25사이즈. 이 느림보 씨, 내가 오전 내내 줄곧 여기에 앉아 있을 것 같아? 이번에는 잔돈을 가져오는 데 25분 걸리는 거 아냐!

바깥 거리에서 엄청난 굉음 소리가 터졌다. 여점원들은 계산대 뒤로 숨었지만 클라리사는 허리를 꼿꼿이 펴고 앉은 채 다른 한 명의 손님에게 미소를 지어 보였다.

"미스 앤스트러더 아닌가요?"

그녀가 소리쳤다.

새 드레스

The New Dress

버지니아 울프의 일기를 보면 1918년 5월 울프는 모자를 사러 가서 공포를 경험했다고 한다. "카드놀이를 하는 것처럼 아무런 의식 없이 살무사의 긴 혀를 가진 것처럼" 보였다는 것이다. 새 옷을 선택하고 입는 것에 대해 울프는 공포와 당혹감을 느끼는 편이었다. 자기 자신, 특히 외향을 꾸미는 일에 대해 과잉 의식하는 것은 오히려 에고이스트로서의 일면을 드러내는 일로 해석되기도 한다.

새 드레스

The New Dress

메이블이 뭔가 이상하다고 의심하기 시작한 것은 외투를 벗었을 때였다. 바네트 부인은 메이블에게 거울을 건네주면서 일부러 몇 개의 브러시를 만지작거리고 화장대 위의 화장 도구 모두를 정리하면서 메이블의 시선을 끌어 뭔가 변했고 이상하다는 것을 증명하려 했다. 그 의심은 메이블이 계단을 오를수록 더욱 강해졌고 클라리사 댈러웨이와 인사를 하고 방 건너편 끝 어두운 곳에 걸려 있는 전신거울을 봤을 때 확신했다. 이게 뭐야! 이상하잖아! 그리고는 곧바로 언제나 감추고 싶었던 초라한 마음—마음속 깊이 감추고 있던 불만, 어려서부터 자신이 남들보다 부족하다고 느꼈던 열등감이 고개를 쳐들고 솟구쳐 잠에서 깼을 때, 보로(1803~1881. 조지 헨리 보로. 영국의 소설가)나 스콧(1771~1832. 스코틀랜드의 시인, 소설가)의 책을 읽으며 이겨냈던 것처럼 떨쳐낼 수가 없었다. 왜냐하면 여기 있는 남자들, 여자들 모두가 그렇게 생각하고 있기 때문이다.

"메이블, 대체 뭘 입고 있는 거지? 그 모습이 뭐야! 정말 꼴불견이야!"

사람들은 가까이 다가와 가볍게 눈꺼풀을 떨고 질끈 감아버렸다. 메이블을 이렇게 주눅이 들게 한 것은 겁이 많고 무능력하고 허술한 성격 탓이었다. 순간 방 안의 모든 것들—키 작은 부인복 제단사와 함께 어떤 드레스를 입을지 고민하던 방이 더럽고 불쾌하게 느껴졌다. 그리고 초라한 자신의 집 거실과 외출할 때 테이블 위 우편물을 정리하면서 허영심에 들떠 우쭐해서 "정말 시시해!"라고 말했던 자기 자신, 이 모든 것들이 얼마나 어리석고, 하찮고, 촌스러운지를 깨달았다. 이 모든 것들은 댈러웨이 부인의 거실에 발을 딛는 순간 정체가 폭로되어 완전히 무너져버리고 말았다.

저녁 무렵 의자에 앉아 차를 마시고 있을 때 도착한 댈러웨이 부인의 초대장을 보며 메이블이 생각한 것은 자신이 세련되게 꾸미고 갈 수 없을 것이라는 것이었다. 세련되게 꾸미는 것 자체가 바보 같았다. 유행하는 옷과 스타일로 꾸민다는 것은 적어도 30기니가 필요하다는 것을 의미한다. 어째서 개성 있게 꾸미려 하지 않는 걸까? 왜 독창적으로 꾸미려 하지 않는 걸까? 그녀는 벌떡 일어나 어머니의 옛 패션 책, 나폴레옹 1세 시대의 파리 패션 책을 집어 들었다. 그리고 그 당시 사람들이 훨씬 아름답고 당당하고 여성스럽다고 생각했다. 그녀는 자신이 바보 같은 짓을 했다고 생각하며 그 당시의 사람들처럼 되기로 하였던 것이다. 자신이 다소곳하고 고풍스러운 매력이 있다고 착각하는 자기애, 손가락질 당할 것이 빤한 것을 의심조차 하지 않고 열중한 결과 이런 옷을 입게 된 것이다.

그러나 메이블은 전신 거울에 자신을 비춰볼 용기가 나지 않았다. 끔찍한 자신의 모습을 직시하기가 두려웠던 것이다. 고풍스러운 연노랑 실크 드레스의 길이는 우스꽝스럽게 길었고, 부풀어 오른 소매, 잘록한 허리도 패션 책으로 볼 때는 꽤나 매력적으로 보였지만, 직접 입고 평범한 사람들과 어울릴 때는 전혀 매력적이지 않았다. 메이블은 자신이 젊은 사람들의 시침 연습용으로 서 있는 마네킹이 된 것 같은 느낌이었다.

"하지만 정말 매력적이네요!"

로즈 쇼는 예상했던 대로 빈정대듯 입술을 오므린 채 메이블을 위아래로 훑어보았다. 정작 로즈는 다른 사람들과 마찬가지로 최신 유행의 차림을 하고 있었다.

메이블은 사람들이 홍차 받침 접시 위를 기어오르려고 하는 파리 같은 존재라고 생각했다. 그리고 성호를 긋고 기도를 하여 이 고통을 벗어나기 위한, 고뇌를 견디기 위한 주문을 찾기라도 하듯이 그 말을 되풀이했다.

그녀는 괴로울 때마다 자주 인용하는 셰익스피어의 문구, 몇 년 전에 읽은 몇 권의 책 속 시 구절이 갑자기 떠올라 그것을 몇 번이고 되뇌었다.

"기어오르려는 파리(안톤 체호프의 『결투』를 인용한 것 같다)."
이 말을 반복해 되뇌다 보면 정작 파리가 눈에 보일 때는 무감각해져 냉정하게 얼어 말을 하지 않게 될 것이다. 지금 파리가 우유 접시 위에 앉아 날개를 접고 슬금슬금 접시 위를 기어 다니는 모습이 생생하다. 그리고 어떻게 해서든(로즈 쇼의 이야기에 귀를 기울이면서 거울 앞에 서 있지만) 로즈 쇼와 그곳에 있는 다른 사람들을 어떻게 해서든 기어나가려고 하는 것인지, 아니면 안으로 들어가려고 하는 파리―나약하고 부질없지만 안간힘을 다하고 있는 파리―로 여기려 했다. 그러나 사람들을 그런 식으로 치부하는 것은 불가능했다. 오히려 자기 자신이 그렇게 느껴졌다. 그녀는 파리고 다른 사람들은 잠자리나 나비처럼 아름다운 곤충으로 춤을 추듯 날아다니거나 스치듯 지나치고 있었지만, 그녀만은 접시 위를 벗어나려고 하고 있다.(악덕 중에서도 가장 혐오스러운 것은 시기와 원망으로, 메이블의 가장 큰 단점이기도 했다.)

"나는 초라하게 비틀거리는 더럽고 늙은 파리가 된 기분이야!'

메이블은 로버트 헤이든을 붙잡고 이렇게 말했다. 서투르고 겸손한 표현을 공부하여 자신이 얼마나 초연한지, 얼마나 재치가 넘치는지, 그 상황에 적절하지 않은 것은 전혀 생각하지 않고 있다는 것을 스스로 납득하려 했다. 그러자 당연히 로버트 헤이든은 매우 예의바르지만 불성실한 대답을 했고, 메이블은 그것을 간파하고 로버트가 떠나자마자 다시 책을 인용해서 "거짓말, 거짓말, 새빨간 거짓말!(안톤 체호프의 『결투』를 인용)"이라고 혼잣말을 했다. 파티는 모든 것을 실제보다 훨씬 현실감 넘치게 하거나, 전혀 비현실적인 것으로 할 것이라고 생각했다. 메이블은 순간적으로 로버트 헤이든의 마음속을 꿰뚫어 보았다. 그녀는 모든 것을 다 간파하고 진실을 깨달았다. 이것이 현실이야. 이 거실, 이런 나 자신이. 다른건 다 가짜야. 밀란 양의 작은 작업실은 정말이지 무덥고 숨이 막힐 정도로 괴로웠다. 옷 냄새와 양배추를 요리하는 냄새가 났다. 그러나 메이블은 밀란 양이 건네준 거울로 완성된 드레스를 입은 자신을 보고 형용할 수 없는 행복감으로 가득

찼다. 빛에 둘러싸인 자신의 모습이 비치고 있었다. 주름과 근심이 사라지고 상상했던 그대로의 모습이 비치고 있었다. 아름다운 여자가. 아주 짧은 순간(더 이상 오래 보고 있을 용기는 없었다. 밀란 양은 치마 길이를 살펴보고 싶어 했다.) 회오리 무늬의 마호가니 테로 둘러싸인 거울을 바라보고 있는 자신—옅은 색의 신비로운 미소를 띠고 있는 매력적인 여자, 그녀 자신의 핵심이자 정수가 비치고 있었다. 거울 속의 자신이 착하고 상냥한 진짜라는 것은 허영심 때문만은 아니었다. 자기애 때문만은 아니었다. 치마 길이는 아마도 이 이상 길게 하지 않는 것 같군요. 밀란 양은 이마를 찡그린 채 머리를 묶으며 말했다. 차라리 치마 길이가 좀 더 짧은 편이…. 메이블은 문득 밀란 양에 대한 애정이 커졌다. 이 세상 누구보다도 밀란 양이 좋아져 그녀가 입에 핀을 문 채 눈을 크게 뜨고 붉어진 얼굴로 바닥을 기는 모습에 눈물이 날 지경이었다. 남을 위해 이렇게까지 해 주는 사람이 있다니. 자신은 파티에 가려고 하는데 밀란 양은 카나리아 새장을 덮어주거나 아마 씨를 입에 물고 먹이를 주어야 했다. 모든 사람을 인간 자체로만 볼 때, 인간성의 이런 측면과 인내하고 참는 것을 생각해 보면, 이 사람들이 그렇게까지 초라하고 가난하고 누추한 작은 기쁨으로 만족하고 있다는 것에 메이블의 눈에는 눈물이 가득 고였다.

지금은 모든 것이 사라지고 말았다. 그 드레스, 그 방, 사랑하는 감정, 동정심, 회오리 무늬 테가 둘러진 거울, 그리고 카나리아 새장─이 모든 것이 사라져버리고 메이블은 지금 댈러웨이 부인의 거실 한구석에서 절실하게 현실을 깨닫고 고문과도 같은 고통을 맛보고 있다.

그러나 두 아이가 있는 나이에도 이런 것을 신경 쓰고 있다니, 지금도 여전히 타인의 평가에 전면적으로 의존한 채 신념도 확신도 없이 다른 사람들처럼 "셰익스피어 말 대로야! 죽음은 찾아올 거야! 우리는 선장의 비스킷에 달려드는 바구미야."라고. 혹은 그것이 무엇이든 사람들이 말하는 것을 말하지 못하는 것은 너무나 시시하고, 용기 없고, 심성이 비열한 일이다.

메이블은 전신 거울 속 자신과 당당하게 마주했다. 왼쪽 어깨를 가볍게 두드렸다. 마치 자신의 노란색 드레스를 향해 사방에서 창이 날아오기라도 하듯이 방 한가운데로 나왔다. 그러나 로즈 쇼였다면 그렇게 했을 것처럼─로즈였다면 고대 켈트 족 여왕 부디카(로마인의 지배에 반기를 들었지만 참패했다)처럼 보였을 것이다.─ 용맹한 표정이나 비극적인 표정을 보이지 않고 어리석은 자의식이 과도한 표정을 짓고 여학생처럼 거짓 웃음을 지으며 두들겨 맞은 잡종 개처럼 살금살금 도망치듯 고개를 숙이고 방을 가로질러 그림(판화지만)을 뚫어져라 바라보았다. 마치 파티에 가는 것이 그림을 보러 가기 위한 것인 듯! 메이블이 왜 그러고 있는지는 아무도 모른다. 창피하고 자신의 행동이 부끄러워서 그렇게 한 것이다.

　"파리는 지금 접시 안에 있어."

　그녀는 혼자 중얼거렸다.

　"한가운데, 우유 때문에 나오지 못하고 있지."

　그녀는 그림을 응시하며 생각했다.

　'파리가 날개를 완전히 접어버렸어.'

　"정말 오래돼 보이네요."

　그녀는 찰스 버트에게 말했다. 누군가 다른 사람에게 말을 하려 걷다가 찰스의 걸음을 멈추게 한 것이다(그는 멈추는 것 자체가 싫었다.).

　메이블은 오래된 것은 그림이지 자신의 드레스가 아니라고 말할 생각이었다. 아니면 그렇게 말할 생각이라고 스스로 믿게 하려고 했다. 찰스가 칭찬을, 애정 어린 칭찬을 해 주면 그것으로 메이블에게는 모든 상황이 종료되었을 것이다. 그러나 그렇다면 메이블은 거짓말을 하지 말고 정직하게 말해야 했다. 물론 찰스는 결코 칭찬을 하지 않았다. 그는 심술궂은 사람이었다. 언제나 사람의 마음을 꿰뚫어 봤다. 나약하고 어리석은 마음을 품고 있는 사람에게는 더욱 그랬다.

　"새 드레스를 입으셨군요!"

그가 이렇게 말하자 불쌍한 파리는 접시 한가운데로 완전
히 빠져 버렸다. 이 사람은 나를 완전히 익사시킬 생각이야.
메이블은 생각했다. 찰스는 인정사정을 봐주지 않았다. 선천
적으로 다정함과는 거리가 멀고 친절한 척할 뿐이었다. 밀란
양이 훨씬 진실하고 친절했다. 항상 그렇다고 여기고 그 판단
이 틀리지 않기를. "왜?" 메이블은 자문했다. 찰스에게 거칠
게 쏘아붙이며 화가 나 있음을, 또는 그의 말마따나 '초조해
하고 있다.'는 것을 알리기 위해.('너무 초조해 하고 있는 거 아닌
가요?'라고 말하며 건너편에 있는 부인들과 함께 계속해서 메이블을
웃음거리로 만들었다.)

"아니, 왜?" 메이블은 다시 자문했다.

"나는 항상 똑같이 느끼지 못하는 걸까? 밀란 양은 옳고 찰
스는 틀렸다고 확신하고 믿고, 카나리아와 연민과 사랑에 대
해 확신하고, 사람들로 가득 찬 방에 들어가자마자 조롱거리
가 되어야만 하는 걸까?"

이 또한 지긋지긋하게 나약하고 우유부단한 성격 탓이다.
위급한 순간에는 항상 회피하고 패류학(貝類學), 어원학(語源
學), 식물학, 고고학에 대하여 진지하게 관심을 갖거나, 메리
데니스나 바이올렛 시얼처럼 감자를 잘라 심은 뒤 결실을 맺
는 것을 참고 지켜보지를 못하는 성격이다.

그때 홀먼 부인이 메이블이 서 있는 것을 발견하고 황급히

다가왔다. 물론 홀먼 부인이 드레스에 관심이 있어서는 아니었다. 그녀의 가족들은 자주 계단에서 굴러 떨어지거나 성홍열에 걸렸기 때문이다. 엘름소피 저택을 8월에서 9월까지 빌릴 수 있는지 알아요? 아아, 메이블에게는 너무나 따분한 이야기다! 메이블은 부동산 중개업자나 심부름꾼 취급을 당하며 이용당하는 것에 화가 단단히 났다. 내가 그 정도 가치밖에 없다는 말이군. 메이블은 무언가 구체적이고 실체가 있는 것을 찾기 위해 노력하며 고민했다. 욕실과 집의 방향과 가장 높은 층까지 더운물이 나오는 등의 것에 대해 조리 있게 대답하기 위해. 그러는 동안에도 그녀의 노란 드레스가 둥근 거울에 부츠 단추와 올챙이 정도의 크기로 비치고 있는 것이 보였다. 3페니만 한 작은 것 속에 어떻게 수치심, 고뇌, 자기혐오, 고생, 그리고 격렬한 감정 기복이 다 들어갈 수 있는지 놀라지 않을 수가 없었다. 더 놀라운 것은 이 물체, 이 메이블 웨어링은 독립된 전혀 다른 개체라는 것이다. 홀먼 부인(거울 속의 검은 단추)은 몸을 앞으로 불쑥 내민 채 장남이 달리기를 하다 얼마나 심장에 무리가 갔었는지에 대해 이야기를 하고 있었지만, 메이블은 홀먼 부인도 거울 속에 완전히 독립된 존재로 비치고 있는 것을 보았다. 몸을 내밀고 몸동작 손동작을 섞어가며 이야기하는 검은 점이 홀로 자기만의 세상에 존재하는 노란 점에게 검은 점이 느낀 것을 느끼게 하는 것은 불가능한 일이다. 그러나 두 사람은 서로 느끼고 있는 척을 하고 있다.

"사내아이를 얌전히 있게 하는 건 불가능한 일이에요."

대충 이런 이야기를 하고 있었다.

그리고 홀먼 부인은 충분히 동정을 받지 못한 채 아주 작은 동정이라도 자신의 권리인 듯(그러나 그녀는 좀 더 동정을 받아야 한다. 오늘 아침, 어린 딸이 무릎 관절이 퉁퉁 부은 채 돌아왔으니 말이다.) 맹렬히 달려들어 부질없는 선물을 받고는 1파운드를 받아야 하지만 반 페니를 받은 것처럼 의심과 원망의 눈초리로 바라보고 지갑에 넣었다. 비록 보잘것없는 선물이기는 하지만 먹고살기 힘든 세상, 인색한 세상이기 때문에 참고 받아들여야만 한다. 그렇게 마음의 상처를 입은 홀먼 부인은 새된 소리로 무릎이 부풀어 오른 딸의 이야기를 계속했다. 탐욕, 정말이지 비극적인 일이다. 큰 소리로 가마우지처럼 동정을 바라며 날갯짓을 하고 있는 인간의 이 불만스러운 목소리. 비극이다. 동정하는 척하는 것이 아니라 진심으로 동정심을 느낄 수 있다면!

그러나 노란 드레스를 입은 오늘 밤, 메이블은 더 이상 단한 방울의 동정도 짜낼 수가 없었다. 자신이야말로 지극한 동정이 필요했기 때문이다. 그녀는 잘 알고 있다(거울을 줄곧 바라보고 있었다. 두려울 정도로 본성을 폭로하고 있는 저 파란 물웅덩이를). 자신이 이렇게 나약하고 우유부단한 인간이기에 비난과 경멸을 당하고 이런 식으로 본류에서 벗어난 웅덩이 속에 남겨져야 한다는 사실을. 그리고 노란 드레스는 자신에게 어울리는 고행처럼 여겨졌다. 만약 자신이 로즈 쇼처럼 백조의 솜털 주름 장식이 달린 아름답고 딱 맞는 녹색 드레스를 입고 있었다면 그 드레스에 어울렸을 것이다. 메이블은 자신에게는 빠져나갈 길이 전혀 없다고 생각했다. 그러나 그 모든 것이 그녀의 탓이 아니다. 어머니는 큰 깡통을 운반했고 계단 모서리의 리놀륨은 닳아서 구멍이 나는 등, 크고 작은 힘겨운 집안의 비극이 끊이지 않고 이어졌다. 변화는 일어나지 않았다. 양 목장이 실패를 했지만 완전히 파산하지는 않았다. 큰오빠가 좀 처지는 상대와 결혼했지만 그리 심한 정도는 아니었고, 낭만은 없었지만 가족 누구도 극단적인 행동은 하지 않았다. 그들은 해변 휴양지로 밀려났다. 해수욕장 어디에선가 숙모님 중에 한 명이 바다 쪽으로 창이 나 있지 않은 하숙집에서 지금도 자고 있다. 정말 그녀들답다. 그들은 항상 눈치를 보며 살아야 했다. 그리고 메이블 또한 숙모들과 마찬가지였다. 헨리 로렌스 경(1806~1857. 영국의 군인, 인도의 행정관)과 같은 영웅, 제국을 건설한 사람과 결혼하여 인도에 살고 싶다는 꿈(지금도 터번을 쓴 인도인을 볼 때마다 가슴이 설렌다.)을 꾸었지만 메이블은 완전히 실패하고 말았다. 말단직이지만 법원 공무원으로서 안정적인 직업을 가진 휴버트와 결혼했다. 그들은 작은 집에서 하녀를 두지 않고 살면서 혼자 식사를 할 때는 고기와 채소를 잘게 썬 요리나 버터를 바른 빵만으로 해결했다. 홀먼 부인은 다른 곳으로 가버렸다. 메이블에 대해 지금까지 만났던 사람들 중에서 가장 인정머리 없고 빼빼마른 데다가 괴상망측한 드레스를 입고 있다고 생각했다. 그리고 메이블의 괴상망측한 드레스에 대해 상대를 가리지 않고 떠들어댔다. 메이블은 이따금씩 파란 소파에 홀로 남겨진 채 무언가 하고 있는 것처럼 보이기 위해 쿠션을 쿡쿡 찌르며 생각했다. 찰스 버트와 로즈 쇼랑은 어울리고 싶지 않았다. 그들은 아마도 난롯가에서 까치처럼 깍깍거리며 메이블의 흉을 보고 있었을 것이다. 때로는 멋진 순간이 자신에게 찾아오기도 한다. 예를 들자면 며칠 전 밤에 침대에서 책을 읽고 있을 때, 아니면 부활절 날 햇볕이 쏟아지고 있는 백사장에 앉아 있을 때를 떠올려 보자. 해변에 자생하는 거대한 초목 군락이 한 다발의 창처럼 한데 어우러져 하늘을 배경으로 꼿꼿하게 서 있었다. 하늘은 아주 단단하고 윤기가 나는 도자기 알처럼 파랬다. 그리고 파도가 연주하는 멜로디가 들려왔다. '조용하게, 조용하게'라고 연주를 했다. 물놀이를 하는 아이들의 고함소리—그래, 이거야 말로 신성한 순간—나는 여기에 누워 있다. 그녀는 그렇게 느꼈다. 세상이라고 하는 여신의 품 안에서. 무자비하지만 매우 아름다운 여신. 어린 양이 제단에 바쳐지고 있다(이런 바보 같은 생각을 하고 있었지만 입 밖으로 내뱉지만 않는다면 상관이 없었다.). 휴버트와의 생활도 때로는 전혀 예상하지 못한─일요일 점심시간에 양고기를 나눠주고 있을 때나, 특별한 것 없이 편지 봉투를 열고 있을 때, 방으로 들어갔을 때─신성한 순간이 찾아오는 경우가 있다. 그럴 때면 그녀는 혼자 중얼거렸다(다른 누구에게도 이러한 사실을 말하지 않기 때문에).

"이거야. 지금 일어났어. 바로 이거야!"

또한 이와 정반대되는 것에도 똑같이 놀랐다. 다시 말해 모든 것이 갖춰져 있을 때─음악, 날씨, 휴가 등, 행복을 위한 모든 것이 갖춰져 있는데도─그럴 때 아무 일도 일어나지 않는다. 행복하다고 느껴지지 않는다. 그저 따분할 뿐. 그것뿐이다.

이것은 아마 초라한 나 자신 때문이야! 화를 잘 내고, 나약하고, 불만투성이인 엄마이며, 기분이 불안정한 아내였다. 일종의 몽롱한 삶을 살면서 오빠와 언니들처럼 명확하거나 대담한 특색 있는 일을 한 적이 없었다. 단, 휴버트는 별개로─그들 부부는 기력이 없고 애처로운 닮은꼴로 아무것도 하지 않는다. 그리고 메이블은 이 느릿느릿 기어 다니고 있는 것 같은 생활 속에서 갑자기 절정에 도달한다. 그 초라한 파리는─이렇게 끊임없이 마음속에 떠오르는 파리와 접시 이야기를 어디서 읽은 것일까?—힘겹게 기어 나온다. 그래, 메이블에게 이런 순간이 찾아온 것이다. 그러나 마흔 살이 된 지금 이런 순간이 찾아올 확률은 더욱 희박해질 것이다. 메이블은 차츰 발버둥치지 않게 될 것이다. 그러나 그건 애석한 일이야! 참을 수 없는 일이야! 그렇게 되면 정말 창피한 일이야!

내일은 런던 도서관에 가야지. 어쩌면 뭔가 멋지고 도움이 될 수 있는 훌륭한 책을 발견할 수 있을 거야. 아무도 들은 적이 없는 목사님이 쓴 책이나 미국인이 쓴 책 같은 거. 아니면 스트랜드 거리를 걷거나. 우연히 한 홀에 들렀을 때 광부가 갱도 안의 삶에 대해 이야기를 한다면 나는 순간적으로 다시 태어나게 될 거야. 완전히 딴 사람이 될 거야. 제복을 입고 미스터 아무개 씨라고 불리며 옷 따위는 전혀 신경 쓰지 않게 될 거야. 그리고 이후 계속해서 찰스 버트나 밀란 양이나 이 방 저 방에 대해 더없이 확고한 생각을 가지게 될 거야. 그것도 항상 매일매일 그렇게 말이지. 양지에 누워 있거나 양고기를 나눠주고 있는 것처럼. 그렇게 될 거야!

그리고 메이블은 파란 소파에서 벌떡 일어났다. 그러자 거울 속 노란 단추도 함께 일어섰다. 그러고 나서 찰스와 로즈를 향해 그들에게 전혀 의지하지 않고 있다는 것을 보여주기 위해 손을 흔들었다. 그리고 노란 단추는 거울 속에서 사라졌다. 그리고 댈러웨이 부인에게 다가가 "실례할게요."라고 말했을 때 온갖 화살이 메이블의 가슴속으로 파고들었다.

"벌써 돌아가려고요?"

댈러웨이 부인이 말했다.

그녀는 언제나 매력적이다.

"이제 가야 해요."

메이블 웨어링이 대답했다.

"하지만…."

힘이 없는 목소리. 이 목소리에 힘을 주면 바보처럼 들리고 말지만, 한마디 덧붙였다.

"정말 즐거운 시간이었어요."

"즐거웠어요."

메이블은 계단에서 마주친 댈러웨이 부인에게 말했다.

"거짓말, 거짓말, 거짓말이야!"

메이블은 계단을 내려오면서 혼자 중얼거렸다. 그리고 "접시에 빠지고 말았어!"라고 중얼거렸다. 망토를 두르는 것을 도와준 바네트 부인에게 감사의 인사를 하고 20년을 입은 낡은 중국풍 망토로 몸을 감쌌다.

존재의 순간들

"슬레이터의 가게 핀은 끝이 뾰족하지 않아."

Moments of Being.

"Slater`s Pins have no Points."

「밖에서 본 여자 기숙학교」와 함께 여성 간의 동성애에 대한 울프의 관심이 드러나는 작품으로 평가된다. 개인이 자신의 실체를 오롯이 느끼는 순간을 울프는 '존재의 순간'이라 부른다. 충격이나 깨달음, 계시 같은 것을 느끼는 찰나로, 개인 존재의 실체를 온전히 느끼는 순간을 말한다. 반면에 비존재의 순간은 개인이 존재의 실체와 유리되어 있는 상태를 말하며, 먹고 마시고 자고 대화하는 등의 의식적인 생활의 대부분은 비존재에 속한다.

존재의 순간들
"슬레이터의 가게 핀은 끝이 뾰족하지 않아."

Moments of Being.

"Slater`s Pins have no Points."

"슬레이터의 가게 핀은 끝이 뾰족하지 않아. 항상 그렇지 않았나?"

크레이 양이 돌아보면서 말했다. 패니 윌모트는 옷에 달았던 장미꽃이 떨어지자 음악에 귀를 기울인 채 바닥에서 핀을 찾기 위해 허리를 숙였다.

바흐의 푸가 마지막 소절이 연주되고 있을 때 크레이 양이 한 말은 패니를 깜짝 놀라게 했다. 그렇다면 크레이 양은 직접 슬레이터의 가게에 가서 핀을 샀단 말인가? 패니 윌모트는 잠시 동작을 멈추고 혼자 중얼거렸다. 다른 사람들처럼 계산대에 줄을 서서 기다렸단 말인가? 계산서에 싸준 잔돈을 지갑에 넣고 1시간 뒤에 자신의 화장대 위에 핀을 꺼내놓았을까? 크레이 양은 핀을 어디에 쓰려는 걸까? 왜냐고? 그녀는 드레스를 입고 있다는 느낌이 아니라 단단한 껍질로 쌓인 딱정벌레처럼 겨울에는 파란 옷, 여름에는 녹색 옷 속에 들어가 있는 것 같은 사람이니까. 핀을 어디에 쓰려는 걸까? 줄리아 크레이, 바흐의 푸가처럼 차갑고 투명한 세계에 살고 있는 것처럼 보이는 사람. 미스 킹스턴 교장의 말에 따르자면 자신에 대해 각별한 호의를 가지고 있으며 모든 면에서 그분을 매우 존경하고 있다고 말했다. 그리고 좋아하는 곡을 혼자 연주하며 아처 스트리트 음악대학 학생 한두 명만 가르치는 사람이라고 했다. 킹스턴 교장은 크레이 양이 오빠가 돌아가신 뒤 생활에 어려움을 겪고 있는 것이 아닌지 걱정하기도 했다. 이 남매가 솔즈베리에 살고 있을 때는 정말이지 품격이 넘쳤었지. 물론 오빠 줄리어스는 유명한 고고학자로 명성이 자자한 사람이었지. 그분의 집을 방문하는 것은 정말이지 명예로운 일이었어.

그리고 킹스턴 교장은 이렇게 말했다.

"우리 집안은 그분들과 오랜 친분이 있었죠. 전형적인 솔즈베리 주민이셨어요."

　그러나 아이들에게는 조금 무서운 곳이었다. 문을 쾅 닫거나 갑자기 방안으로 불쑥 들어가지 않도록 조심을 해야 했다. 학기 초, 수표를 받고, 영수증을 써 주면서 이런 식으로 간략하게 그녀의 성격에 대해 말하던 킹스턴 교장은 잠시 미소를 지었다. 그녀는 말괄량이였다. 방안으로 불쑥 들어가 초록색 유리제품을 흔들며 달그락거렸다. 크레이 남매는 둘 다 결혼을 하지 않았기 때문에 아이들에게 익숙하지 않았다. 남매는 고양이 몇 마리를 키우고 있었다. 고양이들은 로마 시대 항아리나 다른 골동품에 지지 않을 만큼 사람들에게 잘 알려져 있었다.

　"나보다도 더 유명했었지!"

　킹스턴 교장은 씩씩하고 기운이 넘치는 동그란 필체로 수표에 붙어 있는 우표에 서명을 하며 밝게 웃었다. 그녀는 사무 능력이 뛰어났다.

　패니 월모트는 아마도 핀을 찾으면서—크레이 양은 "슬레이터의 가게 핀은 끝이 뾰족하지 않아."라고 단정했을 거야—라고 생각했다. 크레이 가 사람은 아무도 결혼을 하지 않았다. 크레이 양은 핀에 대해서는 아는 것이 없었다. 크레이 양은 자신의 집에 걸려 있는 마법을 깨뜨리고 싶었다. 자신들과 다른 사람들을 가로막고 있는 창문을 깨뜨리고 싶었던 것이다. 말괄량이 소녀 폴리 킹스턴이 문을 쾅 닫고 들어와 로마 시대의 유리 골동품을 흔들었을 때, 무언가 깨지지 않았는지 (일단은 본능적으로 그것을 걱정했지만) 창가에 놓인 상자로 눈길을 돌린 줄리어스는 껑충껑충 뛰며 초원을 가로질러 집으로 돌아오고 있는 폴리를 바라보았다. 여동생이 종종 그렇게 하는 뭔가를 갈망하는 듯한 눈빛으로 뚫어져라 바라보았다.

"별아, 해야, 달아!"

그의 눈빛은 그렇게 말하고 있는 것 같았다.

"초원의 데이지야, 이글거리는 불아, 유리창에 낀 서리야, 나는 너희들을 사랑하고 있다. 하지만…."

그리고 눈빛은 항상 이렇게 덧붙였다.

"너희들은 깨지고 흩어져 사라질 것이다."

그리고 동시에 그 눈빛은 '나는 너희에게 손길이 닿지 않아. 너희를 잡을 수 없어.'라고 욕구불만의 애석한 말투로 말하고 이러한 강렬한 마음 모두를 덮어버리고 말았다. 그러자 반짝이던 별빛은 흐려지고 아이들은 사라져 버렸다.

이런 종류의 마법, 이런 투명한 표현이야말로 크레이 양이 깨뜨려버리고 싶어 하는 것이었다. 때문에 아끼던 학생(패니 윌모트는 자신이 크레이 양을 좋아하고 있다는 사실을 알고 있었다.)에 대한 상으로 바흐의 곡을 멋지게 연주하여 들려준 뒤 핀에 관해서는 자신도 다른 사람들과 똑같이 여기고 있다고 말했다.

그랬다, 그 유명한 고고학자의 눈에서도 그것을 엿볼 수 있었다. 유명한 고고학자라고 말했을 때, 킹스턴은 날짜를 확인하고 수표에 이서를 하면서 쾌활한 목소리로 씩씩하게 말했지만 줄리어스 크레이에게는 왠지 묘한 분위기를 느끼게 하는 말투였다. 아마도 줄리어스에게서도 느낄 수 있는 미묘한 특징과 같은 것일 것이다. 패니 윌모트는 핀을 찾으면서 킹스턴이 파티나 모임 자리에서(킹스턴의 아버지는 목사였다.) 뭔가 소문을 들은 것이 틀림없다고 생각했다. 왜냐하면 줄리어스의 이름이 나왔을 때, 별 뜻 없이 미소를 짓거나 말한 것에 불과할지도 모르지만 킹스턴에게 줄리어스 크레이에 대한 어떤 느낌을 들게 하였을 것이다. 그리고 당연히 킹스턴은 그 느낌을 아무에게도 말하지 않았다. 그것이 어떤 의미가 있는지는 아마도 모르고 있을 것이다. 그러나 줄리어스에 대한 이야기를 할 때, 혹은 그의 이야기를 듣게 되었을 때마다 가장 먼저 머릿속에 맴도는 것이 그것이었다. 줄리어스 크레이에게는 뭔가 특별한 점이 있다는 것이었다.

피아노 앞에 앉은 채 미소를 지으며 돌아보았을 때의 줄리아에게도 그런 특별한 것이 있었다. 초원에서도, 유리창에서도, 하늘에서도 볼 수 있는 그런 아름다움이. 그러나 나는 결코 할 수 없고 가질 수 없는 것이다. 내게 줄리아는 독특한 몸짓으로 손을 꽉 쥐면서 덧붙이고 있는 것처럼 느껴졌다. 그 아름다움을 이렇게 숭배하고 있는데, 그걸 손에 넣기 위해서라면 모든 것을 포기해도 좋은데! 줄리아는 패니가 핀을 찾고 있는 동안 바닥에 떨어진 카네이션을 주워들었다. 그러자 패니에게는 진주 장식이 달린 수채화 물감과도 같은 색깔의 반지들을 낀 매끄럽고 혈관이 튀어나온 두 손으로 관능적 희열에 젖어 카네이션을 쥐어짜고 있는 것처럼 느껴졌다. 꽉 쥐어짜는 줄리아의 손가락이 아름다운 꽃을 더욱 아름답게 해주고 있는 것 같았다. 더 많은 꽃잎과 싱싱함, 매끄럽게 하여 꽃을 더 돋보이게 해 주는 것 같았다. 줄리아의 독특한 점은 줄리어스의 독특한 점과 같은 것으로 손가락으로 쥐어짜는 동작에 사라지지 않는 욕구불만이 담겨 있었다. 카네이션을 쥐고 있는 지금도 그랬다. 줄리아는 카네이션을 두 손으로 꽉 쥐어짜고 있다. 그렇게 하면서 카네이션을 자신의 것으로 만들어 즐길 수가 없다. 절대 불가능하다.

패니 윌모트는 크레이 남매는 모두 결혼하지 않았다는 것을 상기시켰다. 패니는 레슨이 길어져 어두워진 어느 날 저녁을 떠올렸다.

"여자를 보호하는 게 남자들의 역할 아닌가?"

패니가 망토를 걸치고 있을 때 줄리아 크레이는 패니를 바라보며 그 특유의 묘한 미소를 지으며 말했다. 그 미소는 패니에게 꽃과 마찬가지로 손가락 끝까지 자신의 화려한 젊음을 의식시켜주었다. 그러나 페니는 꽃과 마찬가지로 금지된 것이라고 생각했다.

"하지만 나는 지켜주기를 바라지는 않아."

패니가 웃으며 말했다. 그러자 줄리아 크레이는 특유의 눈길로 패니를 바라보며 자신은 그렇게까지 단정할 수 없다고 말했지만, 패니는 줄리아가 자신에게 보낸 찬미의 눈길에 얼굴을 붉히고 말았다.

줄리아는 거기까지가 남자의 역할이라고 말한 것이다. 그렇다면 크레이 양이 결혼하지 않은 것이 그런 이유 때문인 걸까? 패니는 바닥에 눈길을 떨구며 생각했다. 결국 크레이 양은 계속해서 솔즈베리에 살지 않았던 것이다.

"런던에서 가장 멋진 곳은…."

크레이 양이 이전에 했던 말이다.

"(5년 내지는, 20년 전 일이기는 하지만) 켄징턴이죠. 10분만 걸어도 켄징턴 식물원에 갈 수 있죠. 공원 한가운데까지. 슬리퍼 차림으로 밖에서 외식을 하더라도 감기에 걸리지 않아요. 켄징턴은 그 당시에는 작은 마을이었죠."

줄리아가 말했었다.

그리고 잠시 이야기를 멈추었다가 지하철에서 부는 바람이 정말 싫다고 짜증스럽게 말했다.

"남자의 역할이죠."

그녀는 기묘하고 빈정대듯이 신랄한 말투로 말했다. 그 말이 어째서 결혼하지 않았는가 하는 문제와 무슨 상관이 있는 걸까? 줄리아가 젊었을 때의 온갖 상황들이 머릿속에 떠오른다. 파란 눈에 오똑한 코를 한 착한 클레이 양이 맑고 정열적으로 핀 장미를 모슬린 드레스 가슴에 달고 피아노를 연주하는 모습은 청년들의 마음을 사로잡았다. 청년들은 이런 것들 하나하나, 도자기 찻잔과 은촛대와 상아로 만든 테이블 등이 (크레이 남매는 멋진 물건들을 가지고 있었기 때문에) 모두 멋지게 느껴졌었다. 대단히 걸출한 인물은 아니었지만 대성당이 있는 도시에 사는 야심만만한 청년들이었다. 크레이 양은 이런 청년들을 매료시키고 다음으로는 옥스퍼드와 케임브리지에서 온 오빠 친구들을 매료시켰다. 그들은 여름에 와서 크레이 양을 보트에 태우고 강을 거슬러 올라가면서 로버트 브라우닝에 대하여 편지를 주고받으며 토론을 하였다. 그리고 이따금씩 크레이 양이 런던에 머무르게 될 때면 모든 준비를 하고 안내하였을 것이다. 켄징턴 식물원에도?

"런던에서 가장 멋진 곳은 켄징턴이죠. 15년인가 20년 전 일이기는 하지만."

크레이 양은 언젠가 이렇게 말한 적이 있다.

"10분만 걸어도 켄징턴 식물원에 갈 수 있죠. 공원 한가운데로."

패니 윌모트는 그곳에서는 뭐든 상상할 수 있을 것이라고 생각했다. 예를 들어 화가 서먼 씨. 크레이 양의 오랜 친구다. 이 사람이 어느 6월의 화창한 날에 크레이 양과 약속한 대로 밖으로 데리고 갔다고 상상해 보자. 밖으로 데리고 가 나무 그늘에서 차를 마시려 하고 있다.(이 두 사람도 슬리퍼 차림으로 외출을 하더라도 감기에 걸릴 걱정이 없는 그 파티에서 알게 되었다.) 두 사람이 서펜타임 연못을 바라보고 있는 동안 숙모님이나 다른 친척 어른이 기다리고 있다. 두 사람은 서펜타임 연못을 바라보고 있다. 서먼 씨는 크레이 양을 보트에 태우고 노를 젓고 있었을지도 모른다. 두 사람은 서펜타임 연못을 에이번 강과 비교했다. 크레이 양은 진지하게 그 둘을 비교했을 것이다. 강의 전경은 그녀에게 매우 중요한 일이니까. 크레이 양은 약간 상체를 숙이고 앉아 불안하게 키를 잡고 있다. 당시 그녀는 매우 정숙했다. 그는 지금이야말로 고백해야겠다고 결심했다. 그녀와 단둘이 있을 수 있는 건 지금 이 순간뿐이다. 그는 머리를 어깨 쪽으로 돌려 불편한 자세로 긴장한 채 말하고 있다. 바로 그 순간 그녀는 그의 말을 가로막으며 다리에 부딪힐 것 같다고 소리쳤다. 그것은 두 사람 모두에게 끔찍한 순간, 환멸의 순간, 계시의 순간이었다. 그녀는 절대로 참을 수 없다고 생각했다. 그렇다면 왜 따라온 건지 그는 이해가 되지 않았다. 그는 노를 힘차게 저어 보트의 방향을 틀었다. 내게 핀잔을 주려고 따라온 건가? 그는 보트로 크레이 양을 다시 데려다주고 이별을 고했다.

이런 식으로 상황의 배경을 마음대로 바꿀 수 있을 것이라고 패니 윌모트는 생각했다.

그런데 떨어진 핀은 어디로 사라진 걸까? 라벤나(이탈리아 북부 에밀리아, 로마니아 지방의 도시)였나, 아니면 크레이 양이 오빠를 위해 집안일을 하던 에든버러였을지도 모른다. 상황은 얼마든지 바꿀 수 있어. 청년도, 어떤 풍경이었는지도 바꿀 수 있을 것이다. 그러나 유일하게 바뀌지 않는 것은 크레이 양이 거절하고 인상을 찡그리며 자신에게 화가나 이런저런 변명을 하며 안도하는 것이다. 그렇다, 안도의 한숨을 쉬는 것은 분명하다. 그다음 날, 크레이 양은 아마도 아침 6시에 일어나 망토를 두르고 켄징턴에서 한참을 걸어 강가로 갈 것이다. 모든 것이 최상의 상태일 때, 다시 말해 사람들이 일어나기 전에 아침을 먹을 수도 있을 것이다. 자신의 자주성을 희생하지 않아도 된다.

맞아, 패니 윌모트는 미소를 지었다. 줄리아는 자신의 모든 습관을 지킬 수 있다. 모든 습관은 안전하다. 만약 결혼했다면 그럴 수 없었을 것이다. 언제였을까? 저녁 무렵 줄리아가 "남자는 사람 잡는 도깨비야."라고 농담조로 말한 적이 있었다. 막 결혼한 제자가 남편과의 약속에 늦었다는 걸 알고 황급히 떠났을 때였다.

"남자는 사람 잡는 도깨비야."

줄리아는 쓴웃음을 지으며 말했다. 분명 사람 잡는 도깨비는 침대에서 아침을 먹는 것에도 불만일 것이다. 그리고 새벽에 강가까지 산책하는 것도. 자식이 태어나면 어떻게 될까? (그런 건 결코 상상이 가지 않는 것이긴 하지만.) 줄리아는 오싹한 추위, 피로, 무겁고 부적절한 음식, 외풍, 너무 높은 실내 온도, 지하철 타기 등에 매우 조심했다. 이런 것들 때문에 두통이 일어날지도 모르는 일이기 때문이다. 두통이 시작되면 필사적으로 싸워야 한다. 줄리아는 항상 상대를 이기기 위해 필사적이었고 지금은 그것에 전념하는 것에만 관심을 쏟고 있다. 상대를 이기고 나면 인생이 조금은 따분해질 것이다. 두 가지 선택 사이에서 끊임없이 줄다리기를 하고 있다는 것은 분명했다. 하나는 사랑하는 나이팅게일과 풍경. 그랬다, 풍경과 새는 사랑하지 않을 수 없었다. 다른 하나는 다음 날 몸이 뻐근해서 두통이 일어날 것 같은 습한 길과 오랜 시간 걸어 올라야 하는 높은 언덕길 사이에서. 때문에 체력을 잘 조절하여 크로커스가(매끄럽고 선명한 꽃 색깔은 줄리아의 마음에 쏙 드는 꽃이었다.) 가장 만발한 시기에 햄프턴 코트를 갈 수 있는 것은 그녀에게 승리와도 같은 것이다. 무언가 영속되는 것, 언제까지나 소중한 것이었다. 줄리아는 햄프턴 코트를 찾았던 날 오후를 잊을 수 없는 추억의 목걸이에 꿰어 넣었다. 목걸이는 그리 길지 않기 때문에 이런저런 기억을 떠올릴 수 있었다. 그 풍경, 그 도시라는 식으로. 일일이 손으로 만지고 느끼면서 감탄하며 그 특유의 맛을 즐기는 것이다.

"저번 주 금요일에는 날씨가 화창해서 꼭 외출을 하겠다고 생각했죠."

줄리아가 말했다. 그리고 계획을 세워 햄프턴 코트로 가기 위해 워털루 역으로 향했다. 혼자서. 당연하고 바보 같은 생각이지만 줄리아가 측은한 생각이 들었다. 그녀 자신은 그런 생각을 하지 않기를 바라면서도(실제로 그녀는 항상 말수가 적었다. 자신의 몸 상태를 용사가 적에 대해 이야기하듯이 말할 뿐이었다.) 모든 것을 혼자 해야만 한다는 것에. 그녀의 오빠는 죽었고 언니는 천식 환자였다. 언니는 에든버러의 기후가 자신에게 맞다고 생각하고 있었다. 그러나 줄리아는 그곳의 기후가 너무 우울했다. 아마도 이런저런 일들을 떠올리게 하여 힘들었을 것이다. 유명한 고고학자였던 오빠가 죽은 곳이니까. 줄리아는 오빠를 사랑하고 있었다. 지금은 브롬프턴 가의 골목 작은 집에서 혼자 살고 있다.

패니 윌모트는 더없이 우울한 핀을 찾아 주워들고 크레이 양을 바라보았다. 크레이 양은 쓸쓸할까? 아니, 크레이 양은 사실 비록 한순간이었지만 더없이 행복했다. 순간적으로 넋을 놓고 있던 크레이 양의 모습이 패니의 눈에 들어왔다. 크레이 양은 피아노에서 반쯤 돌아 앉아 무릎 사이에 카네이션을 두 손으로 꼭 쥔 채 앉아 있었다. 그녀 뒤에는 커튼이 쳐져 있지 않은 사각형 유리창이 황혼빛에 붉게 물들어 또렷하게 떠올랐다. 가구가 없는 연주실에 갓이 없는 밝은 전등 빛에 익숙한 눈에는 강렬하게 파고드는 붉은색이었다. 꽃을 꼭 쥐고 허리를 굽힌 채 앉아 있는 줄리아 크레이는 런던의 밤 속에서 모습을 드러내듯이, 런던의 어둠을 망토처럼 뒤로 던지고 있는 것처럼 보였다. 모습을 드러낸 강렬한 색채 속에 줄리아의 정신이 흘러나오는 것처럼 느껴졌다. 무언가 그녀가 만들어낸 것, 그녀 자신과도 같은 것이 흘러나오는 것처럼. 패니는 그녀의 눈을 응시했다.

패니의 응시 앞에 모든 것이 순식간에 투명해지는 것 같았다. 마치 크레이 양을 투시하기라도 하듯이 크레이 양 존재의 원천 그 자체가 청순한 은빛 물방울이 되어 튀어오르는 것이 패니의 눈에는 보였다. 패니는 클레이 양 배후의 과거를 깊숙이 들여다보았다. 유리 진열대 속에 진열된 로마 시대의 녹색 항아리가 보였다. 크리켓을 즐기는 성가대원들의 목소리를 들었다. 줄리아가 굽은 계단을 내려와 잔디밭으로 가는 모습이 보였다. 삼나무 그늘 아래서 차를 따르는 것을, 노인의 손을 꼭 잡아주는 것을, 수를 놓은 수건을 손에 들고 오래된 대성당 숙소 복도를 걸어가는 모습을 보았다. 걸으면서 따분한 일상을 탄식하는 것을, 천천히 나이 들어가는 모습을, 여름이 되면 자신의 나이에 너무 화려해서 입을 수 없다며 몇 벌의 옷을 버리는 모습을 보았다. 병든 아버지를 간호하는 것을, 혼자 골을 향하겠다는 의지를 굳히면서 자신이 가야할 길을 점점 더 확실하게 개척해 나가는 것을 보았다. 가난한 삶, 혼자의 삶에 필요한 경비와 낡은 거울을 살 돈을 꽁꽁 닫은 지갑을 열어 계산하는 모습을, 누가 뭐래도 자신의 즐거움을 스스로 선택하는 모습을 본 것이다. 그리고 그 순간 줄리아가 눈에 들어왔다.

두 팔을 펼치고 있는 줄리아, 붉게 타오르며 빛나고 있는 줄리아의 모습이. 어두운 밤하늘에 반짝이는 순백의 별처럼 줄리아는 타오르고 있었다. 줄리아는 패니에게 키스를 했다. 패니를 자신의 것으로 만들었다.

"슬레이터 가게의 핀 끝은 뾰족하지 않아."

패니 윌모트가 떨리는 손으로 핀으로 꽃을 가슴에 달려는 순간, 클레이 양이 야릇한 미소를 지으며 팔을 풀어주며 말했다.

거울 속의 여인

The Lady in the Looking—Glass

❖ 작품 해설

1929년에 발표된 이 작품은 비어 있는 집 안에서, 집 주인인 이사벨라를 기다리며 이사벨라에 관해 상상의 나래를 펼치는 화자의 상념을 묘사한다. 거울 속 세상을 관찰하며 거울 밖을 상상하는 반전의 패턴이 이 소설의 묘미라 하겠다. 실생활에서 주어진 정보로 알고 있는 이사벨라와 화자의 머릿속에서 그려지는 이사벨라는 거울 속 광경처럼 정형화된 일치와 괴리감을 선사한다.

거울 속의 여인

The Lady in the Looking—Glass

　방에는 전신거울을 걸면 안 된다. 수표책이나 끔찍한 죄를 고백한 편지를 펼쳐놓아서는 안 되는 것과 마찬가지로. 그해 여름날 오후, 홀에 걸려 있던 커다란 거울을 들여다보지 않을 수가 없었다. 우연히 거울을 들여다보게 된 것이다. 객실 소파에 깊숙이 앉아 있으면 이탈리아제 전신거울 속에 반대편 대리석 테이블은 물론이고 그 뒤로 펼쳐진 정원도 비치고 있는 것이 눈에 들어왔다. 키 큰 꽃들이 만발한 둑 사이로 길게 잔디밭길이 뻗다가 거울의 황금색 테두리에 가로막혀 모습을 감추고 있는 것이 보였다.

집 안에는 아무도 없었다. 때문에 객실에 홀로 앉아 풀과 나무 그늘에 숨은 채 자신의 모습은 보지 못하고 사람들을 꺼리는 동물들(오소리, 수달, 물총새 등)이 자유롭게 돌아다니는 모습을 지켜보고 있는 자연관찰자가 된 것 같은 기분이 들었다. 그날 오후, 방안에는 부끄러움이 많은 동물들로 가득했다. 빛과 그림자로 가득 찼고, 커튼이 바람에 흔들렸고, 꽃잎이 흩날리고 있었다. 누가 보고 있다면 결코 일어날 수 없는 일들로 방안은 가득 차 있었다. 작은 양탄자 몇 개가 깔려 있었고, 돌로 만든 벽난로와 붙박이 책장이 있고, 빨강과 황금빛 옻칠을 한 옷장이 놓여 있다. 낡고 한적한 시골집 방안에는 그런 야행성 동물들로 가득했다. 동물들은 살금살금 방안을 가로질러갔다. 발을 높이 들고 꼬리를 펼친 채 주둥이를 킁킁거리며 조용히 다가온 것이다. 마치 학이나 엷은 분홍색의 우아한 플라밍고 무리, 혹은 은빛 줄이 들어간 긴 꼬리를 늘어뜨린 공작처럼. 그리고 자줏빛과 어두운 색이 쫙 깔려 있었다. 마치 갑오징어가 갑자기 하늘을 자주색으로 물들인 것처럼. 방안은 사람처럼 그 열정과 격노와 갈망과 슬픔이 머리 위를 온통 뒤덮어 어두워져 있었다. 한순간이라도 똑같은 모습을 유지하고 있는 것은 아무것도 없다.

그러나 방 밖에서는 전신거울이 홀의 테이블과 해바라기와 정원의 오솔길을 그대로 비치고 있었기 때문에 테이블과 정원과 오솔길이 있는 그대로의 모습으로 도망치지 못하고 전신거울에 붙잡혀 있는 것 같았다. 묘한 대비였다. 여기서는 모든 것이 변화했고 거울 속에서는 모든 것이 정지되어 있었다. 이리저리로 눈길을 돌리지 않을 수 없었다. 그러는 동안 더워서 문과 창문을 모두 열어놓았기 때문에 거칠게 숨을 내쉬었다가 멈추는 소리가 끊임없이 들려왔고, 변하기 쉽고 사라지기 쉬운 것들의 목소리가 인간의 숨소리처럼 들락날락거리고 있었다. 반면에 거울 속의 모든 것은 숨을 멈추고 영원한 황홀감에 젖어 있었다.

여주인 이사벨라 타이슨은 30분 전에 얇은 여름 드레스 차림에 바구니를 손에 들고 잔디밭 오솔길을 걷고 있었지만 거울의 황금빛 테두리에서 벗어나 사라지고 말았다. 아마도 정원 아래쪽으로 꽃을 꺾으러 갔을 것이다. 아니, 그보다는 뭔가 가볍고 꿈결처럼 잎이 많고 길게 뻗은 것, 제멋대로 벽을 타고 올라 여기저기에 우아한 안개처럼 흰색과 자줏빛 꽃을 피운 메꽃이나 으아리를 꺾으러 갔을 것이다. 이사벨라는 꼿꼿이 서 있는 과꽃이나, 뻣뻣한 지니아, 곧게 뻗은 나무에서 램프처럼 타오르는 새빨간 장미보다는 몽환적으로 흐느적거리고 있는 메꽃을 떠올린다. 이렇게 이사벨라를 메꽃과 비교하고 이렇게 오랫동안 알고 지냈으면서도 그녀에 대해서는 전혀 아는 것이 없다는 것을 알 수 있다. 55살이나 60살이 된 여자가 화환이나 덩굴손일 수는 없기 때문이다. 그런 비유는 허무하고 피상적이라기보다는 잔인할 정도다. 왜냐하면 그런 비유는 흐느적거리는 메꽃처럼 우리의 눈과 진실 사이를 파고들기 때문이다. 진실은 틀림없이 있다. 벽은 틀림없이 있다. 그러나 정작 그렇게 오랫동안 이사벨라와 알고 지냈으면서도 그녀에 관한 진실은 무엇인지 대답할 수 없었다. 때문에 여전히 메꽃이나 으아리를 입에 담게 되는 것이다. 내가 아는 사실이라고는 그녀가 결혼하지 않았다는 것이다. 부자이고 이 집을 샀다는 것, 아무도 모르는 곳으로 여행을 갔다가 독가시에 찔리거나 동양의 병에 걸리는 등, 목숨의 위험을 감수하면서 지금 생활하고 있는 곳의 양탄자나 의자나 장식장을 직접 수집한다는 것도 사실이다. 때로는 이것들은 우리가 이사벨라를 아는 것보다―그곳에 앉거나 그곳에서 글을 쓰고 그 위를 조심조심 걷는 등―더 잘 알고 있는 것 같았다. 장식장들은 작은 서랍이 많이 있고 그 서랍들은 아마도 라벤더나 장미꽃잎으로 장식된 편지 다발들이 들어 있을 것이다. 이사벨라에게는 많은 친구가 있다는 것도 사실이다. 때문에 서랍을 열고 그녀에게 온 편지를 읽을 수 있을 만큼 뻔뻔하다면 수많은 동요와 약속과 약속을 어긴 비난의 흔적, 친근감과 애정이 담긴 긴 편지, 질투와 비난으로 가득한 흥분된 편지, 비통한 이별의 말들을 볼 수 있을 것이다. 이렇게 수많은 만남

이 있었지만 이사벨라는 결국 결혼하지 않았다. 그러나 가면
처럼 무표정한 그녀의 얼굴에 비추어 볼 때, 이사벨라는 자신
들의 사랑을 세상 사람들에게 자랑하기 위해 떠들어대는 사
람들의 20배나 더 열정적인 경험이 있다. 이사벨라에 대한 생
각에 빠져 있는 사이 방안은 점점 더 어둡고 상징적으로 바뀌
면서 구석구석까지 어둠이 스미며 의자와 테이블 다리가 더
욱 가늘고 길어지면서 비밀스럽게 바뀌었다.

　　이러한 상념은 갑작스럽고 난폭하게 소리도 없이 끊어지
고 말았다. 검고 큰 물체가 거울 속에 불쑥 나타나 모든 것을
가로막고 분홍과 회색 줄무늬가 들어간 순백의 얇은 판 같은
것들을 테이블 위에 던져놓고 사라졌다. 그리고 장면이 완전
히 바뀌어 버렸다. 도대체 뭐가 어떻게 된 것인지 전혀 알 길
이 없었다. 그 널빤지 같은 것은 어떤 용도의 것인지 도저히
종잡을 수가 없었다. 이윽고 논리적 사고가 조금씩 작동되면
서 널빤지 모양의 것에 대해 정리하기 시작하면서 일상의 경
험에 비춰 보기 시작했다. 그것은 편지에 불과하다는 것을 겨
우 알아냈다. 좀전의 남자가 우편물을 배달해 준 것이다.

　　대리석 테이블 위에 편지가 놓여 있었다. 처음에는 편지들
이 색과 빛 때문에 생경하고 이해할 수가 없었다. 이윽고 희
한하게 편지는 서랍에 들어가고 정돈된 화면의 일부로 구성
되어 거울이 부여한 정숙함과 영원의 생명이 주어지는 광경

이 펼쳐졌다. 편지는 새로운 실체와 의미를 띤 채 테이블에서 없애려면 끝이 필요하기라도 하듯이 무겁게 펼쳐져 있었다. 게다가 왠지 모르지만 그 다발은 아무런 의미가 없는 편지가 아니라 영원의 진리가 새겨진 널빤지처럼 느껴졌다. 이 널빤지를 이해할 수 있다면 이사벨라에 관해서는 확실하게, 또한 인생에 대해서도 알아야 할 모든 것을 알 수 있게 될 것이다. 대리석과도 같은 봉투 속 종이에는 분명 그 의미가 확실하게 새겨져 있을 것이다. 이사벨라는 집에 들어와 편지 하나하나를 천천히 펼쳐들고 한 자 한 자 꼼꼼하게 읽을 것이다. 그런 다음 모든 것을 다 꿰뚫어보고 있다는 듯이 깊은 한숨을 내쉬고 봉투를 잘게 찢고 편지는 다발로 묶어 알리고 싶지 않은 것을 감추기 위해 서랍장에 넣고 열쇠로 잠가버릴 것이다.

이런 생각을 하다 보니 도전하고 싶은 마음이 들었다. 이사벨라는 들키고 싶어 하지 않는다. 그러나 이제 빠져나갈 구멍이 없다. 그건 어리석고 황당한 짓이다. 그녀가 그렇게 많은 것을 숨기고 있고 그렇게 많은 것을 알고 있다면 일단 손에 넣어야 하는 도구, 다시 말해 상상력을 발휘해 그녀를 강제로 열어버려야 한다. 바로 이 순간, 이사벨라에게 정신을 집중시켜 여기에 잡아두어야 한다. 순간순간의 말과 행동, 만찬과 방문과 우아한 대화 속에서. 더 이상 휘둘러서는 안 된다. 그녀의 신발을 신어야만, 다시 말해 완전히 그녀 자신이 되어야 한다. 이 비유를 말 그대로 해석한다면, 지금 아래쪽 정원에 있는 이사벨라가 신고 있는 신발에 주목하는 것은 쉬운 일이다. 폭이 아주 좁고 긴 세련된 신발이다. 더없이 부드럽고 매끄러운 가죽 구두. 그녀가 몸에 걸치고 있는 다른 모든 것과 마찬가지로 정말 훌륭한 신발이다. 그리고 그녀는 정원 아래쪽에 있는 높은 나무 울타리 아래에서 시든 꽃과 길게 뻗은 가지를 자르기 위해 허리춤에 가위를 차고 있을 것이다. 햇빛이 그녀의 얼굴 위에, 눈 속에 내리쬐고 있을 것이다. 이런, 이 중요한 순간에 구름이 태양을 가리고 그녀의 눈과 표정을 흐리게 만들어버렸다. 비웃는 표정이었을까? 아니면 부드러운 표정이었을까? 활기 넘치는 표정이었을까? 그도 아니면 그저 멍하니 있었을까? 흐릿하게 하늘을 올려다보고 있는 그녀의 고상한 얼굴 윤곽만이 보일 뿐이었다. 아마도 딸기밭에 덮을 그물망을 주문해야겠다고 생각하고 있을 것이다. 존슨 미망인에게 꽃다발을 보내야겠다고, 새집으로 이사한 히페슬리의 집을 가봐야겠다고 생각하고 있었을 것이다. 분명히 저녁 식사 때 이런 이야기들을 했었다. 그러나 그녀가 저녁 식사 때 하는 그런 이야기는 더 이상 듣고 싶지 않다. 정작 내가 알아내고 말하고 싶은 것은 그녀의 보다 깊은 본질, 육체에 있어서의 호흡처럼 정신의 본질적 상태, 쉽게 말해 행복한지 불행한지이다. 이 말을 했을 때 이사벨라는 틀림없이 행복하다는 것이 확실히 밝혀졌다. 그녀는 부자이고 유명하다. 친구도 많다. 여행을 가서 터키에서 양탄자를, 페르시아에서 파란 항아리를 사곤 한다. 길게 늘어진 구름이 그녀의 얼굴을 덮어 감추고 있을 때, 길게 뻗은 가지를 자르기 위해 가위를 들고 그녀가 서 있는 곳에서 즐거움의 가지가 사방으로 펼쳐지고 있었다.

그리고 그녀는 가위를 재빠르게 움직여 가지를 잘라버렸다. 가지가 떨어지는 순간 빛이 파고들어 왔고, 덕분에 그녀의 본질에 좀 더 가까이 다가갈 수 있었을 것이다. 이때 그녀의 마음은 애정과 회한으로 가득했다. 길게 뻗은 가지를 자르는 것이 그녀를 슬프게 했다. 가지는 살아 있었고 생명은 그녀에게 매우 소중하기 때문이다. 그렇다. 게다가 그와 동시에 가지가 잘려나가는 것은 그녀 자신도 죽어야 한다는 것, 모든 것이 무상하다는 것을 느끼게 했다. 그리고 곧바로 정신을 가다듬고 다시 한 번 생각에 잠겨 자신의 인생이 그럭저럭 괜찮은 편이라고 생각했다. 비록 자신이 죽어야 한다고 하더라도 땅속에 잠들어 향기로운 제비꽃의 뿌리가 되는 것이다. 그녀는 이런 생각을 하며 서 있었다. 어느 하나 확실하게 정리하지 않은 채—마음의 모든 생각을 침묵의 구름 속에 떼버리는 과묵한 성격의 사람이었기 때문에—그녀의 마음은 온갖 생각으로 가득했다. 그녀의 마음은 그녀의 방과 닮았다. 방에는 빛이 들어왔다 물러나고, 살금살금 걷거나 스텝을 밟으며 찾아와서 꼬리를 펼치고 가야 할 길을 주둥이로 킁킁거리고 있다. 이윽고 그녀의 모든 존재는 다시 방과 마찬가지로 무언가 심연의 지식과 말로는 표현할 수 없는 회한의 구름으로 가득 찬다. 그런 다음 그녀는 서랍장처럼 편지가 가득 들어 있는 잠긴 서랍으로 채워진다. 마치 귤껍질을 까듯이 그녀를 비틀어 연다는 것은, 최고로 섬세하고 정교하고 부드러운 도구 이외의 것을 그녀에게 쓴다는 것은 불손하고 어리석은 짓이다. 상상력을 발휘하지 않으면 안 된다. 이때 이사벨라가 거울 속에 들어와 깜짝 놀라게 했다.

이사벨라는 처음에는 너무 멀리 있어 확실하게 보이지 않았다. 그녀는 이리저리 돌아다니거나 멈췄다가 이쪽을 향해 다가왔다. 장미꽃을 똑바로 세우거나 향을 맡기 위해 패랭이꽃을 들어올리기도 하면서 다가왔지만 걸음을 멈추지는 않았다. 그렇게 그녀는 거울 속에서 점점 커지면서 조금씩 완전하게 내 마음속으로 파고들어 오는 인간이 되었다. 조금씩 그녀를 확인할 수 있었다. 찾아낸 특징들을 내 눈에 보이는 육체 속에 집어넣을 수가 있었다. 잿빛 드레스, 가늘고 긴 신발, 바구니, 그리고 목덜미에서 반짝거리는 것. 그녀는 서서히 다가와 거울 속의 패턴을 어지럽히지 않고 뭔가 새로운 요소를 채워 넣는 것처럼 느껴졌다. 그 요소는 그녀를 위해 장소를 비워두라고 정중하게 부탁이라도 하듯이 다른 것들을 조용히 옮겨 바꿔놓고 있다. 덕분에 거울 속에서 줄곧 대기하고 있던 편지와 테이블과 잔디밭 길과 해바라기는 그녀가 한가운데로 올 수 있도록 흩어졌다. 드디어 이사벨라가 홀로 들어와 갑자기 발길을 멈췄다. 테이블 앞으로 다가와 꼼짝도 하지 않고 서 있었다. 그러자 거울은 그녀에게 빛을 비추었다. 그 빛은 그녀를 사로잡고 본질적이지 않은 표면을 산(酸)처럼 태워버리고 진실만을 남겨놓는 것처럼 여겨졌다. 마음을 사로잡는 광경이었다. 모든 것이 그녀에게서 떨어져 내렸다. 구름, 드레스, 바구니, 다이아몬드 등, 덩굴과 메꽃이라 부르던 모든 것이. 그 아래에는 단단한 벽이 있었다. 그것은 바로 그녀 자신이었다. 그녀는 무자비한 빛 속에 알몸으로 서 있었다. 그곳에는 아무것도 없었다. 이사벨라는 완전히 텅 비어 있었다. 사상은 물론 친구도 없었다. 아무도 사랑하지 않았다. 그녀 앞으로 온 편지는 모두 청구서였다. 눈앞에 있는 이사벨라는—늙고 거칠게 튀어나온 혈과, 쭈글쭈글하고 높은 코와 주름투성이의 목—그곳에 서 있지만 봉투를 뜯어보려 하지 않았다.

방에는 전신거울을 걸어놓아서는 안 된다.

공작부인과 보석상

The Duchess and Jeweller

올리버 베이컨은 가난한 유년시절을 딛고 자수성가한 보석상이다. 굶주림에서 부유함으로 이동한 삶의 진행은 올리버에게 만족감만을 선사해주지는 않는다. 이미 달성해 낸 물질적 풍요를 넘어선 다른 욕망이 그로 하여금 공작부인의 속임수에 기꺼이 넘어가도록 하지만, 여전히 굶주리던 시절의 잔상—어머니의 꾸짖음을 의식할 수밖에 없는 저변의 의식이 그를 붙든다.

공작부인과 보석상

The Duchess and Jeweller

올리버 베이컨은 그린 파크가 내려다보이는 건물 꼭대기에 살고 있었다. 그의 방에는 몇 개의 가죽의자가 적절한 각도로 놓여 있었고 돌출 창가에는 태피스트리 소파가 놓여 있었다. 세 개의 가늘고 긴 창에는 고상한 그물 레이스와 줄무늬 공단 커튼이 여유 있게 걸려 있었다. 마호가니 찬장에는 고급 브랜디와 위스키와 리큐르로 가득 차 있었다. 그리고 한가운데 창에서 내려다보면 저 멀리에 피커딜리의 좁은 길을 따라 즐비하게 주차된 최신 유행 자동차의 반짝거리는 지붕이 보였다. 이렇게 중심이 되는 곳은 상상할 수 없을 것이다.

오전 8시가 되면 하인들이 식사를 쟁반에 받쳐 가지고 온다. 하인은 올리버의 새빨간 드레싱 가운을 펼친다. 올리버는 몇 통의 편지를 길고 뾰족한 손톱으로 열어 두껍고 하얀 초대장을 꺼낸다. 수많은 공작부인, 백작부인, 자작부인, 자작 영애들이 보낸 문장이 찍힌 초대장이다. 그런 다음 올리버는 세수를 하고 토스트를 먹는다. 식사가 끝나면 불타고 있는 석탄 모양의 전기난로 옆에서 신문을 읽는다.

"올리버, 어때?"

그는 항상 자기 자신에게 이렇게 말했다.

"더러운 뒷골목에서 태어난 네가…."

올리버는 최고급 바지를 입고 있는 자신의 쭉 뻗은 두 다리에 눈길을 주며 말했다. 그런 다음 부츠에, 이어서 각반에 눈길을 돌렸다. 모두 다 멋지고 윤기가 났다. 새빌 로우(런던 일류 신사복점)의 최고 재단사가 최고급 천으로 만든 바지였다. 그러나 올리버는 자주 바지를 벗고 어두운 뒷골목에서 살던 어린 시절의 자신으로 다시 돌아가 본다. 당시 그의 최대 목표는 훔친 개를 화이트 채플(런던 동부지역의 유대인 거주지)에 사는 상류층 부인들에게 팔아치우는 것이었다. 그리고 단 한 번 사기를 당한 적이 있다.

"올리버, 어떻게 그런 일을…."

어머니는 한탄을 했다.

"올리버! 언제나 정신을 차릴 거니?"

그런 다음 올리버는 싸구려 시계 장사를 했다. 그리고 짐을 싸서 암스테르담으로 가서…, 이렇게 올리버는 옛날 일을 떠올리며 미소를 짓는다. 나이가 든 지금 자신의 젊은 시절을 추억하면서. 그래, 그 다이아몬드 세 개 덕분에 많이 벌 수 있었지. 그리고 에메랄드는 수수료가 짭짤했지. 그리고 올리버는 해튼 가든(다이아몬드·금·은의 거래 중심지)에 있는 가게의 안쪽 깊은 곳에 자리를 잡았다. 몇 개의 저울, 금고, 두꺼운 돋보기가 놓여 있는 방이었다. 그리고…, 그런 다음…, 그는 피식 웃었다. 무더운 저녁 무렵, 가격 이야기와 금광 이야기, 다이아몬드와 남아프리카에서 온 정보 따위 등의 이야기를 나누고 있는 보석상들 사이를 올리버가 지나가면 그중에 한 명이 코에 손을 대고 뭔가를 중얼거렸다. 별 의미가 없는 말을 하며 어깨를 가볍게 두드렸을 뿐, 코에 손을 댔을 뿐이었다. 무더운 오후, 해튼 가든에 모여든 보석상들이 웅성거리고 있었다. 아아, 이미 옛날 일이야! 그러나 올리버는 지금도 여전히 어깨를 두드렸던 손길이 자신의 몸 한가운데를 파고드는 것처럼 느껴졌다.

"모두 다 녀석 때문이야. 올리버 녀석, 그 젊은 녀석 말이야. 저기, 저기 걸어가고 있군."

모두 이렇게 중얼거렸다. 당시 그는 젊었다. 그리고 차츰 고급 양복을 입게 되면서 말 한 마리가 끄는 이륜마차를 샀고, 다음에는 자동차를 샀다. 연극을 볼 때, 처음에는 2층 정면 자리에 앉았고 그 뒤에는 1층 정면에 앉게 되었다. 그런 다음 리치몬드의 강이 내려다보이는 곳에 빨간 장미 울타리를 친 별장을 갖게 되었다. 마드무아젤이라 불리는 가정부가 매일 아침 장미 한 송이를 꺾어 단춧구멍에 꽂아 주었다.

"그럼." 올리버는 벌떡 일어나며 말했다. "그럼 이제…."

그리고 그는 벽난로 위에 놓여 있는 노부인의 사진 앞에 서서 두 팔을 벌렸다.

"저는 약속을 지켰습니다."

올리버는 이렇게 말하고 마치 노부인에게 경의를 표하듯 이 두 손을 모아 합장했다.

"저는 내기에서 이겼습니다."

그랬다. 그는 영국 제일의 부자 보석상이었다. 그러나 올리버의 코는, 코끼리 코처럼 자유자재로 휘는 긴 코의 콧방울이 묘하게 떨며(콧방울뿐만이 아니라 마치 코 전체가 떨고 있는 것 같았다.) 마치 아직까지 만족할 수 없다고 말하고 있는 것 같았다. 약간 앞쪽의 땅바닥에서 여전히 뭔가 냄새를 맡고 있었다. 송로버섯이 가득 묻어 있는 목초지에 있는 거대한 돼지 한 마리를 상상하면 좋을 것이다. 돼지는 이리저리 송로버섯을 파헤쳐내다가 앞쪽 땅속에 훨씬 크고 새까만 송로버섯의 냄새를 맡은 것이다. 그와 마찬가지로 올리버는 메이페어의 비옥한 땅속에 또 다른 송로버섯, 훨씬 크고 훨씬 새까만 송로버섯을 찾으려 항상 냄새를 맡았다.

이제 올리버는 진주 넥타이핀을 똑바로 고치고 깔끔하고 파란 외투로 몸을 감쌌다. 노란 장갑과 지팡이를 들고 건들건들 계단을 내려갔다. 피커딜리를 향해 걸으면서 길고 날카로운 코로 킁킁 냄새를 맡거나 한숨을 내쉬고 있었다. 왜냐하면 그는 내기에서는 이겼지만 여전히 슬퍼하고 있는 남자, 만족하지 못한 남자, 무언가 감춰진 것을 찾고 있는 남자가 아니었던가?

올리버는 몸을 약간 좌우로 흔들며 걸었다. 마치 동물원 낙타가 식료품 상인과 그의 아내를 태우고 뒤뚱거리며 아스팔트 길을 걷고 있는 것처럼. 식료품 상인들은 종이봉투에서 꺼낸 것을 먹으며 은색 종이를 꾸겨 거리에 던져버렸다. 낙타는 식료품 상인들을 경멸하면서 자신의 운명을 원망하며 파란 호숫가에 무성하게 자란 야자나무를 그리워했다. 이런 식으로 부자 보석상, 세계 제일의 보석상은 피커딜리 거리를 어슬렁어슬렁 걷고 있었다. 장갑과 지팡이를 든 빈틈없는 차림이었지만 여전히 만족스럽지 못했다. 이윽고 작고 어두운 가게에 도착했다. 프랑스, 독일, 오스트리아, 이탈리아, 미국 전역에 널리 알려진 가게. 본드 가 뒷골목에 자리한 작고 어두운 가게에 도착했다.

올리버는 늘 그랬듯이 아무 말도 하지 않고 가게 안으로 들어갔다. 늙은 마셜과 스펜서, 젊은 해먼드와 웍스, 네 사내는 올리버가 지나갈 때 계산대 뒤에 꼿꼿이 서서 부러운 듯 바라보았다. 그러나 올리버는 네 명의 존재를 확인했다는 증표로 호박색 장갑을 낀 손가락 하나만을 까딱거렸다. 그리고 밀실로 들어가 문을 닫았다.

그리고 창문의 격자문을 열었다. 본드 가의 왁자지껄한 소음이 들렸다. 멀리 자동차 소리가 들렸다. 가게 안쪽에 걸려 있는 반사경에 빛이 반사되어 천장을 비추고 있었다. 6장의 나뭇잎이 나무 위에서 흔들리고 있었다. 6월, 그러나 마드무아젤은 현지에서 양조장을 경영하고 있는 페더와 결혼해버려 이젠 단춧 구멍에 장미를 꽂아줄 사람이 없었다.

"그럼…."

올리버는 콧방귀를 뀌고 한숨을 내쉬며 말했다.

"그럼 이제…."

그러고는 벽에 있는 스프링을 건드리자 널빤지 문이 살며시 열리며 안쪽에 금고가 나타났다. 금고는 다섯 개다. 여섯 번째는 없다. 모두 다 반짝이는 강철제품이다. 올리버는 열쇠를 돌렸다. 첫 번째 금고가 열렸다. 그리고 또 하나를 열었다. 금고 안쪽은 진홍빛 벨벳으로 감싸져 있었고 그 안에는 보석이 들어 있었다. 손목시계, 목걸이, 반지, 머리 장식, 공작이 쓰는 금관. 아직 세공하지 않은 보석들이 조개껍질 모양의 유리 용기에 놓여 있다. 루비, 에메랄드, 진주, 다이아몬드 등. 모두 다 상처 하나 없이 차갑게 반짝이고 있었지만 스스로 압축한 빛으로 영원히 이글거리고 있었다.

"눈물하고 똑같이 생겼어!"

진주를 바라보며 올리버가 말했다.

"심장의 피처럼 생겼어!"

루비를 바라보며 말했다.

"화약이야!"

다이아몬드를 흔들자 다이아몬드는 반짝이는 빛을 발광하며 이글거렸다.

"메이페어를 날려버리기에 충분해! 하늘 높이 날려버릴 정도야!"

올리버는 고개를 젖히며 말 울음소리 같은 소리를 냈다.

그때 테이블 위 전화가 낮고 겸손한 소리로 울렸다. 올리버는 금고를 닫았다.

"10분 뒤. 그 전에 오면 안 돼요."

그는 이렇게 말하고 책상 앞에 앉아 커프스 단추에 새겨진 로마 황제들의 얼굴을 바라보았다. 그리고 몸에 걸친 모든 것을 벗어버리고 훔친 개를 일요일 아침에 팔고 있는 거리에서 구슬치기를 하고 있던 소년 시절로 다시 돌아갔다. 체리처럼 촉촉한 입술의 빈틈없는 소년으로 돌아간 것이다. 소년은 하나로 이어진 소 내장에 손을 찔러 넣고, 생선을 튀길 프라이팬에 손을 찔러 넣었다. 몰려든 사람 사람들 사이를 들락거렸다. 날씬하고 민첩했으며 눈은 매끄러운 자갈처럼 반짝거렸다. 그리고 지금, 지금은 시곗바늘이 째깍거리고 있다. 1분, 2분, 3분, 4분…. 램본 공작부인은 올리버의 시간이 나기를 기다리고 있다. 수백 년을 이어온 백작 집안의 딸 램본 공작부인이 말이다. 계산대 의자에 앉아 10분쯤 기다렸을 것이다. 그가 시간이 나기를 기다리고 있을 것이다. 그가 만나주기를 기다리고 있을 것이다. 올리버는 상어 가죽을 씌운 시계를 바라보았다. 시곗바늘은 계속해서 시간을 가리키고 있었다. 시계는 째깍째깍 시간을 알릴 때마다 하나씩 내주었다. 그렇게 느껴졌다. 거위 간 구이를, 샴페인 한 잔을, 고급 브랜디 한 잔을, 1기니나 하는 궐련을. 시계는 이런 것들을 10분 동안 올리버 옆 테이블에 올려놓았다. 이윽고 조용하고 느린 발자국 소리가 가까이 들려왔다. 복도에서 옷 스치는 소리가 들린다. 문이 열린다. 해먼드가 몸을 벽에 바싹 기대고 그에게 전했다.

"공작부인이 오셨습니다!"

그리고 벽에 딱 붙은 채 대기했다.

그러자 올리버가 일어났다. 공작부인은 옷깃이 스치는 소리를 내며 이쪽을 향해 복도로 걸어오고 있는 소리가 들렸다. 이윽고 부인의 모습이 문이 꽉 차듯 나타났다. 공작과 공작부인들의 향기와 위엄과 거만함과 존엄과 자부심이 하나의 파도가 되어 방안 가득 퍼졌다. 그리고 그것들은 공작부인이 자리에 앉자 파도가 부서지듯 부서지며 넓게 퍼져 부자 보석상 올리버 베이컨의 머리 위로 쏟아지며 반짝반짝 빛나는 초록과 장밋빛과 보라색 색채와 향기와 무지갯빛 화려함으로 그의 온몸을 감쌌다. 손가락에서, 옷깃에서, 비단 천에서 수많은 빛줄기가 퍼지면서 회오리처럼 요동치고 반짝였다. 공작부인은 큰 키에 뚱뚱하고 분홍색의 꽉 끼는 드레스를 입은 중년 부인이었다. 공작부인은 화려한 주름장식이 많이 달린 양산을 접듯이, 공작이 화려한 날개를 접듯이 가죽을 씌운 안락의자에 깊숙이 앉았다.

"베이컨 씨, 안녕하세요."

공작부인이 인사를 했다. 그리고 하얀 장갑을 벗은 손을 내밀었다. 올리버는 그녀의 손을 잡고 깊숙이 허리를 숙였다. 손과 손이 닿는 순간 두 사람은 또 다시 인연의 끈으로 맺어졌다. 두 사람은 같은 편인 동시에 적이기도 했다. 올리버는 주인이고 공작부인은 여주인이었다. 서로가 상대를 속이고, 상대를 필요로 했고, 상대를 두려워했다. 두 사람은 작은 밀실에서 이렇게 손을 마주 잡음으로써 그것을 느끼고 깨달았다. 방안으로 하얀 빛줄기가 비치고 여섯 장의 나뭇잎이 흔들릴 때, 거리의 소음을 들으며 등 뒤에 몇 개의 금고가 놓여 있는 방에서 이렇게 손을 마주 잡음으로써.

"부인, 오늘은 무슨 일로 오셨습니까?"

올리버가 공손하게 물었다.

공작부인은 이야기를 시작했다. 그녀의 감춰졌던 마음이 활짝 열렸다. 그녀는 한숨만 쉬며 아무 말도 하지 않고 핸드백에서 가늘고 긴 가죽 지갑을 꺼내들었다. 깡마른 하얀 족제비처럼 생긴 지갑이었다. 그리고 족제비의 갈라진 배에서 진주를 꺼내 놓았다. 10개였다. 진주는 족제비의 갈라진 배에서 굴러 나와 하나, 둘, 셋, 넷… 마치 극락조의 알처럼.

"베이컨 씨, 이제 이것밖에 남지 않았네요."

공작부인은 한탄하듯이 말했다. 다섯, 여섯, 일곱… 진주가 굴러 나왔다. 공작부인의 양 무릎을 지나 좁은 계곡으로 굴러 떨어졌다. 여덟, 아홉, 열 개째가 뒤이어 떨어졌다. 진주는 복숭아 꽃 같은 드레스의 광채 속에 굴러 떨어졌다. 열 개의 진주.

"애플비 허리띠에서 떼어낸 진주예요. 이제 이게 다예요. 남은 전부…"

공작부인은 한탄하듯 말했다.

올리버는 손을 뻗어 진주 한 알을 엄지와 검지로 집어 들었다. 동그랗게 윤기가 났다. 그런데 진품일까 가짜일까? 공작부인이 또 거짓말을 하는 걸까? 또 거짓말을 할 수 있을까?

공작부인은 통통하게 살찐 손가락을 입술에 가져다 대며 조용히 하라는 신호를 보냈다.

"만약 공작께서 아신다면…. 베이컨 씨, 운이 나빴어요."

그녀는 조용히 속삭였다.

또 도박을 한 건가?

"그 악당! 사기꾼!'

공작부인이 비난을 했다.

광대뼈가 푹 꺼진 그 남자 말인가? 나쁜 놈. 공작은 엄격한 성격에 구레나룻을 기르고 있다. 내가 알고 있는 모든 걸 공작이 다 알게 된다면 부인과 인연을 끊고 당장에 가둬둘 것이다. 올리버는 이런 생각을 하며 금고로 눈길을 돌렸다.

"애러민타와 대프니와 다이애나를 위해서예요. 우리 딸들을 위한 거예요."

공작부인이 한탄했다.

애러민타 양, 대프니 양, 다이애나 양은 공작부인의 딸이다. 올리버는 딸들을 알고 있었다. 매우 훌륭한 딸들이다. 그러나 그가 사랑하고 있는 것은 다이애나 양이었다.

"당신은 내 비밀을 모두 알고 있어요."

공작부인은 곁눈질로 올리버를 보며 말했다. 눈물이 뺨을 타고 떨어졌다. 다이아몬드 같은 눈물이 공작부인의 연분홍 뺨을 타고 흐르며 눈물 자국을 새겨놓았다.

"우린 오랜 친구니까."

백작부인이 중얼거렸다.

"맞아요, 오랜 친구지요. 오랜 친구."

올리버는 이 말을 곱씹었다.

"얼마나 필요하신가요?"

그가 물었다.

공작부인은 한 손으로 진주를 감싸며 속삭이듯 대답했다.

"2만 파운드요."

그런데 지금 내 손에 있는 진주는 과연 진짜일까 가짜일까? 애플비 허리띠는? 공작부인은 그걸 이미 팔아버리지 않았었나? 벨을 울려 스펜서나 해먼드를 불러 진주를 감정해 보라고 하자. 올리버는 벨을 향해 손을 뻗었다.

"내일 오실 거죠?"

공작부인은 이렇게 말하고 올리버를 가로막았다.

"수상께서 오실 거예요. 황태자 폐하도 오신다고 하셨죠."

그녀는 잠시 말을 멈추었다가 "다이애나도 올 거예요."라고 덧붙였다.

올리버는 벨에서 손을 뗐다.

올리버는 공작부인의 등 뒤, 본드 가에 늘어선 빌딩 뒤쪽을 바라보았다. 그러나 정작 그의 눈에 들어온 것은 빌딩이 아니라 잔물결이 일고 있는 작은 강이었다. 먹이를 먹기 위해 떠오른 송어와 연어가 눈에 들어왔다. 수상의 모습도 보였다. 올리버 자신의 모습도. 그들은 하얀 조끼를 입고 있었다. 그리고 다이애나의 모습도 보였다. 올리버는 손에 든 진주로 눈길을 돌렸다. 그러나 강이 반짝반짝 빛나고 있는 것처럼, 다이애나의 눈동자가 빛나고 있는 것처럼 어떻게 진주를 감정할 수 있겠는가? 그러나 공작부인의 시선은 올리버를 향해 있었다.

"2만 파운드요. 제 명예가 걸려 있어요!"

그녀는 한탄하듯 말했다.

다이애나 어머니의 명예가 걸린 일이다! 올리버는 수표책을 꺼내고 펜을 집어 들었다.

그는 '20,'을 쓰고 손을 멈췄다. 사진 속 노부인이 그를 바라보고 있었다. 그의 늙은 어머니가.

"올리버! 정신 차려. 어리석은 짓을 하지 말고!"

노부인이 꾸중을 했다.

"올리버!"

공작부인이 애원했다. 이제는 '베이컨 씨'라고 부르지 않고 '올리버'라고 부르고 있다.

"주말 내내 함께 계실 거죠?"

숲속에서 다이애나와 단둘이 보낼 수 있어! 말을 타고 다이애나와 단둘이서 달릴 수 있어!

올리버는 나머지 '000'을 쓰고 사인을 했다.

"자아, 여기 있습니다."

그가 말했다.

그러자 양산의 모든 주름이, 공작의 모든 날개가, 반짝반짝 빛나는 파도가, 아쟁쿠르의 칼과 창이 활짝 펼쳐졌다. 공작부인이 자리에서 일어났다. 올리버는 공작부인 앞에 서서 입구까지 배웅을 나가자 늙은 스펜서와 마셜, 젊은 윅스와 해먼드 네 사람은 카운터 뒤에 바짝 붙어 서서 올리버를 부러운 듯 바라보았다. 그러자 올리버는 그들에게 노란 장갑을 흔들어 주었다. 그리고 공작부인은 그녀의 명예를 지켰다. 올리버가 사인한 2만 파운드 수표를 손에 꽉 쥐고 있었다.

"진품인가 가짜인가?"

올리버는 밀실 문을 닫으며 물었다.

10개의 진주는 책상 위 흡착지 위에 놓여 있었다. 올리버는 진주를 창가로 가져가 빛에 반사시키고 돋보기로 들여다보았다. 이건 땅속에서 파낸 송로버섯이야! 가운데가 썩었어!

"아아, 어머니. 용서해 주세요!"

올리버는 한숨을 내쉬었다. 사진 속 노부인의 용서를 바라는 듯이 두 손을 펼쳐 올렸다. 그리고 일요일에 개를 팔던 거리에서 생활하던 소년 시절로 다시 돌아갔다.

"아마… 긴 주말을 보내게 될 것 같군."

그는 두 손을 마주하며 중얼거렸다.

사냥 대회

The Shooting Party

✤ 작품 해설

사냥은 남성의 영역이다. 어수선하고 거친 남성의 세계가 펼쳐지는
동안 안토니아는 잠자코 바느질을 하고 사냥해온 꿩을 요리한다. 남
성의 영역에 발을 들여놓거나 넘보는 여성은 못된 여자, 또는 행실
이 옳지 못한 여자라는 오명을 쓰던 시절, 짧은 한때를 묘사한 이 광
경에서 남자들에게 맡겨둔 세상은 과연 옳게 돌아가는 걸까.

사냥 대회

The Shooting Party

그녀는 기차에 타자마자 가방을 선반 위에 올리고 그 위에 꿩 한 쌍을 올려놓고 구석자리에 앉았다. 기차는 중부지방을 지나갔다. 문을 열었을 때 들어온 안개가 객차를 크게 넓히며 네 명이 앉을 수 있는 자리를 멀리 떼어놓는 것 같았다. 분명 M.M은(가방에 적힌 이름) 주말에 사냥 대회에 다녀왔을 것이다. 틀림없다. 구석 자리에 앉아 주말 동안의 이야기를 하고 있으니 말이다. 그녀는 눈을 감지 않았다. 그러나 맞은편 자리의 남자도, 요크 대성당의 컬러 사진도 눈에 들어오지 않았다는 것은 분명했다. 아마도 모두가 하는 이야기를 들었을 것이다. 뚫어져라 바라보며 입술을 움찔거리고 이따금씩 미소를 지었으니까. 그녀는 미인이었다. 장미와 낙엽색 사과 느낌의 황갈색 피부다. 그러나 턱에 상처가 있어 웃을 때마다 상처가 늘어났다. 그녀는 주말 동안의 이야기를 하고 있으니 분명 손님으로 머물렀을 것이다. 그러나 수년 전 스포츠 신문이나 패션 잡지 속 여자들이 입었던 유행에 뒤처진 복장을 하고 있었기 때문에 손님처럼 보이지는 않았다. 그렇다고 해서 하녀처럼 보이지도 않았다. 바구니를 들고 있었다면 폭스테리어를 기르고 있는 여자거나 샴 고양이 주인, 왠지 사냥개나 말과 관련이 있는 사람처럼 보였을 것이다. 그러나 가방과 한 쌍의 꿩밖에 가져오지 않았다. 때문에 그녀는 어렵지 않게 저택의 방에 들어갈 수 있었을 것이다. 그녀는 지금 차량 안 의자에 앉아 남자의 벗겨진 머리와 요크 대성당 사진을 바라보며 그 방을 떠올리고 있는 것이다. 그리고 분명 사람들의 이야기에 귀를 기울이고 있을 것이다. 지금 그녀는 다른 사람이 내는 소리를 흉내 내듯이 목 속 깊은 곳에서 혀를 차듯이 작은 소리로 '쯧쯧' 소리를 내고 있으니 말이다. 그녀는 그리고 미소를 지었다.

안토니아 양은 코에 걸려 있는 안경을 만지작거리며 '쯧' 소리를 냈다. 축축한 나뭇잎 한두 장이 기다란 유리창을 가로

지르며 물고기 모양으로 창에 달라붙어 마치 끼워 넣은 갈색 판화처럼 유리창에 딱 달라붙었다. 그것은 정원수가 흔들려 떨어진 낙엽이 나부끼며 흔들리고 있는 것 같았다. 축축한 갈색 흔들림이다.

안토니아 양은 다시 한 번 '쯧' 콧방귀를 뀌고 들고 있던 하얀 천을 툭툭 찔렀다. 마치 암탉이 하얀 빵조각을 재빠르게 콕콕 쪼아 먹듯이.

바람이 한숨 소리 같은 소리를 냈다. 틈새로 바람이 들어왔다. 모든 문이 꽉 닫혀 있지 않았고 창문도 그랬다. 바람이 이따금씩 파충류처럼 카펫을 파고 들었다. 햇빛은 카펫 위에 초록과 노란 틀을 그려놓고 옮겨가며 장난을 치듯 카펫의 구멍을 가리키며 멈췄다. 그리고 태양은 약하기는 하지만 정확하게 손가락을 움직여 난로 위 문장 위에 멈춰 방패, 걸려 있는 포도, 인어, 몇 개의 창을 조용히 비췄다. 태양빛이 강해지자 안토니아 양은 고개를 들었다. 전해 내려오는 이야기에 따르면 그녀의 조상인 래실리 가의 사람들은 광활한 토지를 소유하고 있었다고 한다. 그 토지. 아마존 강의 상류. 약탈자였던 선조들. 탐험가였던 선조들. 약탈한 에메랄드를 수많은 자루에 넣고 섬 주변을 배로 천천히 돌았다. 사람들을 포로로 잡았다. 여자들. 꼬리에서 허리까지 비늘로 뒤덮인 여자가 그곳에 있다. 안토니아 양은 히죽 웃었다. 태양의 손길이 내려오고 그녀의 눈은 그것을 따라 움직인다. 지금 그녀의 눈은 은색 테두리 위에 멈춰있다. 사진 위에. 알 모양으로 벗겨진 머리 위에. 콧수염 아래에 튀어나온 입술 위에. 그리고 아래쪽 명판에 새겨진 '에드워드'라는 이름 위에.

"왕은…."

안토니아 양은 무릎 위의 하얀 천을 뒤집으며 중얼거렸다.

"파란 방을 이용하셨지."

고개를 치켜들면서 덧붙였다. 빛이 옅어졌다.

꿩들은 왕의 승마 길에서 총에 쫓기고 있었다. 꿩들은 풀숲에서 크고 시뻘건 봉화처럼 날아올랐고 그와 동시에 일제히 엽총 소리가 거칠고 날카롭게 울려 퍼졌다. 마치 줄지어 늘어선 개들이 갑자기 짖어대는 것처럼. 하얀 연기가 퍼져 올랐다가 조용히 흩어지고 옅어졌다 사라져버렸다.

경사면에 펼쳐진 숲 기슭을 깊게 파낸 도로에는 이륜마차가 멈춰서 있었고, 그곳에는 아직 부드럽고 온기가 남아 있는 죽은 새들이 많이 쌓여 있었다. 발톱은 축 늘어져 있었지만 눈에는 아직 빛이 서려 있었다. 새들은 아직 살아 있고 깃털이 축축하게 젖은 채 정신을 잃은 것처럼 보였다. 마치 이륜차 바닥의 부드럽고 따뜻한 깃털 위에 꿈틀거리며 편안하게 누워 있는 것 같았다.

그때 각반을 찬 초라한 행색의 땅 주인이 홍조를 띤 비굴

한 얼굴로 천박한 말을 내뱉으며 엽총을 조준했다.

안토니아 양은 계속해서 바느질을 했다. 이따금씩 불꽃이 난로 안 불판에 누워 있는 잿빛 장작 주변에서 혀를 낼름거리며 장작을 삼켜버렸다. 그러고 나서 다 타버린 장작의 하얀 팔찌만을 남긴 채 사라져버렸다. 안토니아 양은 문득 고개를 들고 눈을 크게 뜬 채 넋을 잃고 바라보았다. 마치 개가 불꽃을 바라보고 있듯이. 그런 다음 불꽃이 꺼지자 그녀는 다시 바느질을 계속했다.

그 순간 커다란 큰 문이 조용히 열렸다. 깡마른 남자 두 명이 들어와 테이블을 잡아당겨 카펫의 구멍을 감추었다. 그들은 나갔다 다시 들어왔다. 테이블 위에 테이블보를 깔았다. 그리고 또 나갔다 다시 들어왔다. 초록색 모직 안감을 댄 바구니에 나이프와 포크를 넣어 가지고 왔다. 그리고 컵 같은 것들을. 설탕 병을. 소금 병을. 그런 다음 빵을. 그리고 국화꽃 세 송이를 꽂은 은 꽃병을 가지고 왔다. 식사 준비가 끝났다. 안토니아 양은 계속해서 바느질을 했다.

다시 문이 열렸다. 이번에는 문이 살며시 열리며 작은 강아지가 달려왔다. 스패니얼 견으로 빠르게 돌아다녔다. 멈춰 섰다. 문은 열린 채였다. 그리고 늙은 래실리 부인이 지팡이에 의지한 채 힘겹게 들어왔다. 다이아몬드 핀으로 고정한 하얀 숄이 벗겨진 머리를 덮고 있었다. 그녀는 다리를 끌며 방을 가로질러 난롯가의 큰 의자에 앉았다. 안토니아 양은 계속해서 바느질을 했다.

"사냥을 하고 있어요."

그녀가 한참 뒤 말했다.

"'왕의 승마 길' 인가보죠?"

늙은 래실리 부인이 고개를 끄덕이며 이렇게 말하고 지팡이를 꽉 쥐었다. 두 사람은 의자에 앉아 기다렸다.

사냥꾼들은 '왕의 승마 길' 에서 '영주의 숲' 으로 이동하여 자줏빛 농경지에 서 있었다. 이따금씩 작은 가지가 부러지는 소리가 나며 나뭇잎이 빙빙 돌며 떨어졌다. 그러나 안개와 연기 위쪽에는 파란 섬이 떠 있었다. 옅은 파랑, 순수한 파란색 섬 하나가 허공에 떠 있었다. 그리고 맑은 공기 속에 홀로 길을 잃은 천사처럼 멀리 보이지 않는 첨탑에서 종소리가 경쾌하게 울려 퍼졌다 차츰 사라졌다. 그러자 또다시 봉화처럼 적갈색의 꿩 떼가 일제히 날아올랐다. 꿩은 하늘 높이 날아올랐다. 다시 한 번 엽총소리가 울려 퍼졌다. 둥근 연기가 피어 올랐다 무너지며 사라졌다. 그리고 작은 개들이 재빠르게 평원으로 내달렸다. 따뜻하고 축축한 새의 주검이 마치 기절을 한 것처럼 부드럽게 축 늘어졌고, 각반을 찬 사내들의 손에 의해 묶여 이륜마차에 던져졌다.

'다시 돌아왔어!'

가정부 밀리 매스터스는 황급히 안경을 내려놓으며 불안한 목소리로 말했다. 마구간이 내려다보이는 작고 어두운 방에서 그녀도 바느질을 하고 있었다. 작업복, 교회에서 청소부로 일하고 있는 아들을 위해 만들던 작업복이 완성되었다.

"이제 끝났군!"

그녀는 중얼거렸다. 바로 그때 이륜마차의 소리가 들려왔다. 차륜이 도로에 깔아 놓은 둥근 자갈을 부수며 간다. 그녀는 벌떡 일어섰다. 그녀는 갈색 머리카락을 손으로 감싸며 바람이 불어오는 울타리 앞에 섰다.

"왔어!"

그녀가 미소를 짓자 뺨에 난 상처가 길게 늘어났다. 그녀는 사냥터 관리인 윙이 이륜마차를 끌고 둥근 자갈길 위를 달려오자 저장고 자물쇠를 열었다. 새는 모두 죽어 있었다. 발톱을 꽉 쥔 채—아무것도 잡고 있지 않은 데도. 주름진 회색 껍질 같은 눈꺼풀이 눈을 덮고 있었다. 가정부 매스터스 부인과 사냥터 관리인 윙은 한데 묶인 죽은 새의 목을 잡고 저장실 바닥 위에 던져 넣었다. 창고 바닥은 피로 얼룩져 있었다. 죽은 꿩들은 아주 작아 보였다. 몸 전체가 오그라진 것처럼. 윙은 그런 다음 이륜마차 뒷부분을 올려 몇 개의 쐐기를 찔러 넣어 잠갔다. 마차 옆구리에는 작은 청회색 깃털이 잔뜩 붙어 있었고, 바닥은 피로 물들어 더럽혀져 있었다. 그러나 바닥에는 아무것도 없었다.

"전부 다 내렸어!"

마차가 떠났을 때 밀리 매스터스는 빙긋이 웃었다.

"점심 준비가 다 되었습니다."

집사가 말했다. 그는 테이블을 가리키며 하인에게 명령을 했다. 은 뚜껑이 덮인 접시가 집사가 가리킨 곳에 차곡차곡 놓였다. 집사와 하인은 기다렸다.

안토니아 양은 손에 들고 있던 하얀 천을 바구니 위에 놓았다. 명주실과 골무를 정리하고 바늘은 바늘꽂이에 꽂았다. 그런 다음 가슴가의 걸쇠에 안경을 걸고 일어섰다.

"점심 식사하세요!"

그녀는 늙은 래실리 부인의 귀에 대고 큰 소리로 말했다. 래실리 부인은 한쪽 다리를 뻗으며 지팡이를 잡고 일어섰다. 두 노부인은 천천히 식탁으로 다가갔다. 그리고 집사와 하인은 한 사람씩 세심하게 접대해 주었다. 은 뚜껑이 열렸다. 접시에는 꿩고기가 놓여 있었다. 털이 모두 뽑힌 모습에 살짝 윤기가 돌았다. 다리가 몸통에 딱 붙어 있었고 빵조각이 접시 양쪽 끝에 봉긋하게 쌓여 있었다.

안토니아 양은 능숙한 손놀림으로 나이프를 사용해 꿩의 가슴을 잘랐다. 그리고 두 조각으로 갈라진 고기를 접시 위에 놓았다. 하인이 얼른 접시를 가져다주자 늙은 래실리 양은 나이프를 집어 들었다. 창문 넘어 숲에서 총성이 울려 퍼졌다.

"돌아왔나요?"

래실리 부인은 포크를 든 손을 잠시 멈추고 물었다.

하이드파크의 나뭇가지가 거칠게 흔들리며 꺾였다.

래실리 양은 꿩고기를 한 입 베어 물었다. 나뭇잎이 떨어지며 한두 장 유리창에 달라붙었다.

"지금은 '영주의 숲' 에 있어요."

안토니아 양이 말했다.

"휴의 마지막 사격이지요."

그녀는 꿩의 가슴살에 반사적으로 나이프를 찔러 넣었다. 감자와 육즙, 양배추와 빵 소스를 차례대로 고기 주변에 얹어 놓았다. 집사와 하인은 연회석의 급사처럼 바라보며 서 있었다. 노부인들은 조용히 식사를 했다. 한마디도 하지 않은 채 서두르지 않고 천천히 꿩고기를 먹어치웠다. 접시에는 뼈만 남았다. 그러자 집사는 식사용 포도주 병을 안토니아 양에게 권하며 고개를 숙인 채 잠시 기다렸다.

"그리피스, 여기 놔요."

안토니아 양은 이렇게 말하고 남은 음식을 손으로 집어 들고 테이블 아래에 있던 스패니얼에게 던져주었다. 집사와 하인은 인사를 하고 방을 나갔다.

"점점 가까워지고 있어요."

래실리 부인은 귀를 기울이며 말했다. 바람이 불어왔다. 갈색의 흔들리는 것이 허공을 가로질렀다. 나뭇잎은 창문에 붙을 새도 없이 떨어져버렸다. 창문이 덜컹덜컹 흔들렸다.

"새들이 사나워졌어요."

안토니아 양은 어수선한 광경을 지켜보며 고개를 끄덕였다.

래실리 부인은 잔에 와인을 채웠다. 와인이 들어가자 두 사람의 눈은 빛에 반사된 수정처럼 반짝거렸다. 래실리 부인의 눈은 석영처럼 파랗게, 안토니아 양의 눈은 포트와인처럼 붉었다. 두 사람이 걸치고 있던 레이스와 주름 장식은 와인을 마실수록 흔들렸다. 몸은 깃털에 싸인 듯 따뜻하고 나른해졌다.

'바로 이런 날이었는데, 기억나?'

래실리 부인은 와인 잔을 만지작거리며 말했다.

"그 사람을 데리고 왔지…. 가슴에 총을 맞은 사람. 가시덤불에 다리가 걸려 넘어졌다고 했지."

그녀는 와인을 조금 마시며 킥킥 웃었다.

"그리고 존이…."

안토니아 양이 말했다.

"타고 있던 말이 구덩이에 빠져 들판에서 죽었지. 뒤따르던 사냥꾼 일행의 말에 짓밟혀서. 그는 문짝에 실려 왔어…"

두 사람은 와인을 조금씩 마셨다.

"릴리 기억나?'

늙은 래실리 부인이 물었다.

"못된 여자였지."

그녀는 고개를 저었다.

"채찍에 빨간 송이를 달고 말을 탔었는데…"

"뼛속까지 더러운 여자!'

안토니아 양이 소리쳤다.

"대령의 편지는 기억나? '아드님은 마치 몸속에 악마가 들끓고 있는 것처럼 거칠게 말을 달렸습니다. 선두에 앞장서 돌진했습니다.' 그럼, 한 마리의 악마였단 말이네."

그녀는 다시 와인을 홀짝였다.

"우리 집안 남자들이란…"

래실리 부인은 이렇게 말하고 잔을 들었다. 마치 난로 위 인어 석고 조각을 위해 건배를 하기라도 하듯이 잔을 높이 들었다. 그리고 말을 멈췄다. 다시 몇 발의 총성이 울렸다. 집안의 목조 부분의 한 부분이 갈라지는 듯한 소리가 났다. 아니면 회벽 뒤편에서 쥐들이 달리고 있었던 걸까?

"우리 집안 남자들은 늘 여자가 문제였지."

안토니아 양이 고개를 끄덕이며 말했다.

물레방앗간의 우윳빛 루시 기억나?"

"'산양과 낫'이라는 술집 엘런의 딸도 있었지."

래실리 부인이 덧붙였다.

"그리고 양복점 딸도."

안토니아 양이 중얼거렸다.

"휴가 승마용 바지를 산 가게 말이야. 오른쪽의 작고 어둑한 가게…."

"겨울이면 늘 손님으로 가득했지. 그건 휴의 아들이었어."

안토니아 양은 언니를 향해 몸을 돌리며 킥킥 웃었다.

"교회 청소를 하던 건…."

갑자기 와장창하는 소리가 났다. 슬레이트 한 장이 굴뚝을 타고 떨어진 것이다. 커다란 장작이 둘로 쫙 쪼개졌다. 난로 위 방패에서 횟가루가 떨어졌다.

"다 쓰러져가고 있군."

래실리 부인이 킥킥 웃었다.

"쓰러져가고 있어."

"그런데 계산은 누가 하는 거지?"

안토니아 양은 카펫 위에 떨어진 가루를 보며 물었다.

무관심하고 철없는 두 사람은 늙은 아이처럼 킥킥 웃었다. 방을 가로질러 난롯가로 다가가 다 타버린 장작과 회벽 옆에서 포도주를 홀짝였다. 결국 두 사람의 잔은 바닥에 새빨간 와인 한 방울만이 남고 말았다. 이 한 방울의 포도주를 두 노부인은 마셔버리고 싶지 않았다. 잿더미 옆에 함께 앉아 잔을 만지작거리기는 했지만 절대로 입에 대지는 않았기 때문이다.

"식료품 저장고에 있는 밀리 매스터스는?"

래실리 부인이 입을 열었다.

"그 여자는 남동생과 그렇고 그런…."

창문 너머로 총소리가 울렸다. 그 바람에 비를 담고 있던 끈이 끊어지면서 비가 쏟아졌다. 일직선으로 쏜 화살처럼 창문을 때렸다. 카펫에서 빛이 사라졌다. 귀를 기울인 채 하얀 잿더미 곁에 앉아 있는 두 사람의 눈에서도 빛이 사라졌다. 두 사람의 눈은 물속에서 건진 조약돌 같았다. 탁한 잿빛의 마른 조약돌이었다. 그리고 두 사람은 서로 손을 꽉 잡았다. 마치 아무것도 쥐지 못한 채 죽은 새의 발톱처럼. 두 사람은 옷 속 몸뚱이가 오그라든 것처럼 잔뜩 움츠렸다. 그때 안토니아 양은 인어를 향해 잔을 치켜들었다. 마지막 건배, 최후의 한 방울이었다. 그녀는 그것을 모두 마셔버렸다.

"왔어!"

그녀는 음산한 목소리로 말하고 잔을 탁 내려놓았다. 계단 아래 문이 쾅하고 닫혔다. 그리고 또 한 번, 다시 한 번 더. 쿵쿵거리는 발소리가, 질질 끄는 발소리가 두 사람을 향해 복도를 걸어오고 있었다.

"점점 가까워지고 있어!"

세 개의 누런 이를 드러내고 래실리 부인이 빙긋이 웃었다.

거대한 문이 갑자기 열리면서 세 마리의 커다란 사냥개가 뛰어들어와 숨을 헉헉대며 멈춰 섰다. 그리고 초췌한 각반을 찬 지주 본인이 구부정한 자세로 들어왔다. 세 마리의 사냥개는 그를 감싸고 고개를 치켜든 채 주인의 주머니에 코를 대고 쿵쿵거렸다. 그런 다음 펄쩍 뛰어 앞으로 달려갔다. 고기 냄새를 맡은 것이다. 거실 바닥은 고기를 찾는 커다란 사냥개가 흔드는 꼬리 때문에 바람이 세차게 불어오는 숲처럼 흔들렸다. 개들은 식탁 주변을 쿵쿵거렸다. 테이블보를 앞발로 긁었다. 그러고는 거칠게 으르렁거리며 테이블 밑에서 꿩 뼈다귀를 뜯고 있던 작고 누런 스패니얼에게 달려들었다.

"이런 제기랄!"

지주가 소리쳤다. 그러나 그의 목소리는 거슬러 오는 바람에 스며들어 희미했다.

"이런 제기랄!"

이번에는 누나들을 향해 소리쳤다.

안토니아 양과 래실리 부인은 벌떡 일어섰다. 커다란 사냥

개들이 스패니얼을 잡아냈다. 크고 누런 이빨로 스패니얼을 물어뜯었다. 지주는 매듭이 있는 가죽 채찍을 이리저리 휘둘 렀다. 크게 소리쳤지만 희미하게 들리는 목소리로 개와 누나 들에게 욕설을 퍼부었다. 채찍질 한 번은 국화꽃이 꽂혀 있는 화병을 바닥에 내리 꽂았다. 두 번째는 래실리 부인의 뺨에 맞았다. 노부인은 뒤로 비틀거리며 쓰러져 벽난로에 부딪혔 다. 그녀의 지팡이가 거칠게 허공을 가르며 벽난로 위에 걸려 있던 방패를 때렸다. 그녀는 쾅하고 잿더미 위에 쓰러졌다. 래실리 가의 방패도 쾅하는 소리와 함께 벽에서 떨어졌다. 래 실리 부인은 인어와 창 아래 깔려 버리고 말았다.

바람이 세차게 창문을 두드렸다. 숲속에서 총성이 연거푸 울려 퍼지며 나무가 쓰러졌다. 그러자 은 액자에 들어 있던 에드워드 왕의 사진이 빙글빙글 미끄러지며 떨어졌다.

잿빛 안개가 객차 안에 짙게 깔렸다. 안개는 장막처럼 깔 려 좌석에 앉아 있는 네 명의 승객을 서로 떼어놓으려는 것처 럼 느껴졌다. 실제로는 3등실 객차 안 승객은 최대한 서로 꼭 붙어 앉아 있었다. 안개는 묘한 영향을 끼쳤다. 중부지방의 어느 역에서 올라탄, 나이는 들었지만 아름답고, 초라하지만 격식을 차려 입은 부인의 모습이 사라진 것처럼 느껴졌다. 그 녀의 몸은 완전히 안개 속으로 사라져버렸다. 눈만 반짝이며 살아 있는 것처럼 느껴졌다. 육체가 없는 눈. 무언가 보이지 않는 것을 보고 있는 청회색 눈. 안개 속에서 반짝이며 움직이는 눈, 덕분에 음산한 분위기 속에서 춤추는 빛처럼 느껴졌다. 창문은 흐려졌고, 램프는 안개 우산을 쓰고 있었다. 교회에서 평온한 잠을 들지 못한 죽은 자들의 무덤 위를 맴도는 도깨비불 같았다. 바보 같은 생각일까? 단순한 망상이다! 그러나 결국 무언가 그 흔적을 남기지 않는 것은 없기 때문에, 그리고 기억이란 현실이 파묻혔을 때 머리 속에서 춤추는 빛이기 때문에 그곳에서 춤을 추듯 움직이고 있는 눈이 무덤 위에서 춤을 추고 있는 어느 일족의, 어느 시대의, 어느 문명의 망령이라는 것이 뭐가 잘못되었단 말인가?

열차는 속도를 늦췄다. 램프가 하나둘씩 벌떡 일어섰다. 노란 머리가 순식간에 일어났다 다시 쓰러졌다. 열차가 역으로 빨려 들어가자 램프는 벌떡 일어섰다. 빛이 한데 모여 타올랐다. 그리고 구석 자리의 눈은? 눈은 감겨 있다. 눈꺼풀이 처져 있다. 눈은 아무것도 보고 있지 않다. 분명 빛이 너무 강렬했기 때문일 것이다. 그리고 당연히 역의 강렬한 램프 불빛 덕분에 알게 되었다. 그녀는 정말 별 것 아닌 용건, 뭔가 고양이나 말이나 개와 관련된 일 때문에 런던을 향하고 있는 상당히 나이가 많은 부인이라는 것을. 그녀는 가방을 내리기 위해 일어서 선반에서 꿩을 내렸다. 그러나 그녀는 왜 또다시 차 문을 열고 밖으로 나가면서 '쯧쯧' 소리를 냈을까?

세 장의 그림

Three Pictures

❖ 작품 해설

그림 속 풍경과 화자의 상상, 다시 현실의 모습을 세 장의 그림과 같이, 세 단계로 정확히 구획된 플롯으로 보여주는 작품이다.

세 장의 그림

Three Pictures

첫 번째 그림

그림을 보지 않을 수가 없었다. 내 아버지는 대장장이이고 당신 아버지는 상원의원이 될 자격이 있는 귀족이라면, 우리는 서로에게 그림일 수밖에 없다. 우리는 평소처럼 말을 하더라도 액자를 깨고 나올 수는 없다. 당신은 내가 말굽을 들고 대장간 문에 기대 있는 모습을 우연히 발견하고 '그림 같다!'라고 생각할 것이다. 나는 당신이 대중의 인사를 받는 것처럼 자동차 안에서 안락하게 앉아 있는 모습을 보고 그 옛날 호화스러운 귀족 정치시대의 영국인의 모습을 그린 그림 같다고 여긴다. 우리는 둘 다 틀림없이 잘못된 판단을 하고 있지만 그것은 피할 수가 없는 일이다.

때문에 나는 지금 길모퉁이에서 이러한 그림 하나를 목격하게 된 것이다. '뱃사람의 귀가'라는 제목이었을 것이다. 건장하고 젊은 뱃사람이 보퉁이를 등에 지고 있다. 젊은 아가씨가 그에게 팔짱을 끼고 있다. 이웃 사람들이 모여들고 시골집 앞마당에는 꽃이 화사하게 피어 있다. 뱃사람은 중국에서 돌아왔다는 것을 지나가는 길 그림 아래쪽에서 알 수 있다. 거실에는 진수성찬이 그를 기다리고 있다. 뱃사람의 보퉁이 속에는 젊은 아내를 위한 선물이 들어 있고, 아내는 이제 곧 첫아이를 출산할 예정이다. 그 그림을 보는 사람은 모든 것이 다 순조롭고 이상적이라고 여기게 된다. 이렇게 행복한 광경에는 무언가 건전하고 마음을 흡족하게 해 주는 것이 있다. 인생은 이전보다 감미롭고 훌륭한 것이라 여겨진다.

나는 이런 생각을 하며 그들 곁을 지나갔다. 젊은 여자의 옷 색과 뱃사람의 눈 색에 주목하고, 모래색 고양이가 시골집 문 주변을 살금살금 돌아다니는 것을 바라보며 가능한 많은 것을 그림 속에 그려 넣었다.

한동안 그 그림은 내 눈에 아른거렸고 덕분에 대부분의 것들이 이전보다 훨씬 밝고 따뜻하고 소박하게 느껴졌다. 또한 어떤 것들은 어리석게 여겨졌다. 그리고 어떤 것은 잘못되었고, 어떤 것은 옳아 이전보다 훨씬 깊은 의미가 있는 것처럼 느껴졌다. 그 날과 그 다음날에는 이따금씩 그 그림이 마음속에 떠올라 행복한 뱃사람과 그의 아내를 부럽게, 그러나 따뜻한 마음으로 떠올렸다. 두 사람은 지금 어쩌고 있을지, 무얼 이야기하고 있을지 생각했다. 그 처음 그림에서 몇 장의 다른 그림이 머릿속에 떠올랐다. 뱃사람이 장작을 패고 물을 뜨고 있다. 그런 다음 두 사람은 중국에 대해 이야기를 나누었고, 젊은 아내는 남편에게 받은 선물을 벽난로 위 사람들 눈에 잘 띄는 곳에 놓았다. 그리고 그녀는 아기 옷을 만든다. 모든 문, 모든 창이 정원 쪽으로 열려 있었고, 새들은 날갯짓을 하고, 꿀벌이 윙윙 날아다니고, 로저스(젊은 뱃사람의 이름)는 중국 바다를 항해한 뒤 이 모든 것이 얼마나 행복한지 말로 다 표현할 수 없다고 생각했다. 정원에서 담배를 피우며.

두 번째 그림

한밤중에 날카로운 비명이 마을 전체에 울려 퍼졌다. 그러더니 서로 싸우는 소리가 들리다가 조용해졌다. 창밖에 보이는 것이라고는 길가에 묵직하고 조용히 늘어져 있는 라일락 가지뿐이었다. 무덥고 조용한 밤이었다. 달은 뜨지 않았다.

날카로운 비명 때문에 모든 것이 다 불길한 기운으로 넘치고 있는 것 같았다. 누가 비명을 질렀을까? 왜 여자는 비명을 질렀을까? 여자 목소리였지만 너무나 급박해 어떤 상황인지, 성별조차 거의 구분하기 힘들 정도였다. 마치 인간성이 매우 큰 위기, 형용할 수 없는 공포에 맞닥뜨려 비명을 지르는 것 같았다. 그리고 정적이 흘렀다. 수많은 별은 끊임없이 반짝이고 있다. 초원은 고요 속에 잠들어 있고 나무들은 미동도 하지 않았다. 그러나 모든 것들이 꺼림칙하고, 사악하고, 불길했다. 도움이 필요하다는 느낌이었다. 어떤 빛이 동요되어 흔들리며 나타나야만 한다. 누군가 달려와야만 한다. 시골집들의 창가에 불이 켜져야 했다. 그리고 아마도 다시 한 번 비명 소리가 들려야 한다. 처음 비명과 달리 성별을 알 수 있고, 원인을 알 수 있고, 위로를 받아 온화해진 비명 소리가. 그러나 빛은 나타나지 않았고, 발소리는 들리지 않았으며 비명 소리도 다시 들리지 않았다. 처음 비명 소리는 어둠에 삼켜져 버리고 주변은 정적만이 흐르고 있었다.

귀를 기울인 채 어둠 속에 누워 있었다. 그냥 목소리였다. 그 목소리와 연결할 수 있는 것이 아무것도 없었다. 그 비명 소리를 해석하고 이해할 수 있는 그림은 전혀 나타나지 않았다. 그러나 결국 어둠이 짙게 깔리자 보이는 것이라고는 흐릿한 사람의 형상뿐이었다. 형체를 알아볼 수 없었지만 어떤 중

대한 죄악에 맞서 거대한 팔을 허무하게 치켜든 모습이었다.

세 번째 그림

날씨가 화창하다. 한밤중에 비명 소리가 들리지 않았다면 세상이 대피소에 들어갔을 거라고 느꼈을 것이다. 인생은 불어오는 바람 때문에 전진을 멈추고 어느 한적한 항구에 들어가 조용히 닻을 내리고 대피하고 있다는 느낌을 받았을 것이다. 그러나 그 비명 소리가 귓가에 맴돌고 있었다. 어딜 가든, 오래 걸어 산속에 들어가더라도 무언가가 땅속에서 불안하게 꿈틀거리고 있는 것처럼 주변의 평화와 안정이 왠지 현실감이 떨어지게 만들었다. 언덕 기슭에는 양들이 떼지어 있었고 계곡에서는 차츰 가늘어지는 물결이 완만한 폭포처럼 뻗어 있었다. 띄엄띄엄 농가들이 눈에 들어왔고 강아지가 뛰어놀고 있었다. 나비가 가시금작화 주변을 날아다니고 있었다. 모든 것이 고요하고 더없이 안정적이었다. 그러나 비명 소리가 이 모든 것을 깨뜨려버렸다는 생각을 머릿속에서 지울 수가 없었다. 그날 밤, 이 아름다운 모든 것들이 공범자였다. 침묵하는 것에, 아름다운 채로 있는 것에 동의한 것이다. 언제 또다시 이 아름다움이 깨져 버릴지도 모른다. 이 아름다움과 안전함은 겉모습뿐이었다.

나는 이 불길한 기분을 털어버리고 기분전환을 위해 그 뱃사람의 귀가 모습을 떠올렸다. 그 그림이 다시 세세한 부분까지 눈에 아른거렸다. 여자의 파란 옷, 노란 꽃을 피운 나무가 던지는 그림자 등, 지금까지 확인하지 않았던 세세한 부분을. 그렇게 두 사람은 시골집 문 앞에 서 있었다. 뱃사람은 보퉁이를 등에 짊어졌고, 아내는 남편의 소매를 가볍게 잡았다. 그리고 모래색 고양이가 문가를 살금살금 걷고 있다. 이런 식으로 조금씩 그림의 구석구석 세세한 부분을 떠올려보니 땅속에 숨어 있는 것은 뭔가 부질없고 사악한 것이 아니라 고요함과 만족과 선함일 것이라는 생각을 하게 되었다. 풀을 뜯고 있는 양 떼, 계곡을 흐르는 물결, 농가, 강아지, 춤추는 나비 등은 처음부터 줄곧 그랬던 것이다. 나는 뱃사람과 그의 아내를 마음 깊이 새기고 그들의 그림을 하나하나 그려가며 집으로 돌아갔다. 행복과 만족의 그림이 차츰 나를 불안하게 했던 그 끔찍한 비명 소리를 덮어 사라지게 했다.

겨우 마을에 도착했다. 교회를 지나가야 한다. 교회에 도착하자 늘 그랬듯이 검고 무성하게 자란 주목나무들과 닳고 닳은 비석과 이름 모를 사람들의 무덤이 즐비한 이곳의 평온을 떠올렸다. 이곳에서는 죽음이 밝은 것으로 느껴졌다. 그 그림을 보거라! 남자가 무덤을 파고 있다. 남자가 일을 하고 있는 동안 그 곁에서 아이들은 밥을 먹고 있다. 삽이 노란 흙을 퍼내고 있을 때 아이들은 잼을 바른 빵을 먹고 커다란 컵으로 우유를 마시면서 여기저기 뒹굴고 있다. 묘지기의 아내는 살결이 희고 뚱뚱한 여자로 비석에 기대어 흙을 뒤집어쓰지 않은 무덤 옆 잔디 위에 차 테이블 대신 앞치마를 펼치고 있다. 흙덩어리 몇 개가 찻잔과 보온병 주변에 떨어져 있다. 나는 누가 죽었냐고 물었다. 도도슨 영감이 결국 죽었나요?

"아닙니다. 뱃사람 로저스의 무덤입니다."

여자는 나를 바라보며 말했다.

"그저께 외국에서 걸린 열병 때문에 죽었어요. 그의 아내 비명 소리를 못 들었나요? 거리로 뛰어나와 비명을 질렀어요. 이런, 토미야! 온통 흙투성이잖아!"

어떻게 이런 황당한 그림이!

동정

Sympathy

험프리 해먼드가 죽었다는 사실로 인해 그에 대한 화자의 의식은 심층으로 파고든다. "나는 죽음에 관해 쓰고 싶었다. 그러나 삶은 끊임없이 내 작품에 관여하려 했다." 버지니아 울프의 말처럼 삶을 가장 명료하게 떠올리게 하는 것은 죽음이라는 사실이자, 죽음을 더 돋보이게 하는 것은 삶이라는 모티프일 것이다.

동정

Sympathy

헐프리 해먼드. 4월 29일, 버킹엄셔 하이위컴 장원관—셀
리아의 남편이다. 틀림없이 셀리아의 남편이야. 어떻게 이런
일이! 믿을 수 없어. 헐프리 해먼드가 죽다니! 나는 그들을 방
문할 생각이었지만 깜박 잊고 있었다. 얼마 전 불렀을 때 왜
가지 않았을까! 그때 두 사람은 연주회를 열어 모차르트를 연
주했을 것이다. 나는 두 사람을 실망시키고 말았다. 두 사람
이 우리 집에 와서 식사를 했던 날 밤, 헐프리는 거의 말을 하
지 않았다. 헐프리는 내 맞은편 노란 팔걸이의자에 앉았었다.
헐프리는 분명 노란 팔걸이의자와 같은 가구를 좋아한다고

했다. 험프리는 왜 그런 말을 했던 걸까? 나는 왜 험프리에게 노란 팔걸이의자를 좋아하는 이유를 묻지 않았을까? 어째서 말했을지도 모를 것을 들어주지 않고 그냥 돌려보냈을까? 험프리는 왜 그렇게 오랫동안 아무 말도 하지 않고 앉아만 있었을까? 왜 우리와 떨어져 거실에서 버스에 대한 이야기를 했을까?

아아, 험프리의 얼굴이 눈에 선하다. 수줍어하던 모습이 눈앞에 생생하다. 말주변이 없지만 뭔가를 말하려 했던 느낌, 팔걸이의자를 좋아하는 것에 대하여 뭔가 말하려 했지만 결국 아무 말도 못하고 입을 닫아버렸을 때의 느낌. 왜 그런 말을 꺼냈는지 이제는 알 수가 없다. 이제 붉었던 뺨은 하얗게 변했고, 젊고 강한 의지와 대담함을 느끼게 해 주었던 눈은 뜰 수도 없다. 아마도 닫힌 눈꺼풀 속에서 여전히 대담할 것이다. 한 남자로서, 하나의 경직된 주검으로서 험프리는 침대에 누워 있다. 기울어진 하얀 침대. 열린 창문 너머로 새가 지저귀고 있다. 죽음에 대한 배려는 없다. 눈물도 상처도 없다. 백합꽃이 접어 놓은 침대보 위에 흩어져 있다. 그의 어머니나 셀리아의 침대보 위에.

셀리아. 그래… 나는 셀리아를 보게 될 것이다. 그리고 동시에 보지 않을 것이다. 그것은 내게 상상도 할 수 없는 시간이다. 사람들은 늘 남의 인생의 그런 시간을 회피하려 한다.

우리는 타인의 삶 속 그러한 시간을 언제나 결과만 보고 추측할 뿐이다. 나는 험프리의 방 앞까지 그녀의 뒤를 따라간다. 나는 그녀가 손잡이를 돌리는 것을 본다. 그리고 그 보이지 않는 시간이 찾아온다. 그리고 내 상상력이 다시 눈을 떴을 때, 그곳에서 발견하는 것은 세상 사람들이 바라보는 그녀의 모습이다. 과부. 아니, 그렇지 않을 것이다. 내가 보는 것은 매우 이른 아침 마치 햇살이 이마에 부딪혀 산산이 깨지듯이 온몸 구석구석까지 하얗게 물들이고 서 있는 그녀의 모습이 아닐까? 나는 겉으로 드러난 징표를 보게 될 것이다. 그리고 언제까지나 바라볼 것이다. 그러나 그 의미는 상상할 수밖에 없다. 선망의 눈길과 함께 그녀의 침묵과 고통을 지켜볼 것이다. 나는 그녀가 사람들 사이로 돌아다니는 모습을 눈으로 좇는다. 고백하지 못한 비밀을 감추고 있는 그녀의 모습에서 나는 억측을 이끌어낸다. 그녀는 밤을 기다리고 있다. 고독한 밤의 항해를 떠나기를 간절히 기다리고 있다. 나는 생각한다. 그녀가 그날 자신의 임무를 다하기 위해 사람들 사이에 내려오는 모습을. 웃고 떠드는 사람들을 멸시의 눈으로 바라보며 관대하게 귀를 기울여 주기를. 시끄러운 소음 속에서 나는 생각한다. 그녀가 나보다 훨씬 이 소음을 힘들어할 것이라고. 공허한 소음들은 그녀에게 전혀 무의미하게 느껴질 것이다. 그럼에도 불구하고 나는 그녀가 부럽다. 그녀의 의연한 모습과 판단력이. 그러나 얼굴을 가린 하얀 베일은 햇빛이 점점 강렬해지면서 퇴색되어 간다. 그렇게 그녀는 창가에 선다. 이륜마차가 거리를 오가고 마부들은 선 채로 다른 마부를 향해 휘파람을 불고 노래를 부르고 소리친다.

그 순간 나는 그녀를 더욱 확실하게 보게 될 것이다. 그녀의 뺨에는 혈색이 돌아올 것이다. 그러나 장밋빛은 아니다. 부드럽고 흐릿하게 보이게 했던 얇은 피막은 그녀의 눈에서 사라졌다. 일상의 소음들이 그녀의 귀에 날아든다. 그녀는 열린 창가에 서서 풀이 죽은 채 움츠린다. 나는 그녀에게로 다가간다. 더 이상 부러운 마음은 없다. 내가 손을 내밀면 셀리아가 피하지는 않을까? 우리는 모두 도둑이다. 모두 다 잔인하다. 그녀 앞을 무심히 흐르는 강물에 모두 빠져버린다. 나 또한 그녀 앞에서 몸을 던져버릴지 모른다. 그러나 곧바로 물길에 떠밀려 버릴 것이다. 손을 잡기 위해 셀리아에게 손을 내밀라고 요구하는 나의 연민은 강한 동정심으로 바뀐다. 아니면 바뀔 것이라고 예측할 수 있다. 그리고 그 연민은 너무 지나친 것이어서 그녀가 모욕으로 여길지도 모른다. 그러면 그녀는 양탄자의 먼지를 털고 있는 이웃집 부인에게 소리칠 것이다.

"좋은 아침이네요."

옆집 여자는 깜짝 놀라 그녀를 쳐다보고 가볍게 고개를 끄덕이고 황급히 집 안으로 들어간다. 셀리아는 빨간 벽 꼭대기까지 무성하게 자란 과일나무 꽃을 묵묵히 바라본다. 턱을 고인 채. 눈물이 주룩 흘러내린다. 그리고 그녀는 손등으로 눈물을 닦아낸다. 셀리아가 24살이던가…, 더 많아봐야 25살일 것이다. 그녀에게 오늘 하루 뒷산 산책을 가자고 해볼까? 우리는 신발 끈을 단단히 동여매고 씩씩하게 출발한다. 울타리를 뛰어넘고 들판을 가로질러 숲까지 간다. 그곳에서 그녀는 아네모네를 발견하자마자 달려들어 험프리를 위해 어떤 꽃을 꺾을지 고르기 시작한다. 그러나 밤이 되면 훨씬 더 아름다워질 것이라며 마음을 바꾼다. 우리는 풀밭에 앉아 진한 연두색의 삼각형 들판을 내려다본다. 둥그런 가시덤불 사이로 바라보면 기묘한 삼각형으로 보인다.

"넌 무얼 믿어?"

그녀가 갑작스럽게 물을 것이다.

"아무것도 믿지 않아. 아무것도."

(내 상상에 따르면) 꽃자루를 입에 문 채 놀라서 내 생각과 전혀 다른 대답을 해버린다.

셀리아는 미간을 찡그리며 꽃을 버리고 벌떡 일어선다. 그리고 성큼성큼 걸어가 갑자기 낮은 가지를 들여다본다. 나뭇잎 사이에 있는 개똥지빠귀의 둥지를 보려는 것이다.

"알이 5개 있어!"

그녀가 소리친다. 나도 따라 큰 소리로 대답한다.

"정말 대단해!"

그러나 이것은 모두 상상이다. 나는 그녀와 함께 방안에 있지 않다. 그녀와 함께 숲에 가지도 않았다. 나는 지금 런던에 있다. 창가에 서서 〈타임스〉를 들고 있다. 죽음이란 마치 일식이 일어나듯이 모든 것을 바꾸어 놓았다. 모든 색채가 사라지고 나무 그늘의 종이처럼 얇은 납빛으로 보였다. 찬바람이 살며시 불어오고 거리의 소음이 커지면서 건물 사이 깊은 계곡에 퍼져간다. 그리고 잠시 후 공간이 무너지며 모든 소리가 서로 섞인다. 여전히 빛을 잃은 나무들은 보초가 되고 감시자가 되어 있다. 하늘은 그것들의 부드러운 배경이 되어 여명의 산 정상에 우뚝 선 듯 아득히 멀게 느껴진다. 죽음이 임무를 다한 것이다. 나뭇잎과 집들과 하늘거리며 피어오르는 연기 뒤로 번져가는 죽음은 냉정하게 이것들을 이용해 무언가 고요한 것을 만들어 냈다. 그것들이 삶을 위장하기 전에. 나는 급행열차 안에서 산과 초원과 울타리 주변에서 큰 낫을 들고 열차를 바라보고 있는 사내를 보았다. 그리고 길게 자란 풀밭에 누워 있는 연인들을 보았다. 나는 아무런 가식 없이 두 사람을 보았고 그들도 나를 아무 가식 없이 바라보았다. 몇몇 무거운 짐을 벗어버리자 장애들이 사라졌다. 이 맑은 공기 속에 내 친구들은 지평선에 깔린 어둠을 뚫고 간다. 그들은 오로지 선함을 바라며 부드럽게 나를 밀치고 세상의 경계를 넘어 배에 올라탄다. 그들을 태우고 폭풍우 속으로, 혹은 고요 속으로 떠나려 하는 배 위에. 내 눈은 그들을 따라갈 수 없지만 작별의 키스와 이전보다 밝게 웃어주고, 그들은 내 앞을 줄지어 지나 영원한 항해를 떠난다. 마치 살아 있는 동안 줄곧 그곳을 지향하고 있었던 것처럼. 우리는 모두 태어나면서부터 지나온 길, 굽고 갈라진 길이 지금 이 커다란 플라타너스 나무 아래에서 합류한다는 사실을 확실하게 볼 수 있게 된다. 이렇게 온화한 날씨 속에서 어떤 때는 높게, 또 어떤 때는 낮게 울리는 자동차 소리와 사람들의 비명 소리가 어우러진 속에서.

내가 알고 있었다고는 할 수 없는 그 소박한 젊은이는 내면에 죽음의 강력한 힘을 감추고 있었다. 그는 경계를 넘어 죽음으로써 열린 창문가 밖에서 지저귀는 새소리가 들려오는 방에서 또 다른 존재가 되었다. 그는 조용히 물러간다. 그의 목소리는 들리지 않지만 침묵의 웅변은 심오하다. 그는 자신의 인생을 외투처럼 발아래 펼쳐 우리가 그것을 밟고 지나갈 수 있게 한다. 그는 우리를 대체 어디로 인도하고 있는 걸까? 우리는 경계선에 서서 사방을 둘러본다. 그러나 그는 이미 저 멀리 떠나버렸다. 그의 모습은 저 멀리 하늘 속으로 사라졌다. 우리에게는 푸른 하늘과 부드러운 초록만이 남아 있다. 그러나 그가 있는 세상은 투명하기 때문에 그런 것들이 없다. 그는 초록에 모여드는 우리에게 등을 돌렸다. 여명의 하늘을 가르듯 전진하여 사라진다. 그는 떠나버렸다. 우리는 이제 돌아가야 한다.

플라타너스는 떨리는 잎으로 빛을 산란시킨다. 햇빛이 나뭇잎을 뚫고 풀밭에 내리쬔다. 제라늄이 땅 위에서 얼굴을 붉히고 있다. 왼쪽에서 고함 소리가 들려온다. 그리고 전혀 다른 고함 소리가 오른쪽에서 들려온다. 자동차는 바깥쪽을 향하며 충돌한다. 버스는 안쪽을 향하며 충돌한다. 시계는 맑은 종소리와 함께 12시를 선언했다. 정오다.

나는 이제 돌아가야 하는 걸까? 나는 지평선이 보이지 않게 되는 것을, 산이 낮아지고 들판에 짙은 색이 돌아오는 것을 바라봐야 하는 걸까? 아니, 그렇지 않다. 험프리 해먼드는 죽었다. 그는 죽었다. 하얀 시트와 꽃향기. 벌 한 마리가 방안으로 날아 들었다 다시 나가버렸다. 벌은 이제 어디로 가는 걸까? 초롱꽃에 멈췄다. 그러나 그곳에서는 꿀을 찾아내지 못했다. 다시 노란 꽃으로 날아갔다. 과연 이런 낡은 런던의 정원에서 꿀을 얻을 희망이 있을까? 커다란 철 배수관 위, 혹은 터널의 굽어진 곳에 뿌려진 소금처럼 땅은 메말라 있다. 그런데 험프리 해먼드가 죽다니. 종이 위의 이름을 다시 한 번 확인하고 싶다. 다시 친구들 곁으로 돌려주기를 바란다.

그렇게 빨리 친구들을 버리지 않길 바란다. 그는 사흘 전 화요일에 갑자기 죽었다. 이틀을 앓다가 끝나 버렸다. 죽음이라는 거대한 업보. 끝이다. 아마도 그의 몸은 이미 흙에 덮여 있을 것이다. 주변 사람들은 자신의 일상에 약간의 변화를 더하게 될 것이다. 그의 죽음을 알지 못하는 몇몇 사람들은 편지의 수신난에 그의 이름을 쓸 것이다. 그러나 현관홀의 테이블 위에 놓여 있는 봉투는 이미 시간에서 멀어진 것처럼 보인다. 그가 이미 몇 주 전, 몇 년 전에 죽어 버린 것 같은 느낌이 들었다. 그에 대해 아무리 떠올리려 해도 전혀 기억나지 않을 것 같았다. 그리고 가구를 좋아한다는 그의 말은 내게 아무런 의미도 없다. 어쨌거나 그는 죽어 버렸다. 그가 내게 말했던 가장 중요한 것조차도 지금의 내 감정에 아무런 영향도 끼치지 않는다. 끔찍하다. 너무나 끔찍한 일이다. 정말 무자비하다. 팔걸이의자가 있다. 그가 앉았던 의자다. 많이 닳았지만 아직까지는 튼튼하다. 사람들의 손길을 견디고 살아남았다. 벽난로에는 유리와 은 공예품들이 어지럽게 놓여 있다. 그러나 그의 삶은 덧없이 허무했다. 벽과 양탄자 위에 길게 드리운 흐릿한 빛처럼. 내가 죽더라도 태양 광선이 이렇게 유리와 은 공예품 위에 비출 것이다. 태양은 앞으로도 100만 년 이상 빛을 발산할 것이다. 노랗고 넓은 길. 이 집과 거리를 지나 끝없는 여행을 떠난다. 저 멀리 바다만 보이는 곳으로 간다. 태

양 빛은 무한한 빛의 주름을 퍼뜨리며 끝없이 뻗어 간다. 험
프리 해먼드, 험프리 해먼드는 누군가? 묘한 울림이다. 마치
조개껍질처럼 줄어들었다 늘어난다.

이 짐, 작은 꾸러미. 검게 몸부림친 펜의 흔적이 보이는 작
고 하얀 사각형 종이 꾸러미.

"시아버지가… 당신을 대접할 거예요."

셀리아가 어떻게 된 거 아닌가? 시아버지라니? 그녀는 아
직 상복을 입고 있다. 침대는 희고 기울어져 있다. 백합, 열린
창문… 밖에서는 옆집 여자가 양탄자를 털고 있는데.

"이번 건 모두 험프리가 해 줄 거예요."

험프리? 죽은 거 아닌가?

"이사를 할 거예요. 아마 훨씬 더 큰 집으로요."

죽은 자들의 집을 말하는 건가?

"당신도 함께 머무를 거예요. 런던에 가야 해요. 상복을 사
야 하니까요."

설마, 그가 아직 살아 있다고 말하려는 건 아니지? 뭐야!
왜 나를 속인 거지?

현악 사중주

The String Quartet

✦ 작품 해설

모차르트의 현악 사중주가 시각적 감각으로 화하며 여러 사람의 감정과 생명체의 움직임을 묘사한다. 연주와 음악에 대해 폄하하는 사람들도 결국은 음악에 몰입하게 되듯 읽는 이도 이 작품에 몰입하게 된다.

현악 사중주

The String Quartet

이제 도착했다. 거실 창밖을 내다보면 지하철, 노면전차, 버스, 적지 않은 자가용 마차, 그리고 좌석을 앞뒤로 막은 랜도 마차를 볼 수 있을 것이다. 이것들은 런던 구석구석을 이어주며 천을 짜고 있는 것처럼 보인다. 그러나 나는 의문이 들기 시작했다.

만약 모든 사람이 말하듯이 리전트 가가 완성되고, 조약이 조인되고, 예년보다 춥지 않고, 빌릴 수 있는 집이 없고, 독감이 맹위를 떨치고, 식료품 저장실에 물이 새서 편지 쓰는 것을 깜박했다는 사실을 떠올리고, 열차에서 장갑을 잃어버렸다는 것이 사실이라면. 만약 혈연 때문에 주저하며 내민 손을 내가 기꺼이 잡아야 한다면….

"전에 뵙고 7년 만에 뵙는군요."

"그때는 베니스였죠?"

"그런데 지금은 어디서 사시죠?"

"오후 늦은 시간이 가장 좋습니다. 하지만 만약 제가 이렇게 말하는 게 제 욕심이 아니라면…."

"저는 금방 당신을 알아봤습니다."

"전쟁도 끝났고…."

만약 이러한 작은 화살이 마음을 꿰뚫어버린다면, 그리고 —인간 사회는 그것을 강요하지만—화살을 맞았다는 것을 깨닫기도 전에 연이어 화살을 맞는다면, 만약 이것이 열을 발생시키고 그들이 불을 켠다면, 만약 어떤 것이 대부분 이후 개선과 수정이 필요하다면. 후회 말고도 기쁨과 허영심과 욕망을 자극하여—만약 내가 말하는 모든 것이 사실이라면, 그리고 모자와 모피 목도리와 연미복, 최근 유행하는 진주 넥타이 핀 같은 것이 주변에 가득 있다면—여기에 무슨 기회가 있겠는가?

어떤 기회일까? 이유를 말하기가 점점 힘들어진다. 자신이 아무것도 대꾸할 수 있는 것이 없다는 사실을 확신하고 언제 만났는지도 기억이 나지 않으면서 왜 여기에 있어야 하는

가 하는 이유를.

"그 퍼레이드 봤나요?"

"왕께서 추워 보였죠."

"아니, 그게 아니라… 근데 그게 뭐죠?"

"그녀는 맘스베리에 집을 샀어요."

"정말 잘됐네요."

그런데 그녀가―그녀가 누구이든 간에―얼마나 어리석은 지 나는 알 수 있었다. 왜냐하면 아파트와 모자와 비둘기가 문제이기 때문이다. 그리고 그것은 잘 차려입고 여기에 앉아 있는 수많은 사람, 마음의 문을 닫은 채 모피 옷을 입고 포식을 하고 있는 사람들 또한 마찬가지다. 물론 내가 그들과 다르다는 것은 아니다. 나 또한 수동적으로 금색 의자에 앉아 있는 것에 불과하다. 남들처럼 지워졌던 기억을 파헤치고 있다. 그렇다. 내가 틀리지 않았다면 우리는 모두 무언가를 떠올리려고 하고 있었다. 남의 이목을 피해 무언가를 찾고 있다. 왜 안절부절 못하는 것일까? 왜 옷차림에 신경질적으로 반응하는가? 왜 장갑을, 단추가 잘 잠겼는지를 신경 쓰는가? 어둠을 배경으로 앉아 있는 초로의 부인 얼굴을 보라. 조금 전 소탈하고 활기 넘치던 그 얼굴이 지금은 입을 다문 채 슬퍼 보인다. 마치 그늘에 있는 것처럼. 그것은 대기실에서 조율을 하고 있는 제2 바이올린의 소리가 아닐까? 네 명이 나타났다. 네 개의 검은 그림자. 악기를 들고 있다. 그들은 강한 조명이 비추고 있는 네 개의 하얀 악보 앞에 앉았다. 네 명은 잠시 활 끝을 악보대 위에 올려놓고 쉬고 있었다. 그리고 동시에 활 끝을 올려 가볍게 준비 자세를 취했다. 그들은 맞은편에 있는 제1 바이올린 연주자가 하나, 둘, 셋 숫자를 세는 것을 바라보았다.

어우러져 뛰어오르고 성장했다 흩어진다. 산꼭대기의 배나무. 솟아오르는 분수. 쏟아지는 물방울. 그러나 론 강의 흐름은 빠르고 깊다. 많은 아치형 다리를 지나치는 급물살. 물살은 나뭇잎을 운반한다. 은색 물고기를 가리는 그림자를 씻어 버린다. 얼룩무늬 물고기가 급류를 따라 내려가 소용돌이 속으로 빨려들어 간다. 이런 광경은 쉽게 볼 수 있는 것이 아니다. 그곳은 물고기로 가득 차 있다. 물을 차고 튀어 오르며 날카로운 지느러미를 펄럭인다. 들끓듯이 소용돌이치는 강물. 노란 조약돌처럼 수많은 물고기가 거칠게 맴돈다. 빙글빙글 빙빙. 힘겹게 소용돌이를 빠져나온 물고기는 재빨리 아래쪽으로 내려간다. 어떤 놈은 대패가 뱉어내는 얇은 나무껍질처럼 뒤집어지면서 물위로 튀어 올라 아름다운 곡선을 그린다. 위로, 위로…. 이 얼마나 아름다운 특성이란 말인가? 가벼운 발걸음으로 미소를 지으며 세계를 돌아다닌다. 이것은 흥겨운 생선장수 아줌마에게서도 엿볼 수 있다. 아치형 다리 밑에 앉아 떠드는 나이든 여자들. 호탕한 웃음에 몸을 흔들며 장난을 친다. 이리저리 걸으며 하하 호호.

"저건 모차르트의 초기 작품이네요."

"하지만 모차르트의 곡이 다 그렇듯이 저 곡은 사람을 절망하게 하네요. 저는 희망이 좋은데. 무슨 소리냐고요? 저건 음악 중에서 최악이에요. 저는 춤추고 웃고 싶어요. 분홍빛 케이크와 크림색 케이크가 먹고 싶어요. 연한 색의 자극적인 와인을 마시고 싶어요. 그리고 외설적인 이야기를 하고 싶어요. 지금은 그런 걸 즐기고 싶어요. 사람은 나이를 먹을수록 외설적인 이야기를 좋아하게 되죠. 호호호. 저는 웃고 있어요. 왜 웃을까요? 당신은 아무 말도 하지 않고 건너편 노신사도 아무 말도 하지 않았죠. 하지만 만약 상상해 보면… 쉿!"

우울한 강은 우리를 이끈다. 축 늘어진 버드나무 가지 사이로 달이 떠오를 때, 나는 당신의 얼굴을 본다. 버드나무 옆을 지날 때, 나는 당신의 목소리를 듣고 새가 지저귀는 소리를 듣는다. 당신은 왜 깜짝 놀란 걸까? 슬픔, 슬픔, 기쁨, 기쁨. 풀어버릴 수 없을 정도로 촘촘하게 짜여 있어 고통과 함께 몰려왔다. 한숨과 함께 퍼져 버리는 위대한 음향!

배가 가라앉는다. 떠오른다, 그림자 몇 개가 떠오른다. 그러나 나뭇잎은 옅고 흐린 그림자가 되고 붉게 물들이며 내 마음속 깊이 감추었던 정열을 끌어낸다. 그것은 나를 위해 노래

한다. 내 비애를 끌어낸다. 연민으로 지친 마음을 풀어준다. 태양이 없는 세계를 애정으로 넘치게 한다. 자애는 결코 멈추지 않고 사라지지도 않는다. 솜씨 좋고 세련되게 짜 나간다. 모양이 드러날 때까지, 완성될 때까지, 흩어졌던 것들이 조합될 때까지. 정신의 고양, 흐느낌, 수면, 비애, 환희.

그런데 왜 한탄하지? 뭘 바라는 거야! 왜 만족하지 못하지? 나는 말한다. 모든 것은 해결됐다. 장미 잎 이불을 덮고 잠을 잔다. 쏟아지는 장미 잎. 아아, 그러나 그것은 멈추어 버렸다. 한 장의 장미 잎이 저 멀리 높은 곳에서 떨어진다. 보이지 않는 기구에서 떨어지는 작은 낙하산처럼. 빙빙 돌면서 하늘거린다. 그것은 결코 우리에게 도달하지 않는다.

"맞아, 그래요. 아무것도 눈치 채지 못했어요. 저건 최악의 음악이에요. 바보 같은 꿈이죠. 제2 바이올린이 느려요. 안 그런가요?"

"저기 늙은 먼로 부인이 있어요. 조심조심 걷고 있어요. 해가 갈수록 눈이 나빠지고 있죠. 불쌍한 분. 바닥이 이렇게 미끄러운데."

눈이 보이지 않는 노인. 백발의 스핑크스…. 저기 포장도로에 서서 손짓을 하고 있다. 근엄한 얼굴로 빨간 버스를 향해.

"이렇게 아름다울 수가! 정말 멋져요. 정말… 정말… 정말…”

혀는 그냥 딱딱이었다. 그 정도뿐이었다. 내 옆에 있는 모자의 깃털 장식은 알록달록 아이들 장난감처럼 화려하고 재미난 것이었다. 커튼 사이로 플라타너스의 푸른 잎사귀가 내 눈에 들어왔다. 정말 아름답고 자극적이었다.

“정말… 정말… 정말…” 쉿!

풀밭에는 사랑을 나누는 연인들이 있다.

“부인, 만약 당신이 내 손을 잡아주신다면….”

“선생님, 저는 진심으로 당신을 믿을 거예요. 우리의 몸은 연회석에 놓고 왔어요. 여기 풀밭 위에 있는 건 우리의 영혼이에요.”

“그렇다면 이 포옹은 영혼의 포옹이군요.”

레몬 나무가 끄덕였다. 백조는 강둑을 떠나 꿈을 꾸듯이 강 한복판으로 날아갔다.

“이제 이야기를 계속하지요. 그 남자는 복도를 따라왔죠. 그런 다음 모퉁이를 도는 순간 내 속치마를 밟았어요. 그러니 내가 할 수 있는 거라고는 비명을 지른 뒤 손으로 입을 가리며 목소리를 낮추는 정도겠죠? 그런 다음 그는 칼을 뽑았죠. 그는 저를 죽일 생각으로 몇 번이고 저를 찔렀죠. 제게 몇 번이고 미쳤다고 소리치면서 말이죠. 그래서 저도 모르게 비명을 질렀죠. 그러자 왕자님이, 돌출 창 앞에서 커다란 가죽 책에 글을 쓰고 있던 왕자님이 테두리가 없는 자줏빛 모자에 털 슬리퍼 차림으로 나타나 벽에 걸린 기다란 칼을 집어 들었죠. 스페인 왕에게 선물 받은 칼이죠. 알고 있죠? 덕분에 저는 도 망칠 수 있었죠. 치마가 찢어진 것을 감추기 위해 이 옷을 뒤 집어쓰고. 감추려고… 들어봐요. 뿔 나팔 소리예요!'

신사는 바로 부인에게 맞장구를 쳤다. 그리고 부인은 음계를 치고 올라갔다. 매우 재치 넘치는 인사를 교환하고 흐느끼면서 최고조에 도달한다. 의미는 충분히 알 수 있지만 말로는 형언할 수 없는 것이었다. 애정, 웃음, 고양, 기쁨, 행복, 모든 것이 온화한 사랑과 기쁨의 물결 위에 떠 있었다. 맑은 뿔 나팔 소리가 들려올 때까지. 처음에는 저 멀리서, 그리고 점점 또렷해졌다. 마치 중세 귀족의 집사가 새벽을 알리기 위해 불고 있는 것 같은, 연인들의 도망을 알리는 것 같은 그 울림… 초록의 정원, 달빛에 비친 연못, 레몬 나무, 연인들, 그리고 물고기들. 이 모든 것들이 오팔 색 하늘에 녹아들었다. 그 하늘에 울려 퍼지는 뿔 나팔 소리에 트럼펫 소리가 어울리고, 다시 클라리온의 소리가 겹쳐졌을 때, 대리석 기둥을 이어주는 수많은 회고 튼튼한 아치가 떠오르는 것이 보인다. 무거운 발소리와 트럼펫의 울림. 찰랑찰랑 소리. 딸랑거리는 소리. 확고한 창설. 확고한 창건. 수만 명의 행진. 혼돈과 무질서가 땅을 활보한다. 그러나 우리가 찾아온 이 거리에는 돌도 대리석도 없다. 거리는 역경을 견디고 있다. 흔들림 없이 버티고 있다. 하나의 얼굴, 깃발 하나도 인사하지 않는다. 환영도 없다. 그렇다면 출발하라. 당신의 희망을 무너뜨리기 위해. 사막에서 나의 환희를 시들게 하라. 벌거벗은 채 앞으로 나아가라. 늘어선 기둥에 장식은 없다. 무의미한 길조. 그림자도 없다. 찬란하게. 가열하게. 이제 나는 후퇴한다. 더 이상 절망하지 않고 그저 이곳을 벗어나기만을 희망한다. 길을 찾고 주변을 둘러보며 사과장수 여자에게 인사를 하고 현관문을 여닫는 하녀에게 인사를 건넬 수 있기만을 희망한다. 별이 많다.

"안녕, 잘 자요. 당신은 이쪽 길인가요?"
"아, 저런. 저는 저쪽이에요."

월요일 또는 화요일

Monday or Tuesday

✣ **작품 해설**

왜가리가 비상하고 되돌아오는 움직임을 따라 진행되는 이 작품은, 왜가리와 하늘이라는 자연과 버스의 이동, 홍차를 마시는 일 등으로 묘사되는 인간의 일을 대비하며 자연 앞에 인간이 어떠한 모습인지를 그려낸다.

월요일 또는 화요일

Monday or Tuesday

나른한 듯 무심하게 가벼운 날갯짓으로 허공을 가르며 제 갈 길을 찾아가는 왜가리가 교회 상공을 날고 있다. 저 멀리 하얀 하늘은 끝없이 퍼지고 모였다가 이동하며 정체한다. 호수? 그 주변을 덮어버린다. 산? 완벽하다. 산허리의 황금빛 태양. 저물어 간다. 그러면 양치식물 무리, 혹은 하얀 깃털 무리가 끊임없이 계속….

진실을 추구하고 얻어 악전고투 끝에 몇 마디 말을 짜내고 항상 갈망한다. 갑자기 왼쪽에서 비명 소리가 울리고 다시 연속해서 오른쪽에서 들려온다. 바깥을 향하는 자동차가 충돌한다. 안쪽을 향하는 버스가 충돌한다. 끝없이 갈망하면서…. 시계가 12번 울리며 정오를 선언한다. 빛은 금빛 비늘을 뿌린다. 아이들은 한데 어울린다. 진실을 갈망하면서. 저기 빨간 것은 돔이다. 나뭇가지에는 동전이 매달려 있다. 굴뚝에서 연기가 피어오른다. 고함 소리.

"고철 팔아요!" 진실?

남녀의 검고 노란 신발 끝이 빛난다. 웬 안개가 이렇게… 설탕? 아닙니다. 미래의 연합국가… 난로가 빛을 투영하며 방을 붉게 물들인다. 검은 그림자와 그들의 반짝이는 눈만을 남긴 채. 밖에서는 천막을 친 짐마차가 짐을 내리고 있다. 싱검 양은 책상 앞에 앉아 홍차를 마시고 있다. 유리판이 모피를 보호하고 있다.

변덕을 부려 나뭇잎을 반짝이고, 바람을 따라 모퉁이를 돌고, 자동차 사이를 누비고, 은빛 오물로 더럽혀지고, 어디든 막론하고 모였다가 흩어지고, 온갖 방법으로 낭비하고, 날아갔다 불러 모으고, 찢어져 바닥을 기고 모이고… 진실?

지금 난로 앞 대리석의 희고 네모난 판 위에 다시 모인다. 상아색의 깊이에서 떠오른 단어는 검정을 사방에 뿌려 깊숙이 배어든다. 던져진 책. 불꽃 속으로. 연기 속으로. 순간의 섬광 속으로. 어쩌면 지금은 여행 중이다. 대리석의 사각형 판. 그 아래로 퍼져 있는 광탑(光塔). 인도양. 하늘은 검푸르게 물들고 별이 반짝인다. 진실? 아니면 가까워진 것에 만족해야 하나?

　나른한 듯 무관심하게 해오라기가 돌아간다. 하늘은 별의 장막으로 뒤덮인다. 그리고 다시 걷어내고 벌거벗긴다.

연못의 매력

The Fascination of the Pool

✢ 작품 해설

화자는 어느 연못가에 앉아 예전에 그곳을 찾았던, 자신이 모르는 사람들에 대해 그려본다. 물을 마시던 남자, 자살한 소녀, 잉어를 잡으려던 소년의 잔상들이 그녀의 머릿속을 맴돈다. 연못 안에 스며 있는, 알지 못하는 존재들을 건져 올려 생명을 부여하고 이야기를 만들어 내는 순간, 연못은 삶의 진실을 길어 내는 매력적인 상념의 장소가 된다.

연못의 매력

The Fascination of the Pool

아마도 꽤 깊을 것이다. 바닥이 보이지 않는다. 연못가는 골풀이 무성하게 자라고 있어 연못 한복판은 상당히 깊은 것처럼 검게 보인다. 그러나 연못 한가운데에는 하얀 그림자가 보인다. 1마일 정도 떨어진 곳에 있는 커다란 농장이 매물로 나와 있어 농장에 관심이 많은 사람이 한 것인지, 아니면 아이들의 장난인지 모르지만 농장에 관한 전단지—농사용 말과 어린 황소들, 그리고 농장 기구 일체를 함께 판다고 적힌 전단이 나무 기둥에 붙어 있었다. 연못 중앙에 이 전단의 그림자가 비치고 있어 바람이 불 때마다 하얀 세탁물이 바람이 날리듯 흔들리고 있었다. 사람들의 시선은 자연스럽게 연못 중앙으로 돌려져 '롬퍼드 밀'이라는 빨갛고 큰 글씨를 볼 수 있었다. 둑과 둑 사이에서 바람에 출렁이고 있는 푸른 물 위에서 어른거리는 빨강.

만약 누군가 풀밭에 앉아 연못을 내려다본다면—연못은 왠지 불가사의한 매력을 가지고 있다. 말로는 설명하기 힘든 매력을—빨강과 검정 글씨가 새겨진 한얀 종이가 수면 위에 살짝 달라붙어 있다는 느낌을 받을 것이다. 그리고 한편으로는 그 아래 물속에서는 이해하기 힘든 수중 생활이 펼쳐지고 있을 것이라는 인상을 받을 것이다. 인간의 사색하는 정신과도 같은 현상이 펼쳐지고 있다는 느낌을. 무구한 세월 동안 틀림없이 수많은 사람이 홀로 이곳에 왔을 것이다. 자신의 상념을 물에 흘려버리기 위해, 어떤 일을 연못에 묻기 위해. 이번 여름 저녁 날에 여기에 있는 사람이 그랬던 것처럼. 아마도 연못이 매력적으로 느껴지는 것은 바로 이 때문일 것이다. 연못은 물속에 온갖 망상과 불평과 확신이 녹아 있을 것이다. 쓴 적이 없고 말을 한 적이 없는 온갖 것들. 그저 둥둥 떠다니며 북적거리는 실체가 거의 없는 것들. 갈대에 의해 둘로 갈라져 그 사이를 한 마리의 물고기가 헤엄쳐 간다. 크고 하얀 달 쟁반이 그것들 모두를 눌러 버린다. 연못이 매력적인 것은 떠난 사람들이 남긴 상념의 존재 때문이다. 그리고 육체를 벗어난 상념은 자유롭게, 친밀하게 대화를 나누며 들락거린다. 공유지인 이 연못으로.

이런 둥둥 떠다니는 것 같은 상념은 서로 결합하여 눈에 보이는 인간을 만들어 낸다. 아주 짧은 시간 동안. 그리고 인간은 구레나룻을 기른 붉은 얼굴이 수면에서 상체를 깊이 숙이고 있는 모습을 발견한다. 물을 마시고 있는 것이다. 나는 1851년 대박람회의 열기를 보고 이곳에 왔다. 나는 여왕이 박람회의 개최를 알리는 것을 보았다. 액체처럼 목소리가 편안한 듯 웃는다. 부드러운 장화를 벗어 던지고 비단 모자를 벗어 놓는다. 정말 무더운 날씨였다. 그러나 지금은 모두 옛날이야기다. 모든 것은 먼지가 되었다. 당연한 이야기다. 상념은 그렇게 말하고 있는 것 같았다. 잎사귀 사이로 살랑살랑 흔들리면서. 그러나 나는 사랑에 빠졌었다. 다른 상념이 입을 열었다. 미끄러지듯 아무 소리도 혼란도 없이 앞선 상념에 겹쳐진다. 서로 방해를 하지 않고 물고기처럼 헤엄친다. 한 명의 아가씨. 우리는 농장을 나와 자주 여기에 왔다(그 농장이 매물로 나와 있다는 것을 알리는 전단이 수면에 비치고 있다.). 1662년의 여름, 도로를 행진하는 군인들은 절대로 우리의 모습을 볼 수 없었다. 정말 무더웠다. 우리는 이곳에서 잠을 잤다. 연인과 함께 사람들의 눈을 피해 골풀 속에 누웠다. 웃으면서 연못 속, 물속으로 들어갔다. 영원한 사랑이라는 상념, 불꽃처럼 뜨거운 키스와 절망의 상념. 나는 정말로 행복했다. 그리고 또 다른 상념이 그녀의 절망을 몰래 말해 주었다.(그녀는 연못에 몸을 던졌다.) 나는 이곳에서 자주 낚시를 했었다. 우리는 결국 커다란 잉어를 잡지는 못했다. 단지 보았을 뿐─넬슨 제독의 트라팔가 해전 때 버드나무 아래서 수영을 하는 것을─엄청난 놈이었다. 헉헉, 어린아이의 낮고 구슬픈 목소리로 바뀌었다. 비통한 그 목소리는 틀림없이 연못 바닥에서 울리고 있었다. 목소리가 나타났다. 물을 채운 그릇에서 숟가락으로 단숨에 떠다니는 것을 건져내듯이. 그건 우리가 정말 듣고 싶어 했던 목소리였다. 다른 모든 목소리는 이 매우 구슬픈 목소리를 듣기 위해 연못가로 조용히 이동했다. 목소리는 분명 연못에 관한 모든 것이었다. 모두가 그것을 알고자 했다.

나는 더 깊은 곳을 보기 위해 사람들을 헤치고 가듯 갈대를 헤치고 연못에 다가갔다. 나는 바닥을 보기 위해 연못에 그림자를 투영시키고, 몇몇 얼굴과 목소리를 투영시켰다. 그러나 박람회에 갔던 남자와 몸을 던져 익사한 아가씨와 커다란 물고기를 본 소년과 헉헉 흐느끼는 목소리 아래에는 언제나 다른 것이 있었다. 언제나 다른 얼굴이, 다른 목소리가 있었다. 새로운 상념이 나타나 이전의 상념을 대신했다. 왜냐하면 숟가락은 몇 번이고 우리의 모든 것을 퍼내어 생각과 동경과 의혹과 고백과 환멸을 햇빛에 노출시키지만 결국 언제나 천천히 내려놓게 되고, 우리는 숟가락 사이로 흘러내려 다시 연못으로 돌아가야만 하기 때문이다. 그리고 다시 연못 중앙 은 롬퍼드 밀 농장의 매각을 알리는 하얀 전단의 그림자로 채 워진다. 결국 사람들이 연못가에 앉는 것을 좋아하고 연못을 들여다보는 이유는 바로 이 때문일지도 모른다.

상징

The Symbol

✤ 작품 해설

알프스 마을에서 휴가를 즐기던 한 부인이 여러 가지 상징에 대해 생각한다. 산 정상부터 무덤, 어머니의 죽음, 고통과 질병, 등산객의 실종 등은 그녀에게 하나의 상징으로 존재한다. 상념의 주축이 되는 산은 죽음을 상징하는 것으로 보이지만, 이 죽음 또한 그녀에게는 무언가를 상징한다고 여겨진다. 울프는 말년에 "나는 산의 정상에 대한 꿈을 그려내고 싶다." "나는 내 산의 정상—사라지지 않는 비전—에 대해 쓰고 싶다."라고 산의 상징성에 대해 여러 차례 언급한 바 있다.

상징

The Symbol

산 정상에는 달의 분화구와 닮은 웅덩이가 있다. 그곳은 눈으로 덮여 있으며 비둘기의 가슴처럼 무지갯빛 광택이 나고 있었다. 혹은 죽음처럼 완전한 백색이었다. 웅덩이에는 눈이 섞인 메마른 돌풍이 자주 불어왔다. 그러나 그 눈을 붙잡을 것이 전혀 없었다. 호흡하는 생명, 털가죽을 뒤집어쓴 생명에게 그곳은 너무나도 높은 곳이었다. 그럼에도 불구하고 눈은 순간적으로 무지갯빛을 발산한다. 그리고 그날 날씨에 따라 핏빛 반짝거림을, 순백색을.

계곡의 깊은 곳──산봉우리 양쪽은 깎아지른 절벽으로 되어 있다. 첫 번째 바위, 얼어붙은 눈, 조금 아래쪽에 바위에 달라붙은 듯한 소나무 한 그루, 그리고 덩그러니 서 있는 오두막, 짙푸른 절벽, 하얀 지붕의 집들, 그리고 산기슭에 이르러 마을, 호텔, 영화관, 묘지에 이른다. 호텔 옆 교회의 묘지에 늘어선 몇몇 비석에는 산을 오르다 죽은 등산가의 이름이 새겨져 있다.

"이 산은…."

호텔 발코니의 의자에 앉아 있는 여자는 이렇게 적어 넣었다.

"하나의 상징이지."

그녀는 여기까지 쓰고 손을 멈췄다. 그녀는 망원경으로 가장 높은 곳을 볼 수 있었다. 마치 그 상징이 어떤 것인지 확인이라도 하듯이 렌즈를 조절하여 초점을 맞췄다. 그녀는 버밍엄에 살고 있는 언니에게 편지를 쓰고 있었다.

발코니에서는 알프스 피서지의 중심지가 보였다. 마치 극장 특등석에 앉아 있는 것 같았다. 발코니에서 내려다보이지 않는 거실이 거의 없었다. 그리고 연극이—그렇다, 연극이 막 시작된 정도이지만—펼쳐지고 있었다. 그것들은 돌발적으로 일어났다. 전주, 연극의 시작, 시간을 보내기 위한 오락, 가끔은 결말 같은 것이 내려지는 경우도 있다. 예를 들어 결혼이나 우정의 불멸성. 그런 것에는 공상적인 부분이 있다. 거품처럼 공허한 것이 있다. 견고한 것 중에 이렇게 높은 곳까지 가져올 수 있는 것은 거의 없다. 집들조차 장난감처럼 보인다. 영국 아나운서의 목소리 또한 이 마을에 도착한 순간 비현실적인 것으로 변한다.

그녀는 망원경을 내려놓고 아랫마을로 내려갈 준비를 하고 있는 젊은이들을 향해 고개를 끄덕였다. 그중에 한 명과는 인연이 있었다. 젊은이의 숙모는 과거 한 학교에서 교장으로 재직했고, 그 학교에 그녀의 딸이 다녔던 것이다.

그녀는 잉크가 묻어 있는 펜을 아직 손에 든 채 아래쪽 등산가들을 향해 손을 흔들었다.

그녀는 산의 상징이라고 적었다. 그런데 대체 어떤 상징이란 말인가? 과거 1840년대에는 두 명의 남자가, 1860년대에는 네 명의 남자가 비장한 죽음을 맞이했다. 처음 등반대는 밧줄이 끊어졌고 두 번째 등반대는 밤이 되어 얼어 죽었다. 우리는 항상 무언가 높은 곳을 향해 오르고 있다. 그것은 우리에게 진부한 문구와 같은 것이다. 그러나 이 말은 망원경으로 처녀봉 정상을 본 그녀가 느낀 것을 말해주지는 않는다.

그녀는 과감하게 이어갔다.

"왜 산이 내게 와이트 섬을 떠올리게 하는지 이상합니다. 언니도 잘 알고 있듯이 엄마가 임종을 앞두었을 때, 우리는 엄마를 저곳으로 모시고 갔습니다. 저는 자주 발코니에 나갔지요. 배가 들어왔을 때 승객들에 대해 설명하면서 자주 이런 말을 했습니다. 저건 에드워드 씨가 틀림없어…. 지금 막 계단을 통해 땅으로 내려왔어. 이제 모든 승객이 내렸어. 배가 방향을 틀고 있어…. 언니한테는 말하지 않았습니다. 당연하지요. 언니는 인도에 있었습니다. 언니는 루시를 임신하고 있었지요. 의사가 오기를 얼마나 학수고대했는지, 의사의 입에서 다음 주말까지는 힘들 거라는 말을 듣기를 얼마나 바랐는지. 실제로는 훨씬 오래 사셨죠. 엄마는 1년 반을 더 사셨으니까. 이 산은 내가 얼마나 고독했는지를 떠올리게 합니다. 나는 엄마의 죽음을 하나의 상징으로 봤습니다. 그 상징이 있는 지점에 도착할 수 있었다면—그 순간 자유로워질 텐데—언니도 기억하고 있을 거라 믿어요. 우리는 엄마가 죽기 전에 결혼을 하지 못했죠. 그때는 구름이 산을 대신했죠. 저는 생각했어요. 그 지점에 도착한 순간을. 이것은 너무 냉정한 것 같아 아무에게도 말하지 않았어요. 하지만 저는 생각했어요. 그때 저는 정상에 서 있을 것이라고. 그리고 저는 많은 것을 상상할 수 있었어요. 물론 우리 집안은 인도에 주재하고 있는 영국인 집안이지요. 저는 아직도 상상하고 있어요. 주위들은 이야기로 다른 세상에 살고 있는 사람들이 어떤 생활을 하고 있는지 상상할 수 있어요. 저는 지저분한 오두막을 보죠. 그리고 그곳에 사는 미개한 사람들을. 저는 연못물을 마시는 코끼리를 볼 수 있어요. 우리 숙부님과 사촌들 대부분은 탐험가였죠. 저도 탐험대를 따라가고 싶다는 강렬한 소망을 늘 품고 있었습니다. 하지만 시간이 흘러 결혼 생활에 대해 찬찬히 생각해 보면 역시 결혼하는 것이 가장 좋은 것이라는 생각이 듭니다."

건너편 집의 발코니에서 양탄자를 터는 여자가 눈에 들어왔다. 그 여자는 매일 아침 같은 시간에 발코니로 나왔다. 거리의 폭은 작은 돌멩이를 던지면 닿을 정도의 거리로 서로 얼굴을 마주하면 미소로 인사를 대신하고 했다.

"이곳의 작은 집들은…."

그녀는 다시 펜을 들고 적기 시작했다.

"버밍엄과 매우 닮았어요. 모든 집이 민박을 치고 있죠. 호텔은 늘 만원이죠. 음식은 단조로운 맛이지만 언니가 먹어도 맛없다고 생각하지는 않을 거예요. 게다가 호텔에서 바라보는 풍경도 매우 멋지죠. 모든 창문을 통해 산을 바라볼 수 있어요. 아니, 어디서나 산을 바라볼 수 있죠. 게다가 전혀 과장하지 않고 말하는데, 이따금 신문을 파는 가게를 나왔을 때—신문은 일주일 늦게 읽을 수 있습니다—갑자기 산이 눈에 확 들어와 저도 모르게 탄성을 지를 때가 있습니다. 어떤 때는 정면에 우뚝 서 보입니다. 또 어떤 때는 구름처럼 보입니다. 하지만 절대 움직이지는 않죠. 모두들 산에 대한 이야기만 하죠. 여기저기에 있는 환자들의 대화에서조차 예외는 아닙니다. 오늘따라 유난히 산이 또렷하게 보입니다. 길을 가로막고 우뚝 서 있는 것처럼 보입니다. 그리고 얼마나 멀게 보이는지…, 아마 구름처럼 보이겠죠? 원래 이런 문구는 이곳에서는 거의 일상적인 표현입니다. 어젯밤 폭풍우 때, 저는 산이 보이지 않기를 바랐습니다. 하지만 안초비 접시가 나왔을 때, W.비숍 목사가 소리쳤습니다.

'저기, 저길 보세요. 산이에요!'

제가 이기적인 걸까요? 부끄러워해야 하나요? 이곳에는 환자가 아주 많아요. 방문객뿐만이 아니라 원주민들은 갑상선 질환으로 고생을 하고 있지요. 물론 그런 것들은 치료가 가능합니다. 의욕과 돈만 있다면 말이죠. 치료를 받아야 할 상태라는 것을 인정하는 것은 부끄러워해야 할 일인가요? 저 산을 무너뜨리려면 지진이라도 일어나야겠죠. 제 상상이지만 저 산은 지진 때문에 생겨난 것이니까요. 저번에 저는 호텔 주인 멜키오르 씨에게 지금도 지진이 일어나는지 물어봤어요. 멜키오르 씨는 지진은 없고 산사태와 눈사태만 일어난다고 했습니다. 그로 인해 마을 전체가 사라지는 경우도 있다고 하네요. 그리고 이렇게 덧붙였습니다. 이곳은 전혀 위험하지 않다고요.

이렇게 편지를 쓰고 있는 동안에도 등반을 하고 있는 젊은

이들의 모습이 또렷하게 보입니다. 모두 하나의 밧줄로 이어져 있습니다. 앞에서도 말했듯이 저 중에 한 명은 마가렛과 같은 학교에 다닙니다. 그들은 지금 크레바스를 막 건너고 있습니다."

그녀의 손에서 펜이 떨어졌다. 잉크 방울이 메모지 위에 꼬불꼬불 선을 그었다. 산에 젊은이들의 모습이 보이지 않았다.

그날 밤, 구조대가 시신을 발견하고 얼마 지나지 않아서 그녀는 발코니 테이블 위의 쓰다만 편지를 발견했다. 그녀는 다시 펜에 잉크를 적시고 편지를 이어갔다.

"익숙한 표현이 가장 좋겠죠? 그들은 등반 도중에 죽었습니다. 마을 사람들은 봄꽃을 가지고 그들의 무덤에 헌화했습니다. 그들이 찾으려 했던 것은…."

적당한 맺음말을 찾을 수가 없었다. 그녀는 계속 써 내려갔다.

"그럼, 귀여운 아이들에게 사랑한다고 전해 주세요. 그리고…."

그녀는 언니의 강아지 이름을 끝인사에 덧붙였다.

V 양의 미스터리

The Mysterious Case of Miss V.

⚜ 작품 해설

울프의 초기작에 속하는 작품이다. 한 존재는 다른 존재에 의해 이름이 불리면부터 실존하게 된다. "군중 속의 고독만큼 처절한 외로움은 없다"라는 첫 문장으로 드러나는 주제처럼 V 양은 화자의 부름으로 인해 비로소 존재감을 드러내고, 또 그 순간에 소멸한다.

V양의 미스터리

The Mysterious Case of Miss V.

　군중 속의 고독만큼 처절한 외로움이 없다는 것은 상식이라 할 수 있을 것이다. 소설가들은 질리지도 않고 이것에 대해 다루고, 그 열정은 부정할 수가 없다. 그리고 지금 V양의 사건이 벌어지고 나서 나 또한 그것을 믿게 되었다. 그녀와 그녀의 자매들에 관한 이야기―아마도 그녀들의 이야기를 쓸 때, 모두 다 똑같은 이름을 쓰는 것이 적당하다고 직감적으로 판단하는 것은 매우 특징적인 것이라 할 수 있을 것이다―사람들은 아마도 그런 여자의 이야기를 얼마든지 떠올릴 수 있을 것이다. 그러나 그런 이야기를 런던 이외의 곳에서 듣는 일은 흔한 일이 아니다. 시골은 물론 푸줏간이나 우체국, 그리고 교구 목사의 부인 등의 인물이 실제로 존재하지만, 문명이 고도로 발달된 도시에서는 인간생활에 있어서의 예의는 최대한 좁은 영역에 국한되어 있다. 푸줏간은 고기를 창고에 아무렇게나 집어던진다. 우체부는 편지를 우체통에 쑤셔 넣는다. 목사의 아내는 교서를 들이댄다. 모두 다 똑같은 행동을 반복한다. 낭비할 시간이 없다. 때문에 고기는 먹지 않고 남아 버릴지도 모르고, 편지는 읽지 않을지도 모른다. 교서에 적힌 내용은 실행되지 않은 채 아무도 현명해지지 않을지도 모른다. 그리고 어느 날, 자신의 일상의 업무를 담당한 사람이 제멋대로 16호, 또는 23호 집은 신경 쓸 필요가 없다는 결론을 내리고 자신의 일과에서 그 집을 생략해 버린다. 그리고 불쌍한 J 양, 또는 V 양은 인간관계의 밀접한 연결 고리에서 떨어져 나간다. 그리고 영원히 사람들 속에서 사라진다.

그러한 운명이 당신에게도 높은 확률로 일어날 수 있다는 사실, 배제될 위험에서 벗어나기 위해서는 자신의 존재를 주장할 수 있는 행위가 필요하다는 것을 당신에게 시사한다. 어떻게 하면 다시 일상생활로 돌아갈 수 있을까? 만약 푸줏간과 우체부들과 경찰이 당신을 무시하기로 결정했다면 그것은 끔찍한 운명이다. 아마도 나는 그렇게 된다면 의자를 집어던질 것이다. 그러면 적어도 아래층 하숙생은 아직 내가 살아 있다는 것을 알게 될 테니까.

그럼 이제 다시 V 양의 수수께끼 같은 이야기를 살펴보기로 하자. 이미 다 알고 있겠지만 이니셜 속에는 재닛 V 양과 같은 인물이 감춰져 있다. 한 글자로 충분한 것을 두 글자로 나눠 쓸 필요는 없을 것이다.

그녀들은 15년가량 런던을 돌아다녔다. 어느 거실, 또는 어느 화랑에서 당신은 그녀들의 모습을 보았을 것이다. 그리고 이렇게 말한다.

"V 양, 안녕하세요."

마치 그녀를 만나는 것이 목적이었던 것처럼. 그러면 그녀는 이렇게 대답할 것이다.

"날씨가 참 좋아요." 혹은 "정말 끔찍한 날씨네요."

그러고 나서 당신은 그 자리를 떠나고, V 양은 팔걸이의자나 장롱 속으로 스며드는 것처럼 보인다. 어쨌거나 당신은 V 양을 다시 떠올리지는 않는다. 그녀가 1년 뒤쯤, 가구에서 자신을 떼어내 당신 눈앞에 나타날 때까지는 말이다. 그리고 이전과 똑같은 대화가 반복된다.

그녀의 핏속에 흐르는 것, V 양의 혈관 속에 흐르고 있는 액체가 무엇이든 간에 그것이 그녀와 만나야 하는 특별한 운명으로 나를 이끈다. 아니면 순간의 접촉으로, 그리고 망각으로. 어떤 식으로 표현하든 간에 그 상태는 다른 사람들에게 일어나는 것보다 내게 습관이 될 정도로 빈번하게 일어난다. 어떤 파티도 연주회도 전람회도 익숙한 잿빛 그림자가 그 일부가 되지 않는다면 완전하다고 할 수 없었다. 그리고 얼마 전부터 그녀가 내 앞에 나타나지 않게 되면서 나는 뭔가 빠진 것 같다는 것을 막연하게 느끼게 되었다. 과장할 생각은 없다. 빠진 것이 그녀라는 것을 깨달았다고 말할 생각도 없다. 정확을 기하기 위해 중립적인 표현을 하고 있는 것이다.

나는 어수선한 거실에서 이유를 알 수 없는 결핍감 때문에 주변을 둘러보고 있는 자신을 깨달았다. 그래, 여기에는 모든 것이 다 갖춰져 있다. 그러나 분명 가구나 커튼 주변에 뭔가가 빠져 있다. 벽에 걸려 있던 판화를 어디로 옮긴 걸까?

그리고 어느 이른 아침, 이른 새벽에 나는 소리친다. 메리 V! 메리 V! 이런 일은 처음이다. 나는 단언한다. 이렇게 확고한 뜻을 품고 그녀의 이름을 외친 것은 처음이다. 서로에게 그 이름은 거의 무의미한 이름으로 단순히 이야기를 매듭짓기 위한 말에 지나지 않았다. 그러나 거의 예상했던 대로 자신의 그 목소리에 의해 V 양의 모습이 눈앞에 또렷하게, 또는 단편적으로라도 떠오르지는 않았다. V 양의 모습을 볼 수 있는 장소는 여전히 떠오르지 않았다. 하루 종일 자신의 외침이 머릿속에서 빙빙 메아리쳤다. 메아리는 확인할 때까지 사라지지 않았다. 결국 나는 마을의 있을 만한 곳을 향해 일부러 발길을 옮겼다. 그녀와 딱 마주쳐 그녀의 모습이 사라지는 것을 만족할 때까지 바라볼 생각으로. 그러나 그녀는 나타나지 않았다. 나는 불만을 느꼈다. 기묘한 공간적 계획이 뇌리를 스친 것은 그날 밤, 잠자리에 들었을 때였다. 처음에는 그저 장난 같던 것이 점점 진지해졌고 괜찮은 생각이라 여겨졌다. 내가 직접 V양을 찾아가보기로 한 것이다.

아아, 그때는 얼마나 바보 같고 기묘하고, 게다가 재미난 생각처럼 여겨졌던가! 그런 방법을 떠올리다니. 그림자를 추적한다. 그녀가 살고 있는 곳을 보러 간다. 만약 정말로 그녀가 살고 있다면 말이다. 그리고 그녀도 우리와 마찬가지 인간이기라도 하듯 대화를 나누는 거다.

한번 상상해 보라. 큐 식물원 화단에 핀 블루벨을 보러 버스를 타고 가는 것이 어떤 느낌인지를. 해가 반쯤 기울어 있을 때, 또는 한밤중에 서리 주 초원까지 민들레 홀씨를 잡기 위해 외출을 하는 것이 어떤 느낌인지를. 그러나 이 소풍은 지금까지 내가 생각했던 것과는 전혀 다른 것이었다. 그리고 외출하기 위해 옷을 갈아입으면서 나는 크게 웃고 말았다. 그리고 자신이 지금부터 하려고 하는 것에 대해 그런 실질적인 준비가 필요하다는 것에 대하여 다시 큰 소리로 웃었다. 메리 V를 위해 부츠에다 모자를 쓰다니. 그것은 끔찍할 정도로 어울리지 않는 것 같았다.

　나는 드디어 그녀가 살고 있는 아파트에 도착했다. 그리고 찾아낸 안내판에는 대부분 사람들이 그러하듯이 '재택 중'인지 '부재중'인지가 명확하지 않았다. 그녀가 살고 있는 층, 건물 꼭대기까지 올라가 문 앞에 서서 노크를 하고, 초인종을 누르고 대답을 기다리며 주변을 꼼꼼히 살폈다. 아무도 나오지 않았다. 그리고 나는 그림자라고 하는 것이 죽을 수 있는지 없는지를 생각하기 시작했다. 그리고 그림자를 매장하려면 어떻게 해야 하는지를. 문은 하녀에 의해 조용히 열렸다. 메리 V는 두 달 동안이나 병상에 누워 있었다. 그녀는 어제 아침, 숨을 거두었다. 내가 그녀의 이름을 외쳤던 바로 그 시간에. 때문에 내가 그녀의 그림자를 보는 일은 결코 없을 것이다.

1882년 1월 25일 런던에서 출생. 아버지 레슬리 스티븐은 『영국 인명사전』의 편찬자로서 명망 있는 비평가였다. 양친 모두 각자의 자녀를 둔 채 재혼해 울프를 낳았다.

1895년 어머니 줄리아 덕워스 사망. 이때 울프는 첫 정신착란 증세를 보인다.

1904년 아버지 사망. 이층에서 투신하는 등 두 번째 착란 증세를 보인다. 그해 겨울 서평이 〈가디언〉 지에 실린다.

1905년 〈타임스〉 지에 문예비평 글을 게재.

1907년 '블룸즈버리 그룹' 에서 던컨 그란트, 존 케인즈, E. M. 포스터, 레이먼드 모티머 등 작가, 평론가, 화가, 학자들과 폭넓은 교류.

1908년 『멜럼브로지어』를 일부 집필하기 시작. 이 작품은 후에 『출항』으로 출간된다.

1909년 리튼 스트레치가 청혼하였으나 결혼은 성사되지 않는다.

1910년 에티오피아 황제 일행이라 속이고 전함에 탑승. 신문 기사에 실리는 소동이 벌어진다.

1912년 정치 평론가 레너드 울프와 결혼.

1913년 불임 판정을 받는다. 7월 『출항』을 탈고하고 9월 9일 수면제를 복용해 자살을 시도한다.

1915년 처녀작 『출항』을 이복형제가 경영하는 출판사 덕워스에서 출간.

1917년 남편 레너드와 함께 호가스 출판사 창립. 7월에 두 사람 공저인 『두 편의 이야기』를 출간한다.

1918년 두 번째 장편 『밤과 낮』 출간.

1920년 단편 『쓰지 않은 소설』, 『견고한 대상』 발표.

1921년 단편집 『월요일 또는 화요일』을 호가스 출판사에서 출간. 11월 세 번째 장편 『제이콥의 방』 탈고.

1922년 『제이콥의 방』 출간. 심장병과 폐결핵 판정을 받는다.

1924년 케임브리지에서 현대 소설을 강연한 원고를 정리해 『베넷 씨와 브라운 부인』 출간. 『댈러웨이 부인』 완성.

1925년 『댈러웨이 부인』 출간. 장편 『등대로』와 『올란도』를 구상.

1927년 『등대로』 출간.

1928년 『올란도』 출간.

1929년 강연 내용을 토대로 한 『여성과 소설』을 완성해 『자기만의 방』으로 이름을 바꾸어 출간.

1931년 『파도』 출간.

1937년 『세월』 출간.

1938년 『3기니』 완성.

1940년 독일의 공습으로 런던 집이 불탄다.

1941년 『막간』 완성. 신경증 재발로 인해 3월 28일 우스 강에 투신해 생을 마감 한다.